LE TOUR DES ARÈNES

ANNY DUPEREY

LE TOUR DES ARÈNES

roman

ÉDITIONS DU SEUIL
*57, rue Gaston-Tessier, Paris XIXe*

ISBN 978-2-02-149539-3

www.seuil.com

En souvenir de Daniel Messère,
qui aimait tant cette histoire…

« L'inconscient est une concierge qui ne connaît pas tous les habitants de l'immeuble. »

Karl Gustav Jung à Freud

I

Le beau jour

1

Il détestait quand elle avait cette voix-là.

La sonnerie du téléphone avait stoppé Solange alors qu'elle partait au travail. Dès les premiers mots, Didier avait su qu'elle répondait à son frère. Il n'y avait que lui pour tirer d'elle ces monosyllabes secs, avec ce son de voix désagréablement coincé qu'il ne lui entendait jamais, ni avec lui ni avec personne d'autre.

Dix minutes, déjà, que ça durait…

Elle avait toujours la lanière de son sac à l'épaule, piétinant sur place dans l'entrée de leur pavillon, accrochée au combiné de l'antique téléphone fixe posé sur le petit meuble marron en simili-rustique. Un de ses doigts grattait nerveusement un petit trou de son jean au niveau de la cuisse. Et l'échange tournait en rond, inlassablement. Didier n'avait même pas réussi à saisir la raison de cet appel, tant les bribes de phrases que lâchait Solange à contrecœur étaient vagues.

– Non. Non, je suis désolée, mais vous me faites le coup chaque fois… Si, moi je te le dis ! Comment ça ? Mais c'est pas vrai !

Didier se resservit une dose de café. Celui qu'il ne pensait plus à boire avait refroidi dans sa tasse. Ce faisant, il regarda le réveil posé sur une étagère de la cuisine : neuf heures moins vingt. Encore dix minutes et il serait en retard, et encore faudrait-il qu'il presse le pas, voire qu'il courre, ce qu'il détestait car il ne voulait pas arriver à l'agence échevelé et transpirant. Cela ne cadrait pas avec sa propre image idéale de jeune directeur.

Pourtant, il savait qu'il ne se déciderait pas à quitter la maison en passant devant Solange, toujours plantée dans l'entrée à patouiller dans cette imbécile de conversation qui n'en était même pas une. Non, il ne pourrait pas claquer la porte sans l'embrasser et lui souhaiter une bonne journée. Il savait qu'elle s'enquiquinait ferme à son boulot de caissière de supermarché, alors qu'en revanche il était passionné par son travail. C'était une telle chance qu'on lui ait proposé d'ouvrir une nouvelle agence immobilière et d'en assumer la direction, à trente-quatre ans, « parti de rien », fils d'ouvrier ! Mais cette promotion les avait obligés à quitter Fécamp, leur ville natale à tous deux, pour s'installer au centre de la France. En conséquence, c'est quasiment à cause de lui que Solange avait été contrainte d'accepter cet emploi, le seul qu'elle ait trouvé ici, à Guéret, après six mois à se morfondre dans leur pavillon de location. Alors non, il ne partirait pas sans l'embrasser.

– Non, non… Vous ne me prenez pas pour la dernière des imbéciles, mais pour l'avant-dernière, peut-être ? Je te jure, il y aurait de quoi rire…

Ça ne s'arrangeait pas, avec le frère. Le ton se durcissait, même. Didier serait sans doute en retard. La collègue qui travaillait avec lui, presque son alter ego, ouvrirait l'agence, puisqu'elle avait les clés. Il revint avec son café au coin de la table de la cuisine, d'où il voyait la silhouette de Solange par la porte ouverte, et s'assit en remontant bien les jambes de son pantalon pour ne pas le froisser.

Le jour même où on lui avait confirmé cette mutation inespérée, il avait claqué ses économies pour acheter deux costumes – un gris foncé et un marron glacé. Deux d'un coup, pour avoir le rechange. Le soir, quand il les avait essayés devant Solange, elle avait hurlé de rire et s'était un peu moquée de lui, « déguisé en président-directeur général ». Mais elle avait convenu que ça lui allait drôlement bien, et que c'était même très sexy – si sexy qu'elle lui avait sauté dessus illico. Après avoir fait l'amour, ils s'étaient dit tout à coup : « Mais au fait, c'est où, Guéret ? » et ils s'étaient jetés sur une carte de France en riant de plus belle.

Puis, le lendemain, il avait remis le costume gris pour aller annoncer la nouvelle à son père, dans le quartier pauvre de Fécamp où il habitait et où Didier avait été élevé. Lui, le vieux, il en avait pleuré de voir son fils nommé directeur et fringué comme un milord. Fier que son fils travaille en costume et non pas en bleu de travail – il disait « bleu de chauffe » – comme il l'avait fait lui-même toute sa vie.

Après divers petits boulots, c'est un peu par hasard que Didier avait atterri dans l'immobilier. Au début comme « gars à tout faire » dans une agence, à taper des lettres, poster le courrier. Puis on lui avait demandé quelquefois de faire visiter des biens à vendre, quand il y avait surcharge de travail pour ses collègues, et on avait noté, dans les sphères dirigeantes, que le gars en question emportait le morceau les trois quarts du temps et qu'il se révélait être un vendeur hors pair. Alors il s'était accroché, mais vraiment accroché pour conquérir sa place. Il en était fier. Et fier aussi d'être la revanche de son père – ce père courageux qui avait élevé seul son garçon, après la mort prématurée de sa femme lorsque Didier n'avait que quatre ans, et qui s'était tant sacrifié pour qu'il aille au moins jusqu'au bac.

– Pas possible, hein, vraiment… Alors là, tu vois, pour une fois je suis d'accord avec toi : c'est pénible. Carrément pénible, tu as raison…

Didier n'écoutait même plus. Il serait en retard, il en avait pris son parti. Entre deux gorgées de café tiédi, il regardait Solange, nerveusement assujettie au téléphone et qui allait et venait dans la mesure où le fil le lui permettait, comme une bête énervée attachée à son piquet.

C'est fou ce qu'elle avait changé, depuis qu'ils étaient ici. Physiquement, d'abord. La jeune femme de mise assez classique, aux simples cheveux mi-longs, s'était peu à peu, sous l'influence de deux copines de chez Leclerc, transformée en une sorte de loubarde au look vaguement punk. Enfin pas vraiment, plutôt une sorte de style « marginal de province » complètement ringard – ce qu'il n'avait pas osé lui dire, évidemment…

La transformation s'était opérée en deux ou trois étapes, sur quelques mois. Un jour, elle l'avait appelé à l'agence, à l'heure du déjeuner, pour lui annoncer en hurlant de rire – et l'une des copines, derrière elle, faisait écho – qu'elle lui ferait le soir une « grosse surprise ». Quand il était arrivé chez eux, un peu tard, il avait failli tomber à la renverse. Les beaux cheveux châtain clair de Solange étaient presque rasés sur un seul côté de la tête, un peu plus longs sur l'autre oreille, le sommet du crâne hérissé de pointes décolorées, tandis qu'une longue mèche incongrue lui barrait un œil.

Didier était resté pantois devant ce hérisson ridicule, qui avait parachevé le désastre avec un rouge à lèvres presque noir. Le souffle coupé, il n'avait pu que balbutier quelques mots, tandis que Solange s'esclaffait devant son expression catastrophée – c'était drôle, ça changeait, non ?

Les influenceuses, il les connaissait, elles étaient venues quelquefois dîner à la maison. Les seules amies que Solange s'était faites en trois ans de séjour ici – du moins à sa connaissance. Plutôt gratinées question style, elles aussi.

Il y avait une Audrey, assez courte sur pattes et grassouillette, qui tentait de prendre de la hauteur avec une invraisemblable choucroute crêpée sur le sommet du crâne. Mais il reconnaissait à celle-ci une véritable gentillesse, de très beaux yeux et une affection sincère pour Solange.

En revanche, son opinion était plutôt réservée sur celle qui se faisait appeler Betty, une fille au phrasé brutal, aux opinions tranchées et passablement idiotes qui tombaient parfois complètement hors sujet au milieu de la conversation. Une épaisse frange d'un noir de jais lui tombait sur les yeux, ce qui l'obligeait à lever la tête en avançant le menton pour toiser son interlocuteur, d'un regard filtrant sous l'obstacle capillaire. Il pensait alors méchamment que pour taper sur une caisse enregistreuse, il est vrai, on n'avait pas besoin de lever les yeux... L'idée du hérisson platine devait émaner de celle-là, il en était sûr – une idée non dénuée d'agressivité envers le mari qui allait découvrir la « surprise ». D'ailleurs, cette Betty n'arrêtait pas de baver sur tous les hommes en général. Un point pour elle : touché !

Didier n'avait pas rigolé non plus quand, quelques semaines plus tard, Solange était revenue ornée de multiples petits anneaux sur le pavillon de l'oreille – celle qui était dégagée par sa coupe asymétrique, bien sûr. Là, il s'était gendarmé, avec le plus de diplomatie possible. Allait-il avoir droit aux piercings aux sourcils, sur le nez, la langue ? Elle lui avait assuré que non, mais peut-être deux ou trois sur l'autre oreille ? Faut avouer que ça allait tellement bien avec le blouson en jean étriqué, orné d'un col en faux mouton râpé, qu'elle arborait justement aujourd'hui...

Et dire que, lorsqu'il avait commencé à sortir avec Solange et que leur relation s'était approfondie, il avait découvert avec stupéfaction que cette gentille serveuse du bar à sandwichs qui faisait face à l'agence où il travaillait alors, cette fille toute simple dont il était tombé éperdument amoureux, venait de l'une des plus riches familles de Fécamp ! Il l'avait admirée d'avoir quitté une telle aisance pour se colleter à la « vraie vie », comme elle disait alors…

Il était en train de finir son café à présent presque froid, quand une phrase de ce stupide échange téléphonique attira son attention.

– Non, Suzanne ne m'a pas appelée. Je peux te le répéter autant de fois que tu veux, si t'es devenu sourd… C'est dingue, ça !

Didier posa sa tasse et se leva pour tenter d'intervenir. Arrivé près de Solange, soufflant ses mots à mi-voix, il lui fit signe que « si, si, souviens-toi, elle a appelé la semaine dernière ».

Solange, après un mouvement d'agacement, le rembarra d'un geste ferme et très clair l'invitant à se taire.

Il n'insista pas, repartit vers la cuisine, mais se retourna à mi-chemin pour la considérer avec surprise : elle mentait ! Sa Solange, si droite, si entière, qui prônait la sincérité et la franchise comme exigence morale première, rejetant quiconque soupçonné d'être « faux cul », venait de mentir d'une manière éhontée ! Il n'en revenait pas. Car oui, il en était certain, le coup de fil de sa sœur, voilà quelques jours, avait provoqué un aussi stupide patouillage téléphonique que celui-ci – il en avait fui à l'étage au bout de cinq minutes.

Didier avala machinalement la dernière goutte de son café froid et posa nerveusement la tasse. Ça suffisait comme ça, il allait attraper son attaché-case et passer devant elle pour partir travailler… Mais la voix subitement furieuse de Solange l'arrêta dans son élan.

– Hé oui, ça fait trois ans ! Trois ans que je suis à sept cents bornes de chez vous. C'est comme ça et c'est pas ma faute. T'es bien gentil, mais tu sais à combien c'est de Guéret, Fécamp ? Huit heures de route, au bas mot. Pourquoi vous ne les faites pas, vous, pour venir me voir ? Hein ? Non, c'est pas la question… Mais oui, bien sûr, il est vieux et c'est son anniversaire… Je sais, on ne peut pas lui imposer le voyage, à son âge… Bien sûr, bien sûr !

Elle envoya soudain son sac à main valdinguer sur le carrelage et se mit à hurler, hors d'elle.

– Mais je vais vous dire, moi, à part ça, pourquoi vous n'êtes jamais venus : parce que chez moi c'est petit, c'est moche, c'est le trou du cul du monde, alors ça serait trop vous demander de faire huit heures de bagnole pour ça ! Du coup c'est forcément à moi de passer presque deux jours sur la route ! Alors merci ! Et non, non, je ne veux pas que vous nous payiez des billets de train. Vous pouvez vous le garder, votre fric !

Didier n'aimait pas ce qu'il avait entendu. Il n'aimait pas du tout ! Pour tenter de juguler la froide colère qui montait en lui, il attrapa le plus calmement possible son veston sur le dossier de la chaise, s'en revêtit, prit le temps de boutonner le deuxième bouton, inspira profondément en fermant les yeux un instant. Quand il saisit la poignée de son attaché-case, il entendit encore une méchante petite réplique de Solange résonner dans l'entrée.

– Mais qu'il ne m'attende surtout pas ! Tu lui souhaiteras un bon anniversaire de ma part, avec un gros bisou de la Creuse ! Oh, arrête, hein, tu vas me faire chialer !

Puis soudain ce fut le silence.

Didier sortit de la cuisine d'un pas mesuré, décrocha son imperméable du portemanteau, et vint se planter à côté d'une Solange à présent muette, le combiné toujours collé à l'oreille. Tout à ses efforts pour se contrôler, rester froid et mesuré, il ne vit pas qu'elle était livide, les lèvres tremblantes.

Il enfila son imper en lui tournant le dos. Comme à tous les gens profondément doux et gentils, se mettre en colère lui faisait un mal de chien. Il l'exprimait presque malgré lui, de biais, incapable de jeter son humeur à la face des autres.

– Toujours idyllique, avec ton frère. Comme avec ta sœur, d'ailleurs... Je sais que je ne suis pas censé m'en mêler, mais c'est difficile quand le psychodrame familial tombe dans le café du matin !

Silence. Solange, pâle, comme en état de choc, laissait lentement retomber son bras, le combiné encore en main.

Didier voulait en rester là, s'en fut attraper les clés du pavillon pendues à une étagère, décidé à sortir sans plus de commentaires – et puis non, il avait un compte à régler, tout de même ! Au moment d'ouvrir la porte, il se figea, le dos tourné, et explosa sourdement.

– Je suis vraiment désolé de t'avoir emmenée vivre ici, mais qu'on me propose, à mon âge, de prendre la direction d'une nouvelle agence, ça ne se refuse pas, même dans le trou du cul du monde. Quand je t'ai demandé si tu voulais bien quitter Fécamp, tu étais d'accord, non ?

Il entendit à peine Solange acquiescer faiblement et poursuivit sur sa lancée.

– Et on a pris ce pavillon, provisoirement. C'est très petit et très moche, oui. Mais ça fait deux ans que je te propose de trouver autre chose, et on ne bouge pas. Tu me dis toujours « on verra ». Tu sais pourquoi tu me dis ça ? Parce que tu espères qu'on se tire d'ici ! Or on ne va pas se tirer d'ici, Solange, car directeur d'agence, à trente-sept ans, vu le contexte actuel, c'est inespéré.

Elle s'était reprise un peu, sa petite femme. Raccrochant le téléphone, elle répondit, d'une voix encore fragile :

– Je sais bien…

Mais Didier ne se retenait plus. Il devait soulager ce qu'il avait sur le cœur, un malaise que ces quelques mots de Solange à son frère avaient soudain défini.

– Je ne suis pas sûr que tu le saches. Parce que pour une famille comme la tienne, évidemment, ça paraît dérisoire. Mais moi, je ne viens pas de chez les grands bourgeois, je n'ai pas eu un père professeur de médecine. Pour un fils d'ouvrier, ce boulot que j'ai là, c'est un boulot de rêve !

– Mais un boulot de merde pour moi à côté…

– Oui, eh bien excuse-moi, c'était pas mieux avant.

C'était parti comme ça, du tac au tac. Sec, brutal,

Il s'en voulut immédiatement, terriblement. Pour le coup, ce fut lui qui jeta au sol sa serviette, son imper. Il se tourna vers Solange, découvrit sa pâleur, l'attribua à sa mauvaise réplique et enfouit la jeune femme dans ses bras.

– Pardon, pardon, ma puce, je ne voulais pas dire ça.

Elle balbutia dans son épaule qu'il pouvait bien le dire, puisque c'était vrai – serveuse, ça n'était pas plus reluisant. Il couvrait son visage de petits baisers, toute colère oubliée, complètement retourné par sa propre maladresse. D'abord, ce travail, ce n'était pas la honte, et puis heureusement qu'elle avait été serveuse en face de chez son patron, sinon il ne l'aurait jamais rencontrée ! Quand elle consentit à sourire, il tenta même un peu d'humour : elle composait les sandwichs, dans ce bar, c'était tout de même créatif !

Il y eut un grand baiser amoureux, pour sceller la paix retrouvée, et immédiatement après un grand chambardement : ils étaient terriblement en retard pour regagner, l'un sa belle agence, l'autre son boulot de merde. Didier ramassa sa serviette, son imper, chercha inutilement les clés qu'il avait mises dans sa poche. Il la poussa dehors, claqua la porte, et alors qu'il allait atteindre la grille de l'entrée, Solange s'écria : « Zut, mon sac ! Mes clés à moi sont dedans ! » Réouverture de la porte, aller-retour en catastrophe de Solange, nantie de sa besace. Didier considéra un instant son petit visage chamboulé, l'embrassa encore. Il allait garder sur le cœur toute la journée l'impression que c'était sa faute. Pour se faire pardonner il ferait les courses, le repas, il l'attendrait…

– Et puis si tu veux aller à l'anniversaire de ton père, je conduirai, tu sais. Moi, ça ne me gêne pas, au contraire. Je serais même plutôt content de…

– Non, non, laisse tomber ! Sauve-toi.

Ce qu'il fit, imperméable au vent.

Elle le regarda un moment s'envoler vers les hauteurs de la ville, puis se détourna pour prendre le chemin opposé et descendre l'avenue du Berry.

2

Elle marchait à petits pas mécaniques, sa besace serrée contre sa poitrine, comme les gosses se rassurent en embrassant très fort leur nounours. D'ailleurs, dans le désarroi, le fin visage de Solange devenait tout à fait enfantin.

Elle n'avait pas grand chemin à faire pour rejoindre le magasin Leclerc. Le moche pavillon à louer qu'ils avaient trouvé était situé tout en haut de l'avenue, à trois cents mètres environ, presque sous le pont du chemin de fer – une ligne quasiment désaffectée, comme beaucoup en province, ils ne risquaient pas d'être gênés par le passage des trains.

Elle respirait court et saccadé, avec un nœud douloureux dans la poitrine. La fin de la conversation avec son frère résonnait dans sa tête :

« Arrête, Solange, arrête, ce n'est pas bien. Ça fait trop longtemps qu'il ne t'a pas vue. Il t'attend.

– Mais qu'il ne m'attende surtout pas ! Tu lui souhaiteras un bon anniversaire de ma part, avec un gros bisou de la Creuse !

– C'est affreux, ce que tu fais là, Solange. Tu ne peux pas savoir comme il souffre de ne pas te voir…

– Oh, arrête, hein, tu vas me faire chialer ! »

Pendant un instant elle s'immobilisa, ferma les yeux, serra un peu plus son sac contre elle pour tenter de juguler cette douleur qui lui coupait le souffle. La voix que son frère avait eue alors, une voix déchirée qui craquait dans les aigus, l'avait touchée au plus profond.

« C'est lui qui chiale, Solange ! Il pleure chaque fois de voir que tu n'es pas là, et nous, on n'en peut plus de le voir pleurer ! Qu'est-ce que tu attends ? Qu'il crève ? Qu'il crève sans t'avoir revue ? Il va avoir quatre-vingt-cinq ans, ton père, tu te rappelles ? »

Solange s'assit un instant, pliée en deux, sur un petit muret qui se trouvait à l'entrée du parking, une main sur le visage. Un sanglot sec lui échappa.

« Quatre-vingt-cinq ans et le cœur très malade. Voilà ! On ne voulait pas te le dire comme ça, mais maintenant tu le sais : il est malade et son cœur peut lâcher d'un moment à l'autre. Tu entends, Solange ? Ton père va mourir et il pleure à cause de toi ! »

Elle sursauta un peu, comme si elle entendait vraiment son frère raccrocher brutalement. Le choc du déclic et ces derniers mots, l'accent poignant de sa voix, l'avaient glacée.

Elle se donna un moment avant de rejoindre le magasin pour se reprendre, faire taire cette voix obsédante qui tournait dans sa tête.

Son père allait avoir quatre-vingt-cinq ans, oui… et il y avait plus de deux ans qu'elle ne l'avait pas vu. Elle n'était retournée là-bas qu'une seule fois depuis qu'ils avaient quitté la Normandie, avec Didier, pour un Noël dont elle avait gardé un souvenir catastrophique. Elle n'avait, d'ailleurs, que des souvenirs catastrophiques de sa famille. Ils l'agaçaient, tous, et elle se félicitait, à chaque visite, d'avoir échappé à leur emprise.

Depuis combien de temps était-elle habitée par cette sourde rogne contre les siens ? Elle n'aurait su le dire. Depuis toujours, sans doute, elle avait la pénible impression d'être à demi étrangère à leur monde, une erreur parmi eux…

Solange avait été une enfant tardive. Sa mère, institutrice, l'avait mise au monde peu avant ses quarante ans – son père, lui, avait très largement dépassé la cinquantaine. Deux enfants l'avaient précédée, mais sa sœur et son frère avaient respectivement quatorze et douze ans de plus qu'elle. Qu'avait-elle en commun avec ces deux adolescents, bientôt jeunes gens, très pris par leurs études et trop âgés pour partager ses jeux ? Est-ce ce décalage qui lui avait donné le sentiment d'être une « pièce rapportée », une sorte d'incongruité dans un contexte familial aux rapports déjà bien établis ?

Sa mère avait cessé de travailler dès sa naissance pour se consacrer à sa famille, et surtout à la « petite ». Elle ne donnait plus, de loin en loin, que quelques leçons particulières à des enfants qu'on amenait chez eux pour une heure ou deux, studieusement exilés dans le salon. Solange avait donc grandi collée à sa maman, du moins jusqu'à l'école primaire – celle-ci, vu son statut d'enseignante, s'étant chargée à domicile de la « section maternelle ». Seules toute la journée dans cette énorme baraque, un de ces gros pâtés bourgeois construits à la fin du XIXe siècle, avec perron imposant à deux volées de marches, toit tarabiscoté nanti de tourelles absolument inutiles à vagues intentions médiévales, au milieu d'un jardin immense d'où on voyait la mer, sur les hauteurs de Fécamp, très à l'écart de la ville.

Le soir et les week-ends ramenaient à la maison ceux qui faisaient des choses intéressantes ailleurs et qui se délassaient un moment en câlinant « la jolie poupée à tout le monde », comme Solange se décrirait elle-même plus tard. Mais ça ne durait pas longtemps. Ses frère et sœur, grandis, s'enfuyaient vers des réunions de copains ou s'enfermaient dans leurs chambres pour les études – domaine sacré étroitement surveillé par leur père.

Elle avait ainsi vécu toute sa petite enfance avec une impression d'isolement – un isolement très réel que l'entrée à l'école primaire ne dissipa pas, car lequel de ses camarades, généralement de condition sociale plus modeste, aurait osé venir, si loin du centre-ville, jouer avec elle dans cette immense et intimidante maison ? Sa mère la conduisait, et revenait la chercher tous les jours à la sortie de la classe pour la ramener à son enfermement…

L'entrée en sixième eût pu lui offrir un peu plus de liberté, puisqu'il lui fut permis de prendre le car scolaire qui passait opportunément sur la route de la corniche, à cinq cents mètres de la maison. Mais il fallait reprendre le même car pour le retour, ce qui ne permettait aucune échappée. D'autant que son père avait pris sa retraite et qu'après avoir eu à cœur de suivre de très près les études des deux aînés – on ne peut plus classiquement médecine pour le garçon et droit pour la fille, qui décrocha son barreau sans problème –, il avait entrepris de surveiller activement les devoirs de la plus petite. À son tour, elle eut son père sur le dos tous les soirs, qui rajoutait quelques exercices au travail donné en classe. Aux velléités de révolte de Solange, il était répondu péremptoirement : « Tu me remercieras plus tard. » Car il était évident que le premier grand but dans la vie était de faire carrière.

Pourtant, il y avait de l'amour, dans cette grande maison. D'abord grâce à cette adorable maman, toujours compréhensive, qui savait dénouer les tensions et finir la journée par un gros câlin du soir et des bisous doux. Et il était clair, au-delà de sa maniaquerie à propos des études, que ce père était fou de sa « petite dernière ». Il avait une véritable passion pour cette enfant, au point que sœur et frère lui reprochaient parfois d'avoir été plus dur avec eux qu'il ne l'était avec Solange, dont la seule vue lui mouillait les yeux de tendresse.

« … il peut mourir d'un moment à l'autre. Tu entends, Solange ? Ton père va mourir et il pleure à cause de toi ! »

Elle avait beau s'attacher à respirer profondément, Solange ne parvenait pas à détendre ce nœud dans sa poitrine ni à faire taire cette voix dans sa tête.

Toujours assise sur le muret du parking, elle tournait en rond dans ses souvenirs, comme en un labyrinthe sans issue. Elle ne gardait de ses jeunes années que des impressions négatives, comme si le positif s'était effacé de lui-même.

Sa sœur avait quitté la maison la première, alors que Solange allait sur ses quinze ans.

Promptement mariée, cabinet d'avocat ouvert, Suzanne avait été nantie dans la foulée d'une grande maison presque identique à celle de ses parents, et Solange l'avait vue reproduire la même vie bourgeoise, avec le même goût pour les mêmes styles de meubles, les mêmes principes, un moule conventionnel qui lui semblait, à elle, le comble de l'ennui.

Il faut dire qu'à cet âge, Solange s'était liée d'amitié avec un groupe de jeunes « anar-gauchisants » un peu plus âgés qu'elle, dont elle trouvait les révoltes séduisantes et formidablement intelligentes. Juste au moment où sa sœur s'installait dans la bourgeoisie, Solange aurait souhaité s'inscrire au Parti communiste ! Elle ne le fit pas, bien sûr. D'abord parce qu'elle était mineure, et surtout par manque de réelle conviction. Mais en caresser l'idée lui était plaisant, rien qu'à imaginer la tête que ferait son père ! Que ce serait drôle de laisser tomber la nouvelle au beau milieu de la sacro-sainte tablée familiale du dimanche !

Elle eut seize ans, dix-sept ans, des révoltes pour sortir de cette maison et aller danser au lieu d'être collée des heures à sa table de travail, son père penché sur son dos.

Et arriva le bac, raté une première fois, au désespoir de celui-ci. Recommencer encore un an, et quoi après ? Pas en tout cas le même schéma bourgeois que ses frère et sœur !

Puis, au printemps suivant, alors qu'elle finissait péniblement sa deuxième terminale, le grand malheur arriva : sa mère mourut. Elle mourut d'un coup, sans aucun malaise avant-coureur, sans maladie. Le cœur lâcha.

Solange sanglota pendant tout l'enterrement. Et tous les jours suivants.

Son frère, qui devait lui aussi partir vivre de son côté et commencer à exercer, retarda son départ de la maison pour ne pas laisser son père et cette petite sœur en plein désarroi.

Solange supporta cette lourde vie à trois pendant un an. Mais, sans la présence de cette maman qui faisait le lien entre elle et les autres membres de la famille, seule entre ces deux hommes, le curieux sentiment d'être étrangère s'exacerba.

Elle avait fini par l'avoir, ce foutu bac. Seulement l'insistance de son père pour qu'elle choisisse quelles études poursuivre donnait lieu à des crises de plus en plus violentes. Cela devenait invivable, et un jour elle craqua. Qu'on lui foute la paix ! Elle ne serait ni médecin ni avocate ! Non, elle ne vivrait pas comme eux, avec leur confort, leurs conventions ! Ils étaient en dehors de la *vraie* vie des *vrais* gens ! Elle allait se débrouiller sans eux, trouver du travail et vivre *sa* vie, à *sa* manière ! Elle quitta la maison.

Son père aimant, le cœur meurtri par ce départ, lui accorda une petite pension pour les débuts dans « *sa* » vie, puisque c'est ce qu'elle voulait. Elle était majeure, il n'allait pas l'enfermer de force.

Pendant quatre ans, Solange alla de petites locations en petits boulots, grisée au début par cette autonomie. Puis, peu à peu, dégrisée par les difficultés… Lors d'un hiver rude, elle s'avoua qu'elle rêvait parfois de réintégrer la grande maison bien chauffée, sa chambre spacieuse et son lit douillet. Mais la fierté reprenait le dessus : elle assumait !

Elle n'avait pas pour autant rompu les liens familiaux, à l'époque. Elle allait là-bas presque tous les week-ends et respectait les rendez-vous autour de son père : Pâques, Noël, classiquement, et, bien sûr, anniversaires…

« Il va avoir quatre-vingt-cinq ans, ton père, tu te rappelles ? Il peut mourir d'un moment à l'autre et il pleure à cause de toi ! »

Le choc de l'annonce s'estompait un peu dans son esprit. Elle se redressa, vit les clients qui affluaient en poussant leur chariot sur le bitume du parking, bataillant contre la pente du terrain, dans un potin métallique d'enfer. Elle prit son courage à deux mains, se leva, respira un grand coup et se décida à y aller. Elle ne savait plus exactement à quelle heure elle devait rejoindre sa caisse aujourd'hui. Elle serait probablement en retard, mais elle s'en fichait.

Elle venait de prendre une décision qui l'aidait à attaquer la journée.

Quoi que son frère lui dise – et il pouvait hurler à s'en casser les cordes vocales –, et quoi que lui propose sa sœur qui voulait lui payer des billets de train comme si elle était une pauvresse, elle ne retournerait pas là-bas.

D'un pas ferme, elle entra chez Leclerc.

3

Didier remontait vers le centre historique de la ville, en empruntant les vieilles rues. Par chance, « son » agence s'était établie sur la belle place du marché. Il ne se lassait pas de ce trajet quotidien au milieu des maisons anciennes. Certes, l'agence et son enseigne moderne juraient un peu au milieu des boutiques provinciales, mais elle apportait au moins une lumière au milieu des façades grises, puisque les petits commerces environnants fermaient les uns après les autres.

Il avait d'emblée aimé ce pays. Les gens y étaient extraordinairement discrets. Et, après un temps d'observation subtile, plutôt accueillants envers les nouveaux arrivants. Cela tenait sans doute à leur longue histoire de bâtisseurs saisonnièrement émigrés – les gens d'ici, depuis des siècles, étaient toujours partis, et revenus. Que certains s'en aillent et que d'autres arrivent n'étonnait donc personne, c'était dans les mœurs. Ce « trou du cul du monde » était moins refermé sur lui-même qu'on eût pu le supposer.

Didier ne savait pas si ses origines sociales très modestes avaient été prises en compte par ses patrons pour l'envoyer précisément dans cette région-là… En tout cas, le pari se révélait gagné ! Il était bon, vraiment bon dans son boulot. Et précisément ici, à discuter avec des paysans, des gens qui lui rappelaient son père. Il était familier de leur simplicité, de leur logique, et même de leur roublardise. Quand il s'asseyait dans une cuisine, devant l'inévitable « canon » de rouge, pour négocier le prix de vente d'une grange ou d'une petite ferme, il était moralement de plain-pied avec eux. Il avait les bons arguments, il essayait d'être juste. Le beau costard était vite oublié…

Il aurait été heureux, vraiment heureux ici, s'il n'avait eu ce souci pour Solange, qui allait manifestement de plus en plus mal. Il n'arrivait pas à comprendre pourquoi elle dépérissait ainsi, et il était bien obligé de constater, même s'il tentait souvent de se rassurer, que c'était de pire en pire.

Dieu que cette fille était belle, lorsqu'il l'avait rencontrée ! Elle avait tout juste vingt-cinq ans quand elle avait été engagée dans le bistrot à sandwichs voisin de l'agence. Après l'avoir repérée, il avait délaissé le petit resto pas cher d'une rue avoisinante où il avait pris ses habitudes pour venir tous les jours déjeuner au bar, lui qui n'aimait pourtant guère les sandwichs. Et tout le temps qu'il était là, il n'arrêtait pas de la regarder. Elle était longue, fine, elle bougeait vivement, le geste précis et gracieux. Il adorait cette façon qu'elle avait de donner un petit coup de tête pour rejeter ses cheveux en arrière quand ils la gênaient dans son travail.

Un jour qu'elle fabriquait un sandwich pour un client voisin et qu'il était occupé à mordre dans le sien, il avait eu la surprise, en relevant la tête, de voir les beaux yeux de Solange fixés sur lui. Il s'en était étouffé avec sa bouchée, et elle lui avait tendu une serviette en papier, avec un petit sourire narquois. Ils avaient ri tous les deux, et il en avait pour le coup avalé de travers, obligé de sortir pour tousser dehors comme un perdu… Tandis qu'il tentait de reprendre sa respiration sur le trottoir, il l'avait entendue s'esclaffer derrière le bar. C'était ridicule. C'était charmant. C'est comme ça que ça avait commencé.

Quelques mois après, ils vivaient ensemble.

Pour lui, c'était la première fois. Bien qu'il eût quatre années de plus qu'elle, il ne s'était jamais risqué à cohabiter avec une fille. Solange, en revanche, avait fait deux expériences de vie commune – expériences dont elle préférait ne pas parler, sauf pour préciser qu'elles avaient tourné court. « Très court, et ç'avait déjà été trop long », disait-elle.

Il n'en était pas revenu que ce soit si simple, si évident – ils étaient presque toujours du même avis, discutaient beaucoup, riaient énormément.

Il avait eu très vite envie de la présenter à son père. Même s'ils avaient fait le point sur leurs origines sociales si différentes et bien que Solange l'ait rassuré, Didier gardait une appréhension à l'idée de l'emmener là où il avait été élevé, dans le quartier très populaire où son père vivait encore. Ces complexes-là ont la vie dure…

La rencontre avait été gentille, douce et polie. Solange s'était discrètement faite « petite fille modèle », pas un mot plus haut que l'autre, des propos modérés. Le père l'observait en douce. Didier avait apporté un gâteau qu'ils avaient mangé en chœur dans la vieille cuisine, sur la table en Formica. Entre deux bouchées, il voyait son papa arrêter sur Solange un regard incertain, qu'il ne savait comment interpréter. Jusqu'au moment du départ, où celui-ci avait pris un moment son fils à part pour lui dire : « Elle est jolie. Ça oui… Elle est jolie, très jolie. » Didier connaissait assez son père pour savoir que ce « très jolie » signifiait en réalité « trop jolie », avec l'inquiétude que cela suscitait : une aussi jolie fille ne manquerait pas d'être courtisée par d'autres, Didier saurait-il la garder ?

Il avait dû insister ensuite pour que Solange le présente enfin à sa propre famille. C'était la moindre des choses, non, puisque leur couple était stable ? Elle organisa finalement un dimanche de présentation officielle.

Il avait failli tomber à la renverse en découvrant la grande maison, autant dire un château à ses yeux de fils d'ouvrier. Il savait la famille de Solange très aisée, mais pas à ce point. Tout à coup, l'évidence de la disparité de leurs origines le paralysa. Pendant presque une heure il ne put prononcer un mot, tant il était intimidé – par le décor, l'aisance de ces gens, la nappe et la belle vaisselle du déjeuner, tout. Vers le dessert il parvint un peu à se détendre. Le père de Solange le considérait avec bienveillance, et l'entraîna avec lui à la fin du déjeuner pour faire le tour du jardin – ce que chacun interpréta, bien sûr, comme un prétexte pour avoir une conversation « entre hommes »…

Ils revinrent de cette promenade une heure plus tard, riant, le père de Solange tenant Didier amicalement par les épaules. Le regard ému, il affirma à sa fille : « Je suis content. Tu as trouvé un type formidable ! »

Et Didier, de son côté, l'avait trouvé épatant, ce père.

Alors qu'est-ce qui se passait ? Il comprenait mal pourquoi elle avait voulu à toute force « fuir tout ça » – il aurait bien aimé, lui, avoir une enfance dorée ! Au fil des visites dominicales, il l'avait de plus en plus apprécié, ce père intelligent, humain, qui l'accueillait avec générosité. Alors pourquoi tentait-elle d'espacer au maximum ses visites là-bas ? Pourquoi cet agacement dès qu'il s'agissait de sa famille ? Jusqu'à ce cri du cœur qui avait jailli de Solange lorsqu'il lui avait demandé, avec crainte, si elle voudrait bien quitter sa ville natale, partir avec lui pour le nouveau poste qu'on lui offrait : « Partir ? J'en rêve ! »

Et voilà que, de mois en mois, elle maigrissait, elle devenait de plus en plus nerveuse, insatisfaite. Ils n'arrivaient même plus, depuis quelque temps, à trouver de vrais moments de détente amoureuse… En somme, ce dont elle avait soi-disant rêvé était en train de devenir un cauchemar.

Didier vit, de loin, l'agence éclairée. Il chassa ses pensées inquiètes pour se concentrer sur la journée à venir. De toute façon, il était impuissant face au malaise de sa femme, alors autant se jeter dans le travail.

La Blonde, sa collaboratrice – que dans son for intérieur il n'arrivait pas à appeler autrement, tant elle était un prototype de la blonde décolorée faisant tout ce qu'elle pouvait pour être sexy, du décolleté pigeonnant au jean ultra-moulant porté avec des talons aiguilles, détail qu'il estimait être le comble du mauvais goût – s'affairait déjà à l'agence. Il la voyait de loin mettre en place les annonces en vitrine.

Les grands patrons lui avaient attribué d'office cette collègue, qui avait quitté un précédent emploi à Limoges apparemment sans regrets – Didier n'avait guère prêté attention à une histoire de divorce difficile qui avait causé cette décision – et il avait vite reconnu qu'elle travaillait très bien. Ils formaient à l'agence un tandem professionnel efficace, c'était le principal. Ces qualités lui faisaient considérer avec indulgence, et un certain amusement, les efforts de coquetterie de « la Blonde ».

Il n'en était pas revenu, le jour où elle avait tourné sa chaise pour être presque de dos, de la voir s'asseoir les reins ostensiblement bien cambrés, la taille basse de son jean laissant apparaître les ficelles dorées d'un string minimal. Il avait failli éclater de rire, et s'était retenu charitablement… Elle le frôlait au passage en posant un dossier, posait cavalièrement son bras sur le sien en marchant, quand ils allaient visiter un bien… En fait, ces travaux d'approche ne méritaient même pas un commentaire, Didier les ignorait, simplement. Et c'était peut-être la plus blessante réponse. Mais cela ne semblait pas la décourager, elle continuait à tenter de l'aguicher. Il en avait conclu que cette attitude relevait d'une manie – ou d'une profonde bêtise.

– *Hello ! Good morning !*

Allons bon, la Blonde devenait anglophone, ce matin…

Pour ne pas être en reste, il baragouina une vague réponse avec un horrible accent américain.

Il s'installa à son bureau, constatant qu'elle avait rangé tous les papiers qu'il avait laissés en plan la veille. La Blonde était une collègue parfaite, il devait en convenir.

Il se souvint qu'ils avaient à visiter, en fin de matinée, une maison vers le centre commercial. Ils avaient rendez-vous à l'heure du déjeuner avec le vendeur. Tant mieux, sortir de l'agence lui aérerait la tête, chasserait peut-être le souci qui le taraudait.

Il passerait devant chez Leclerc en essayant de ne pas penser à Solange, coincée derrière sa caisse.

4

Elle la voyait venir, la bonne femme, avec son caddie débordant. Encore deux personnes, et Solange allait se la farcir. C'est fou comme, après quelques mois d'expérience, elle repérait les emmerdeurs de loin.

La fin de l'après-midi, les sorties de boulot avaient amené au supermarché la foule qui faisait ses courses pour le week-end, voire pour la semaine à venir. Dans une demi-heure, Solange aurait terminé son service, une collègue viendrait la remplacer jusqu'à la fermeture du magasin. Elle avait fait la journée complète aujourd'hui, son dos lui faisait un mal de chien. Elle n'en pouvait plus du brouhaha incessant. Et encore, il ne fallait pas se plaindre : il n'y avait ni musique de fond ni réclames bruyantes, chez Leclerc !

Sa copine Betty faisait tandem avec elle depuis midi, attelée à la caisse juste derrière. Dos à dos, elles avaient pu plaisanter un peu et se détendre aux heures creuses d'après déjeuner.

Et voilà, la bonne femme était là – grosse, essoufflée, des seins informes posés sur son ventre sous le pull en acrylique façon angora, le cheveu gras. Et dans le caddie, certainement, tout ce qu'il y avait de plus ordinaire et de moins cher.

Solange aurait pu le parier : la femme asséna trois gros packs d'eau minérale et un cubitainer de vin sur le tapis roulant, avant de s'apprêter à déverser le reste.

– Dans le caddie, les bouteilles d'eau, madame, s'il vous plaît.

– Hein ?

– Les packs d'eau, on les laisse dans le chariot. C'est trop lourd.

– Et depuis quand ?

– Depuis que c'est marqué dans le règlement.

La femme la considérait d'un air abruti, la lippe pendante. Elle avait quelque chose d'un gros poisson hors de l'eau. Où est-ce que c'était marqué ? Solange réitéra calmement l'information : « Les packs d'eau et objets lourds doivent être laissés dans les chariots pour passer à la caisse. » C'était écrit en toutes lettres dans ledit règlement.

– Moi, je l'ai pas vu…

Jusque-là, Solange était restée calme et polie. Mais devant cette face obtuse les nerfs commençaient à lui démanger.

– Eh bien cherchez, si vous voulez absolument le voir ! En tout cas, moi, je vous le dis.

– Bon, tant pis, ils sont posés, ils sont posés, hein…

– Non ! Vous les reprenez et vous les mettez dans le chariot !

L'autre la regardait, la mâchoire pendante, comme si l'idée ne parvenait pas à se frayer un chemin dans son cerveau. Si elle reposait les packs et le cubi dans le chariot, qu'est-ce qu'elle allait faire de tout le reste, alors ?

Solange prit une grande inspiration et s'appuya une seconde au dossier de sa chaise en croisant les bras, pour bien signifier qu'elle ne capitulerait pas.

– Hé bien, vous passez les bouteilles à la caisse dans le chariot, j'enregistre le prix, vous les posez par terre au bout, puis vous reculez gentiment le chariot et vous mettez le reste sur le tapis. Vous voyez ? En réfléchissant un peu, ce n'est pas très compliqué.

Betty, derrière elle, avait jeté un œil par-dessus son épaule. Elle connaissait Solange et son caractère. Elle tenta de glisser un mot apaisant, que Solange n'entendit pas, car la cliente était en train d'exploser.

– Écoutez, vous m'emmerdez, avec votre règlement ! Moi je suis pressée, mes gosses m'attendent, alors vous me passez mes bouteilles d'eau et c'est marre !

– Non, madame. Je ne vais pas me démonter le dos pour votre bêtise.

– Quoi ? Ma *quoi* ?

Betty, voyant que la situation tournait mal, fit un signe à Audrey qui passait à propos devant les rayons, occupée à remettre en place tout ce que les clients avaient dérangé au cours de la journée. D'une mimique claire, l'œil au plafond sous son épaisse frange, elle lui signifia que ça bardait du côté de Solange. Et de fait, Solange craquait : est-ce qu'elle les voulait, ses fichues bouteilles d'eau, ou on les laissait là ?

C'était parti. Ça dégénérait franchement.

Audrey vint poser une main sur le dos de Solange, lui soufflant à l'oreille que c'était l'heure, sa journée était finie, il fallait juste encaisser la dame… Voix suave et grand sourire à la dame en question, pour tenter d'apaiser la crise.

La chose se fit, visages fermés de part et d'autre de la caisse. Mais Solange ne put s'empêcher, à la fin de la manœuvre, de lancer sur un ton acide qui n'arrangeait rien :

– Et voilà, c'était simple. Elle veut bien payer, maintenant ?

Quelques minutes plus tard, elles repartaient toutes les trois vers le vestiaire des employées, auquel on accédait par une petite porte et un escalier au fond du magasin. Betty et Audrey encadraient Solange, épaule contre épaule, l'exhortant à dominer ses nerfs. Un peu plus loin, la grosse femme au caddie était en train de se plaindre avec véhémence au bureau central, près des caisses…

– Fais gaffe. Tu vas finir par te faire virer.

– Je sais. Mais je suis à cran, en ce moment… Le printemps, ça me met toujours les nerfs en pelote.

Betty tenta de plaisanter : vu le caractère qu'elle lui connaissait, le printemps n'avait sûrement pas grand-chose à voir là-dedans. Solange daigna sourire en lui décochant un coup de coude complice en réponse.

Audrey, toujours plus douce, était dans la poésie :

– Ça ne devrait pas, c'est joli, le printemps…

Puis, quand elles furent dans la salle où s'alignaient les classiques petits placards en fer, celle-ci lui dit tout à coup :

– Et pourquoi tu ne viendrais pas avec nous faire cette virée aux Saintes-Maries-de-la-Mer ? Ça te ferait du bien. Pour une fois que le comité d'entreprise propose quelque chose de sympa… C'est pas cher, et je connais le type qui organise l'excursion. Je suis sûre qu'il reste de la place.

– Non, non, ça ne me dit rien…

– Quatre jours, ce n'est pas si long ! Ça t'aérerait la tête. Tu ne prends jamais tes congés, tu as plein de RTT à…

– Non, vraiment. Je ne veux pas quitter Didier. Et puis se taper huit heures de car pour aller voir des gitans de carnaval, merci !

Solange disparue de la pièce en coup de vent, Betty reprocha à Audrey son insistance pour l'emmener avec elles en Camargue. Elles n'avaient pas besoin d'une emmerdeuse qui prenait des airs de princesse.

– Ah bon ? Elle a des airs de princesse, Solange ?

– À peine ! On dirait que rien n'est assez bon pour elle…

Elle prit le temps d'enfiler son manteau, Betty, de lisser sa longue frange, avant de lâcher à mi-voix, sur un ton fielleux à souhait :

– Elle ne veut pas quitter son petit mari, mais lui, il aurait peut-être été content de la voir partir quatre jours… Il serait tranquille…

– Mais… pourquoi tu dis ça ?

Pourquoi ? Betty prit un ton plus grave pour livrer la nouvelle à Audrey : elle l'avait vu tout à l'heure, le Didier, descendre l'avenue avec la pétasse blonde qui travaillait à son agence. En fumant sa cigarette, à la pause, elle les avait regardés passer. Lui, attaché-case à la main, elle, dossier dans les bras, ça n'avait l'air de rien, ça discutait…

Audrey ne semblait pas démontée par la révélation.

– C'est normal, ils travaillent ensemble.

– D'accord. Pourtant ils avaient l'air bien complices, tu vois, vraiment complices. Bon, je me fais peut-être des idées, mais…

– Ce serait moche. Ça me ferait de la peine pour elle. Je l'aime bien, Solange.

– C'est une chieuse.

Pour le coup, la gentille Audrey se révolta franchement. Non ! Ce n'était pas vrai. Elle connaissait Solange mieux qu'elle, c'était une chouette fille. Une fille bien. Elles argumentèrent un moment à propos des qualités et défauts de leur copine, tardant à quitter le vestiaire.

Elles ne virent donc pas Solange, au bout du couloir, quasiment recroquevillée sous les invectives du directeur…

* * *

Solange avait quitté le magasin en courant, mais n'avait pas fui bien loin, les jambes coupées. Elle s'assit en tremblant sur le muret du parking, là où elle s'était arrêtée le matin même. Elle n'arrivait pas à reprendre son souffle et se plia en deux, son sac traînant à terre. Un gémissement lui échappa.

Au cours de la journée, elle était presque parvenue à oublier la voix de son frère, bénissant l'affluence des clients qui l'occupait d'une manière mécanique et anesthésiante. À part la fameuse bonne femme, bien sûr, qui avait eu raison de ses nerfs… Et voilà que le directeur, en lui hurlant dessus, avait réactivé la crise du matin, qui lui revenait en écho. Ces deux voix furieuses, quoique pour des raisons bien différentes, la laissaient misérablement choquée.

Bon sang, qu'elle se sentait mal, avec ce point douloureux dans la poitrine. Pour un peu elle aurait eu envie de vomir…

La tête dans les mains, elle tentait de respirer profondément pour calmer cette tension douloureuse, ce sentiment d'être intérieurement nouée, écrasée par la colère des autres.

Puis, peu à peu, sa propre colère, sa colère familière, le réflexe de révolte qui lui tenait lieu de force se réveilla. Ses pensées en désordre se réunirent pour maudire ceux qui lui faisaient tant de mal en criant après elle. Ces salauds qui lui pourrissaient la vie avec leurs reproches ! Son sentiment d'injustice grandit, cette rogne devenue part d'elle-même et qu'elle pensait salvatrice s'affirma, chassant les questions, le malaise, l'aidant à se redresser. « Ils » ne l'auraient pas comme ça !

Elle ne pensa pas une seconde qu'elle était entièrement responsable de ces crises. Le temps n'était pas encore venu...

Lorsqu'elle releva la tête, elle vit Audrey, plantée devant elle sur le trottoir, qui la regardait, ses beaux yeux bleus mouillés de compassion. Solange tenta de faire diversion pour éviter la confidence.

– Ton chignon est de travers.

De fait, la choucroute qu'Audrey se montait sur le sommet du crâne afin de donner l'illusion de quelques centimètres de plus penchait nettement sur sa droite, comme bousculée par un coup de vent.

– C'est normal, j'ai une épaule plus haute que l'autre.

Solange restant coite devant l'explication saugrenue, Audrey ajouta :

– Du coup, je penche la tête de ce côté-là... J'ai une fesse plus grosse que l'autre aussi. Mais je ne crois pas que ça aie un rapport.

Elle avait réussi à faire pouffer Solange, mais après cet éclat de gaieté éphémère son petit visage creusé se referma.

– Viens, on va prendre un verre.

– Non, je ne peux pas, il faut...

– Viens ! On va au café-tabac d'en face. Juste un verre. Je ne te laisse pas repartir chez toi avec ta mine chiffonnée, tu vas faire peur à Didier.

Elles s'installèrent dans un coin, tout au fond de la petite salle. Audrey commanda une bière, Solange sa grenadine habituelle. Betty et elle avaient beaucoup plaisanté sur cette allergie de Solange à toute boisson alcoolisée. Elles avaient usé de tous les stratagèmes pour la tenter, la convaincre d'au moins goûter : « Tiens, un kir, c'est quelque chose de doux ! » Mais ni l'une ni l'autre n'avaient réussi à lui en faire avaler une gorgée. « Je vous dis que ça ne me réussit pas, ça me rend malade, ça me met la tête à l'envers, je vois flou… Je me sens… pas normale, et je n'aime pas ça ! »

Solange touillait machinalement sa grenadine avec la paille.

Audrey la regardait en silence. Elles restèrent ainsi un bon moment, avant que Solange se décide à parler.

– À la prochaine algarade, je suis virée.

– C'est sûr, tu m'étonnes. Tu te rends compte de l'état dans lequel tu te mets, pour rien ?

– Mais cette…

– Non ! Je suis désolée, c'est pour *rien* que tu pars en vrille ! Qu'est-ce que tu as ?

Solange ouvrit la bouche, la referma. Elle eut un vague mouvement de la tête, comme une dénégation incertaine, un aveu d'incompréhension, et son visage reprit cette expression butée qui lui était devenue coutumière.

Impuissante devant ce malaise, Audrey la regarda plonger le nez dans sa grenadine. Solange était si gaie, si jolie quand elle était venue travailler au magasin, il y avait deux ans de cela ! Et depuis… Audrey souffrait véritablement de voir cette fille aller de plus en plus mal, sans rien pouvoir pour elle. Elle l'aimait, cette gamine – une gamine à peine plus jeune qu'elle, mais qu'Audrey sentait si fragile, si enfantine encore, malgré sa « grande gueule » et son assurance affichée, qu'elle la considérait comme une sorte de petite sœur. Une gamine touchante qui, elle ne savait pourquoi, était sans doute en train de foutre sa vie en l'air…

Audrey hésitait à rompre le silence, tandis que tournaient dans sa tête les soupçons que Betty lui avait confiés à propos de Didier. Et si c'était bêtement ça ? Elle se risqua enfin à aborder le sujet en tentant d'être diplomate.

– Tout va bien, avec Didier ?

– Super bien, oui. Pourquoi ?

– Je sais pas… À te voir, là, nerveuse comme c'est pas permis, on peut… enfin on pourrait supposer que…

Pas facile de tâter, mine de rien, ce terrain sensible, en marchant sur des œufs, alors que l'autre, en face, ouvre de grands yeux innocents et interrogatifs derrière son verre. Et ne dit rien, attendant la suite, sans vous aider du tout ! Ne reste qu'à plonger dans le sujet en cessant de louvoyer.

– Quand on voit quelqu'un dans l'état où tu es, il n'y a pas dix milliards de raisons possibles, hein ? Soit c'est un problème de boulot, et tu n'en as pas… du moins pas encore.

Audrey tenta un rire complice, qui sonnait un peu faux. L'absence de réaction de Solange l'obligea à poursuivre son raisonnement, ce qu'elle fit courageusement, après une rasade de sa bière.

– Ou alors c'est un problème personnel, genre « ça ne va pas à la maison ».

– Pas du tout. Ça va très bien.

– Bon. Bon... Tant mieux...

Audrey considérait son amie en hochant machinalement la tête, tentant d'estimer le degré de vérité dans la réponse de Solange. Celle-ci avait l'air sincèrement tranquille à propos de son couple. Audrey décida malgré tout de poursuivre un peu son investigation.

– Tant mieux, mais...vous parliez d'avoir un môme, l'année dernière... C'est toujours en projet ?

– Oh, ça... On a décidé d'attendre un peu, parce que Didier veut être sûr que l'agence marche bien. Je pense qu'il a raison...

C'est lui qui avait parlé de faire cet enfant. Ce désir avait pris Solange au dépourvu, de son côté elle n'y pensait pas. Elle s'était d'ailleurs posé pas mal de questions sur elle-même à cette occasion : elle aimait Didier, ils étaient heureux, mariés depuis plus de trois ans, c'est elle qui aurait dû ressentir cette envie la première, elle, la femme... Du moins c'est ce qui serait normal, pensait-elle. Alors... était-elle « normale » ?

Elle avait acquiescé, bien sûr, en taisant ses doutes. Ce serait un grand bonheur, mais il avait raison, il fallait d'abord que sa situation professionnelle s'affermisse...

C'était lui, aussi, qui avait le premier parlé mariage, après six mois de vie commune. Ils habitaient encore un minuscule studio à Fécamp, à l'époque. En entendant

Didier lui demander très sérieusement sa main, elle avait carrément éclaté de rire : « C'est une blague ? » Didier lui avait affirmé très sérieusement que non, ce n'était pas une blague, tandis qu'elle s'esclaffait de plus belle.

Elle n'en revenait pas. Quoi ? Elle avait tourné le dos à une famille pétrie de principes, pour vivre différemment, suivant ses seuls sentiments, sans tenir compte du qu'en-dira-t-on, librement, et il lui proposait d'adhérer à la plus classique des conventions bourgeoises ?

Mais Didier ne riait pas du tout. Quand on s'aime, on se marie, sinon c'est n'importe quoi. Pour lui, c'était important, et, puisqu'ils étaient sûrs de leurs sentiments, il voulait l'épouser. Il le voulait vraiment !

Elle lut dans ses yeux qu'elle risquait de le perdre si elle s'obstinait à refuser… Après tout, ce n'était qu'un papier à signer, elle se résoudrait par amour à cette concession à l'« ordre bourgeois ». Mais à une seule condition : qu'il lui épargne l'église. Pitié, pas l'église !

Quelque temps après, on avait donc réuni les deux familles à la mairie. C'était gentil, sans chichis. Le père de Didier restait timidement en retrait, et celui de Solange vint le prendre par le bras pour l'amener au premier rang, à ses côtés. Deux pères regardaient tendrement leurs enfants s'unir, puisque les mères n'étaient plus là…

Devant le maire ceint de son écharpe, Didier était droit, clair, beau et serein, et Solange ravissante, dans une petite robe rose. Il prononça un « oui » d'une grande dignité, et lorsque ce fut le tour de Solange, il eut l'immense surprise de découvrir qu'elle dégoulinait de larmes, submergée d'émotion, pour murmurer un « oui » tremblant à peine audible.

Elle pleurait encore à la sortie de la mairie. Alors il l'avait embrassée et lui avait murmuré, l'œil rieur : « Calme-toi, ma puce, c'est juste une convention bourgeoise… »

Dans le fond du bistrot, face à Audrey, elle avait un moment plongé dans ses souvenirs, songé à la belle entente, aux rires partagés avec Didier. Pourquoi le projet de l'enfant ne lui était-il pas venu naturellement ?

Et Audrey, précisément, insistait en revenant sur le sujet.

– Il voulait attendre d'être sûr de sa situation, d'accord… Mais son agence marche très bien ! Alors qu'est-ce que vous attendez, maintenant ?

Solange resta muette un moment, désarçonnée par la question directe. Qu'est-ce qu'ils attendaient ? Elle ne savait pas… Comment dire qu'elle ne se voyait pas dans le rôle de mère, que même l'idée d'avoir un bébé dans les bras, un bébé qu'elle aurait fait, elle, lui semblait une incongruité ? Ça n'allait pas. Non. Elle ne pourrait pas. Elle aimait bien les enfants, mais… elle n'était pas assez forte. Elle n'était pas assez grande pour assumer une pareille responsabilité. Elle avait déjà bien du mal à… à…

Son esprit butait sur une résistance qu'elle ne parvenait pas à définir. Audrey la fixait de ses beaux yeux bleus et attentifs, quêtant une réponse. Solange s'en tira par une sorte de pirouette.

– On verra, je ne sais pas, ce n'est sans doute pas encore le moment…Tu imagines la mère que je ferais, dans l'état de nerfs où je suis ! Le pauvre gosse…

Le téléphone de Solange se mit à vibrer dans son sac, coupant court aux confidences. Didier s'impatientait. Et dire qu'elle avait promis de rentrer tôt ! C'était gentil à Audrey de lui avoir offert un verre, mais il fallait qu'elle se sauve. Elle se leva prestement, autant pour rejoindre Didier que pour échapper aux questions sans réponse.

Puis elle se ravisa et revint vers Audrey pour l'embrasser, lui soufflant un « merci » à l'oreille.

– Merci ? Pourquoi merci ? Qu'est-ce que…

Solange l'embrassa encore une fois, les yeux embués, touchante et fragile.

– Je n'ai pas d'autre amie, tu sais…

Audrey la regarda sortir du café, courir sur le trottoir et disparaître vers le haut de l'avenue. En face, chez Leclerc, des gars fermaient le magasin, sortaient des poubelles.

Elle commanda une autre bière. Que faire de mieux, puisque personne ne l'attendait chez elle, ni mari, ni copain – ni même son chien qui était mort l'été dernier…

5

La purée était maintenant tout à fait refroidie. Une pellicule jaunâtre séchait à la surface. Didier avait remis les steaks au frigo, à côté des deux babas au rhum qu'il avait achetés au centre-ville, assez loin de l'agence, car c'étaient ceux que Solange préférait. Il avait laissé la Blonde avec un client qui s'attardait, la chargeant de fermer boutique, pour faire les courses, avec un grand détour vers la pâtisserie. Il voulait avoir le temps de préparer ce dîner, que tout soit prêt lorsque Solange arriverait.

De loin en loin, au cours de la journée, il avait repensé à la dispute du matin et se la reprochait. Il s'était promis de passer avec elle une soirée tendre et gentille, et pour oublier tout ça il lui ferait l'amour – ce qui ne leur était pas arrivé depuis des semaines. Depuis quand, déjà ? Il n'arrivait pas à préciser dans le temps leur dernière véritable étreinte, et il en restait sidéré. Est-ce ainsi qu'on se perd, tout en s'aimant ?

Et voilà presque une heure qu'il attendait…

À force de tourner en rond, ses jolies résolutions de câlin et de tendresse s'émoussaient. L'énervement, l'incompréhension reprenaient la première place dans ses pensées, quelques soupirs excédés lui échappèrent. Tout à coup il se dit que ce n'était pas possible : il lui était arrivé quelque chose ! Il avait sauté sur son téléphone pour l'appeler.

Il avait entendu le brouhaha du café derrière la petite voix de Solange qui s'excusait, expliquant confusément qu'elle avait eu besoin de se changer les idées en sortant du travail. Il n'en revenait pas : c'est avec Audrey qu'elle prenait un pot pour se détendre, alors qu'il l'attendait chez eux !

Quand Solange arriva, elle jeta prestement son blouson, son sac, et fondit immédiatement dans les bras de Didier, le front sur sa poitrine.

– Pardon, pardon, mon chéri…Tu ne peux pas savoir, j'ai passé une journée, mais une journée ! J'en ai marre…

– De ton boulot de merde, oui, je sais.

– Non. Enfin oui, mais surtout… J'en ai marre d'être comme ça.

Elle releva la tête, vit le visage contrarié de Didier, et eut immédiatement les larmes aux yeux.

– J'ai de la chance de t'avoir. Je suis impossible à vivre, je m'en rends bien compte, tu sais. Je suis désolée, mon chéri…

Il coupa court à la vraie crise de larmes qui s'amorçait en envoyant fermement Solange prendre une douche pendant qu'il réchaufferait la purée, finirait de tout préparer. Allez ! Qu'elle lui revienne toute fraîche ! Il tenta de plaisanter pour alléger l'atmosphère.

– Tu as eu une sale journée, et en plus, pas de chance, c'est moi qui ai fait à manger !

Le sourire qu'il avait affiché s'effaça dès qu'elle eut disparu à l'étage et un découragement abyssal s'empara de lui. Il n'y arrivait pas. Quels que soient ses efforts, elle avait toujours les nerfs à fleur de peau, rongée par un mal-être indéfini, et il n'y pouvait rien. Il fit machinalement cuire les steaks, oublia de réchauffer la purée, mit le tout sur la table et s'assit, vidé de ses forces, le visage inexpressif.

Un quart d'heure plus tard, face à face, ils attaquaient leur viande en silence. Entre deux bouchées, Didier observait subrepticement sa petite femme. Avec ses cheveux mouillés en pétard, leurs pointes décolorées en l'air, et cette longue mèche incongrue qui lui tombait sur l'œil, elle avait l'air d'une adolescente de quinze ans – affichant, d'ailleurs, la mine renfrognée propre à cet âge. Les cernes qui étaient apparus sous ses beaux yeux ne changeaient rien à cette apparence d'extrême jeunesse. Il songea que plus elle allait mal, plus elle semblait devenir immature... Et voilà qu'elle allait finir sa viande sans même lever les yeux sur lui, perdue dans il ne savait quelle rumination.

Au bout d'un moment, il n'y tint plus.

– Je ne t'en veux pas, tu sais, d'avoir pris un pot avec une copine. Tu as de la chance d'en avoir... Je trouve même que tu ne les vois pas assez, tes amies.

– Je les vois tout le temps au boulot...

– Je ne te parle pas du boulot. Vous pourriez sortir, faire des trucs ensemble, vous amuser... Moi, je n'ai même pas trouvé le moyen de me faire des copains, depuis que je suis ici. Les seuls types que je vois, ce sont des clients !

Elle s'arrêta de manger et le considéra un instant.

– C'est vrai que tu ne t'es pas fait de copains... Ça te manque ?

– Non. Enfin si, sûrement... En tout cas, si j'en avais, j'en profiterais pour me distraire avec eux de temps en temps. Taper dans un ballon, jouer aux cartes, juste pour me changer les idées.

Solange avala encore deux bouchées, pensive. Puis elle releva la tête, se mordit un peu la lèvre, tout à fait comme une enfant qui hésite à parler. Deux secondes, trois secondes suspendues... Et elle se décida à confier à Didier la proposition d'Audrey concernant le voyage aux Saintes-Maries.

Un voyage qui allait bouleverser sa vie – mais qui eût pu le savoir, à part les anges ?

– Se changer les idées, oui... Figure-toi qu'Audrey, justement, insiste pour que je vienne avec elle faire un voyage organisé en Camargue, aux Saintes-Maries-de-la-Mer. Quatre jours, pour aller voir les gitans...

Elle expliqua rapidement qu'un type affrétait un car et réunissait des employés de diverses grandes surfaces qui avaient des congés à prendre. Il organisait des excursions pour presque rien, de temps en temps, Audrey disait que c'était sympa... Mais il était hors de question qu'elle y aille, précisa-t-elle immédiatement. Partir comme ça, quatre jours, toute seule !

– Toute seule avec au moins vingt personnes, si je comprends bien. Et ta meilleure copine... Je crois que c'est très beau, la Camargue.

– Non, non. Je ne veux pas te quitter.

Didier fixa un moment la purée froide à laquelle ni l'un ni l'autre n'avaient touché, puis le plafond. Il tentait de contenir la sourde colère qui montait en lui de nouveau. Elle ne voulait pas le quitter… mais elle refusait obstinément de partir avec lui rendre visite à sa famille, voir son père qui allait fêter ses quatre-vingt-cinq ans. Didier, lui, avait perdu son papa quelques mois après leur mariage, et le père de Solange avait été d'un grand réconfort, l'accueillant, lui parlant comme s'il eût été son propre fils. Il aurait peut-être aimé revoir cet homme qui avait été si gentil et chaleureux avec lui, se réchauffer un peu à une famille, même si c'était celle de sa femme ! Est-ce qu'elle pensait à ça ? Ces gens l'avaient accueilli avec générosité, intelligence, sans une once de réticence vis-à-vis de ses origines ouvrières. Il avait aimé aller chez eux, pendant qu'ils habitaient Fécamp – non sans noter avec surprise la subtile résistance de Solange, qui tentait d'espacer les visites. Au début, il avait été flatté qu'elle veuille rester le plus possible en tête à tête avec lui. C'était une preuve d'amour, et ils s'entendaient si bien. Puis il s'était rendu compte que leur réelle joie de passer les week-ends à deux était, aussi, un prétexte d'évitement de ces déjeuners dominicaux…

– Je suis désolé, ma puce, je sais que tu as passé une sale journée et je vais encore t'énerver. Est-ce que tu pourrais m'expliquer ce qui se passe avec ta famille ? Quel est le problème ? J'aimerais bien savoir pourquoi tu…

Il n'alla pas bien loin dans son investigation. Elle le coupa immédiatement, le visage chaviré, en levant ses avant-bras comme si elle craignait un coup ou une gifle.

– Non ! Non, je t'en supplie… Je ne veux pas parler de ça !

Elle cacha son visage dans ses mains et resta ainsi, au-dessus de son assiette. Didier la regardait sans attendrissement. Une étrange froideur s'emparait de lui devant la jeune femme recroquevillée sur sa chaise, lui venaient de dures pensées, qu'il chassait habituellement de son esprit.

Il se remémorait sa rude enfance, son père épuisé, la pauvreté, le mal qu'il s'était donné, lui, pour accéder pied à pied à une carrière. Et il revoyait par contraste la belle maison de Solange, le confort, l'aisance qui donnait accès à toutes les études possibles, toutes les cartes en main pour réussir. Qu'il aurait aimé, lui, avoir cette enfance privilégiée, ces opportunités offertes !

Il pensa : « Elle a eu toutes les chances et elle a craché dessus. » Cette pensée lui fit mal, c'était comme un reniement.

Didier s'empara des assiettes, commença à débarrasser la table.

– Bien, dit-il très calmement. N'en parlons plus. Mais puisque tu ne veux pas aller vers le nord, je pense que ce serait bien que tu partes vers le sud…

Solange ne comprit pas, tout d'abord, qu'il parlait du voyage organisé vers la Camargue. Elle en avait déjà rayé l'idée dans son esprit.

– Tu… Tu veux que je m'en aille ? bégaya-t-elle.

– Ne déforme pas les choses, s'il te plaît ! Je ne veux pas que tu t'en ailles, je veux que tu fasses quelque chose pour te changer les idées. Je pense que ce voyage serait salutaire pour toi.

– Alors… tu penses qu'il faudrait que j'accepte ?

– Oui. En fait, je te le demande. Parce que tu en as besoin.

Didier s'étonna lui-même de la fermeté inhabituelle de ses propos, de sa voix soudain presque cassante. Il s'étonna aussi de ne pas éprouver la culpabilité immédiate qu'il ressentait quand il estimait avoir été trop dur.

La cuisine fut prestement rangée. La purée mise à la poubelle. Les deux babas au rhum resteraient côte à côte dans le frigo, oubliés.

Solange montait déjà l'escalier qui menait à leur chambre, tête basse, dos courbé, comme sous le poids d'une sentence.

Ils se couchèrent sans un mot de plus, éteignirent la lumière.

Allongés dos à dos, dans le noir et le silence, ils se sentaient affreusement loin l'un de l'autre.

Pourtant, une pensée commune les réunissait : « Ça ne peut pas continuer comme ça. »

Il était temps…

II

La plongée

1

Les roues du petit bagage que Solange traînait derrière elle faisaient un affreux grincement métallique en cahotant sur le trottoir de l'avenue de la Gare. Une toute petite valise, achetée à l'occasion de quelques jours de vacances chez une copine lorsqu'elle était adolescente. Elle n'avait jamais eu besoin de s'en procurer une plus grande, elle ne voyageait jamais. Quelques cartons avaient suffi à contenir leurs affaires conjointes, à Didier et à elle, lors du déménagement à Guéret.

Pour cette excursion, un short, un pantalon de rechange, quelques tee-shirts, un sweat à capuche et un maillot de bain « au cas où » suffiraient bien pour quatre jours. Au dernier moment, elle avait rajouté un col roulé plus chaud dans la valise, car elle avait vaguement entendu parler d'une fête gitane sur la plage, de nuit – de quoi attraper la crève…

L'ambiance à la maison n'avait pas été bien gaie, depuis la mauvaise soirée, en attendant ce départ. Mais Didier l'avait tout de même fait sourire, le lundi matin fatidique, en l'accompagnant sur le pas de leur porte.

– Ma chérie, tu sais qu'une bonne épouse doit obéir à son mari. Alors je te l'ordonne : amuse-toi ! Amuse-toi pour deux !

Rendez-vous du groupe à huit heures du matin, sur le parking de la gare, en remontant l'avenue du même nom, à cinq cents mètres de leur pavillon. Pas la peine de partir trop tôt, un quart d'heure suffirait bien. Didier l'avait regardée s'éloigner, son café à la main, sur le pas de la porte. Lui, il avait encore un peu de temps avant de rejoindre l'agence.

Solange s'était retournée après quelques pas. Elle avait même amorcé un mouvement pour revenir vers lui – la tentation était grande de faire faux bond aux copines, d'annuler ce voyage accepté à contrecœur… Didier, de loin, avait tapé du pied en faisant un impérieux et clair mouvement du bras, doigt pointé en avant, pour l'enjoindre de continuer. En gesticulant, il s'était copieusement arrosé avec son café, et avait mimé ensuite, en montrant sa chemise maculée : « Et voilà, en plus, c'est ta faute… »

Elle avait pensé qu'il se serait adressé de la même manière à un chien, ou à un enfant agaçant, pour les envoyer au fond du jardin. Et elle convint au fond d'elle-même que c'est bien ce qu'elle était : une enfant agaçante… Elle lui envoya un dernier baiser avec un geste en réponse : « Désolée… »

Alors elle avait attaqué la montée, résolument. Il avait raison, elle allait s'amuser ! Déjà, depuis quelques jours, la voix de son frère, ce qu'il avait hurlé et qui l'avait tant choquée, ne revenait plus dans son esprit que par rares bouffées, qu'elle chassait le plus vite possible. C'était décidé : pendant ce voyage, elle ne penserait à *rien* !

En arrivant vers le haut de l'avenue, elle nota un curieux bruit de trompette qui couvrait par instants celui des petites roues branlantes de sa valise. Puis elle déboucha sur l'entrée du parking, et stoppa net sa progression vers le lieu du rendez-vous.

Le car de l'excursion était là-bas, au fond, avec les participants disséminés autour. Un type juché sur le marchepied de la porte avant soufflait dans une ridicule petite trompette de foire. Il s'était coiffé d'un chapeau de cow-boy jaune poussin, avec un blouson à franges en satin assorti, et brandissait des bobs tout aussi criards en appelant tour à tour les candidats au départ :

– Allez ! Les rigolos de chez Carrefour, on y va ! Et les pieds nickelés d'Auchan, pas encore arrivés ? Dis donc, toi, tu ne vas pas déjà lui grimper dessus, hein ? Tu laisses passer les dames, non mais… Chacun son tour, comme à confesse ! On flirtera plus tard, mes p'tits loups !

Et de sonner un petit coup de trompette nasillarde entre chaque appel.

Solange menaçait de prendre racine dans le bitume, atterrée, quand Audrey et Betty lui firent de loin de grands signes exubérants. Il fallait y aller. Audrey la serra dans ses bras – elle était tellement, tellement contente d'aller aux Saintes-Maries avec elle ! Betty sautait sur place et virevoltait, surexcitée, en montrant bien – et surtout aux gars – qu'elle avait mis une jupe gitane à volants pour l'occasion.

– Aaaah ! Voilà les poulettes de chez Leclerc ! Manquait plus que vous, mes choutes, la partouze peut commencer ! Salut, ma grosse poule… Et la jolie blonde, là, elle s'appelle comment ?

Audrey répondit, à la place d'une Solange pétrifiée.

– So quoi ? Ah, Solange… Dis donc, avec des yeux comme ça, ça m'étonnerait que t'en sois un… Un ange ! précisa-t-il en hurlant de rire tout seul.

Solange monta dans le car, poussée par ses amies qui s'étaient chargées auparavant de mettre sa valise dans la soute. Elle dériva comme une automate dans l'allée et se laissa tomber sur un siège, au milieu du chahut ambiant. Audrey dut lui demander trois fois de se pousser contre la vitre pour la laisser s'asseoir à côté d'elle. Solange s'exécuta docilement, envahie par un total sentiment d'irréalité : dans quel mauvais rêve s'était-elle embarquée ? Betty était partie vers le fond du car, déjà sans doute en repérage des plus jolis garçons…

– Alors, tout le monde a son sandwich, son casse-croûte pour midi ? Je vous préviens, les rigolos, on ne s'arrête pas. Sauf pour faire pipi… Et à propos, les filles, faut vous concerter pour faire ça ensemble, hein ? Enfin, pas sur le même chiotte, évidemment ! Ou alors vous m'appelez, je veux pas rater ça !

Le rire du type était carrément insupportable. Solange peinait à croire qu'elle vivait vraiment ce qu'elle était en train de subir. Elle n'avait pas prévu à manger, souffla-t-elle à Audrey. Pas grave, elle partagerait, lui répondit celle-ci, tout à sa joie que Solange soit là.

Betty revenait vers elles, en faisant le clown dans l'allée.

– C'est quoi, son petit nom, à celle qui n'est pas encore assise ?

– Betty !

– Ah, Betty Boop… Je t'ai déjà eue, toi. Enfin ! Je veux dire…

– J'ai compris, j'ai compris, ça va.

Elle tangua jusqu'aux deux copines, pendant que le car démarrait, et leur confia à mi-voix :

– En tout cas, son surnom, à lui, il ne va pas changer : Groscon.

Elle précisa, avant d'aller s'asseoir deux rangs derrière elles :

– Groscon en un seul mot.

Solange avait la tête qui tournait, au bord du malaise. Puis elle s'aperçut que c'était simplement le car qui s'ébranlait et amorçait un virage pour se lancer dans l'avenue. Il dévala la pente qu'elle avait montée avec sa valise. Un rond-point plus loin, il y eut encore une plongée, puis une autre dans la bretelle qui conduisait à la quatre-voies. Le cœur soulevé, elle eut le sentiment d'une irréversible glissade…

Deux heures plus tard, le chahut dans le car n'avait pas cessé, savamment entretenu par le fameux Groscon à coup de blagues, de chansons hurlées en chœur. Au hit-parade, un tube qui datait un peu : « Les jolies colonies de vacances, merci papa, merci maman… », dont il connaissait tous les couplets, pour bien relancer le refrain.

Puis chacun sortit ses sandwichs, bières, et ce fut une pagaille indescriptible de lancers d'aliments divers, fruits, gâteaux, jetés de l'avant vers l'arrière et inversement. Un paquet de galettes bretonnes rasa la tête de Solange, qui ne réagit même pas. Fermant les yeux par intermittences, elle s'essayait à l'insensibilité, à l'indifférence – mais bien difficile de se persuader d'être sourde au milieu du brouhaha ! Elle pianota un long texto à destination de Didier, pour lui raconter dans le détail cet horrible début de voyage… Puis elle renonça à l'envoyer et effaça le message – de quel droit viendrait-elle polluer sa journée, puisqu'il était resté, lui, dans le « monde normal » ! Au moins, relater par écrit ce qui se passait autour d'elle l'avait un peu soulagée. Et d'ailleurs il y eut une légère accalmie dans la folie ambiante. Jusqu'à ce que Groscon se mette à hurler de nouveau.

– Allez, mes p'tits poussins, on joue : Monsieur et Madame Vont-Tomber-en-Panne-d'Essence ont une fille. C'est… C'est… Éva, bande de nuls ! Éva tomber en panne d'essence ! Donc on s'arrête prendre du carburant. Voilà, c'est la récré !

Ouf. Quelques pas sur le parking de la station-service, respirer, faire la queue aux toilettes, ressortir le plus vite possible pour prendre un peu de distance avant d'avoir à replonger dans le souk. Solange observait avec une infinie surprise ses deux amies, qui avaient l'air tout à fait heureuses et joyeuses. Pourquoi se sentait-elle à ce point déconnectée de ce qui semblait les réjouir ?

Elle remonta docilement dans le car, en se posant, peut-être pour la première fois, des questions sur ses propres réactions négatives...

Il y eut une nouvelle bouffée de chahut général, une chanson, deux blagues de Groscon, puis – ô miracle – tous les passagers s'écroulèrent en même temps. Vingt-cinq corps gisaient dans le sommeil, les pieds sur le dossier des voisins, en travers des banquettes, étalés au milieu de l'allée pour certains, garçons et filles mêlés. Betty reposait sur les cuisses d'un gars de chez Auchan qu'elle devait trouver à son goût, Audrey à demi pliée sur l'accoudoir de son siège, son chignon en grand danger de dégringoler.

Seule encore éveillée, Solange, se retournant un peu, considéra ses compagnons de voyage endormis ronflant à qui mieux mieux, cet amas de gisants jusqu'au fond de l'habitacle, et le sentiment d'irréalité qu'elle éprouvait depuis le départ se fit plus aigu – qu'est-ce qu'elle faisait là ? Pourquoi se sentait-elle à ce point étrangère, comme embarquée dans un rêve bizarre ?

Alors, la lassitude aidant, elle ne résista plus. Elle se laissa aller, puisque de toute manière elle ne pouvait rien pour arrêter cette plongée vers le sud, vers l'ailleurs, qu'elle avait acceptée. Elle glissa elle aussi dans le sommeil, résolument, profondément.

Qui sait ? Peut-être se réveillerait-elle dans une autre réalité ?

2

Ce matin-là, à peine Solange avait-elle disparu, traînant sa petite valise avenue de la Gare vers le rendez-vous du groupe, qu'un énorme cafard avait fondu sur Didier. Un cafard subit et écrasant qui l'avait laissé un moment interdit sur le pas de la porte, tête baissée et souffle court.

Il l'avait poussée à faire ce voyage organisé, mais qu'est-ce que cette échappée pourrait changer ? Une malheureuse escapade allait-elle dissiper le mal-être de Solange, comme par miracle ? Non, aucune chance. Le seul résultat évident serait ce qu'il vivait en la regardant disparaître vers le haut de l'avenue : rester seul quatre jours, sans compter celui du retour, le groupe devant débarquer au même endroit le vendredi en fin d'après-midi. Presque une semaine à se morfondre…

Il se secoua, claqua la porte avec un profond soupir, et s'en fut vers la cuisine pour se refaire un café. Il fallait qu'il se change, en plus, puisqu'il s'était taché en faisant le clown avec sa tasse ! Pitoyable, vraiment… Il se débarrassa de la chemise maculée qu'il jeta dans le panier de linge sale et monta à l'étage pour en prendre une propre dans le placard de leur chambre.

Il s'arrêta un moment avant d'entrer dans la pièce, considérant le décor qui l'entourait. Dieu, que ce pavillon était moche ! Il l'oubliait un peu lorsque Solange était là, mais en la circonstance sa triste laideur lui sautait aux yeux. Alors, pour se donner du courage avant d'attaquer sa journée, avec la déprimante perspective de se retrouver seul le soir venu, il prit une décision : dès le retour de Solange, il se mettrait en quête d'un autre logement. Plus de tergiversation, d'excuse pour ne pas bouger. Après tout, il était bien placé, avec l'agence, pour trouver un lieu de vie plus sympa, même s'il s'occupait peu de locations. Il trouverait ! Et vite !

Devant le placard ouvert, il constata qu'il n'y avait plus, sur l'étagère, qu'une seule chemise propre, et qu'elle était, comme par hasard, d'une couleur qui n'allait pas du tout avec le costume qu'il avait choisi. Il envoya prestement balader son pantalon pour se changer de pied en cap, sans prendre la peine de le plier soigneusement comme il en avait l'habitude. Ce n'était pas un jour à jouer « M. Propret », comme Solange l'appelait lorsqu'elle le charriait sur sa maniaquerie vestimentaire. Pour l'heure, si elle avait été à côté de lui, il aurait très mal pris n'importe quelle moquerie… D'autant qu'apparemment elle n'avait fait aucune lessive depuis au moins huit jours ! Pourtant, cette charge lui incombait exclusivement, ils en étaient convenus, puisque c'était le seul travail ménager dont Solange se chargeait correctement.

Il se planta devant la glace de la salle de bains pour vérifier sa mise… et s'aperçut qu'il avait boutonné sa chemise de travers – « mardi avec mercredi » comme on le lui disait lorsqu'il était petit. Il rectifia nerveusement, si nerveusement qu'un des boutons sauta. Pour le coup, un véritable rugissement d'exaspération lui échappa, complété par une série de jurons librement hurlés dans la maison silencieuse. Si encore ç'avait été un des boutons du bas, il aurait fourré sa chemise bien tirée dans son pantalon. Mais non, les deux pans bâillaient juste au niveau de la poitrine. Seule chemise – donc il ne couperait pas à un petit travail de couture matinal…

Il redescendit en vitesse chercher du fil et une aiguille dans le tiroir de la commode, celui qui servait de fourre-tout pour tout ce qui pourrait éventuellement servir un jour – bouts de ficelle, bouchons, allumettes et bougie en cas de panne d'électricité, ainsi qu'une très succincte trousse de couture.

En un éclair d'autodérision, il s'aperçut qu'il râlait sans discontinuer à voix haute. Ça lui faisait du bien, en cette foutue matinée qui commençait si mal, et il se promit de tenter d'être à l'avenir moins poli, moins mesuré dans ses réactions. Cette contention perpétuelle de ses humeurs était ridicule. Deuxième résolution du matin : il allait non seulement déménager, mais gueuler librement quand il en ressentirait l'envie !

Il enfila une aiguille, après avoir trouvé un bout de fil d'une couleur qui ne jurait pas trop avec celle de sa chemise. Coudre un bouton, ou un ourlet, ne lui posait aucun problème. Il avait appris à le faire – de même que la cuisine, le ménage, les courses… À l'image de son père, qui, en sus de son travail d'ouvrier, se chargeait naturellement des travaux domestiques. Comment faire autrement, quand on vit seul, et pauvre, avec un enfant ? Et puis c'était chez son père une forme de dignité, qu'il revendiquait, et une pudeur : on se devait de nettoyer sa propre saleté, il aurait eu honte de laisser faire ça à quelqu'un d'autre !

À l'adolescence, Didier s'était mis à l'aider, sans rechigner, sans se poser de questions, et sans prendre conscience qu'assumer ces activités-là était plutôt rare chez les garçons... Un peu plus tard, il se souvenait d'avoir été choqué, à l'issue d'une fête chez un copain d'école, que celui-ci lui dise, alors qu'il tentait de ranger le désordre monstre qui régnait dans la cuisine, de faire un peu de vaisselle : « Mais non, laisse ! Ma mère fera ça demain ! Ou la femme de ménage... » Ce genre de détail, plus que tout autre, lui faisait prendre conscience d'un décalage social avec la plupart de ses camarades.

Didier rangea soigneusement l'aiguille, le fil dans la petite trousse, qu'il remit bien à sa place dans le tiroir – on ne se refait pas – quand tout à coup il s'immobilisa, appuyé des deux mains sur la commode.

Il venait de s'imaginer vivant seul. L'évocation de son père, veuf assumant toutes les tâches de la vie courante sans femme pour l'aider, lui avait peut-être soufflé cette sale idée. Et si ça ne s'arrangeait pas, avec Solange ? Jusqu'au point de se quitter ? Jamais il n'avait sérieusement envisagé cette éventualité. Et pourtant... « Ça ne pouvait pas continuer comme ça », certes, il se l'était dit clairement, mais si le malaise continuait, et même s'amplifiait ?

Il s'en fut comme un automate dans la cuisine, préparer ce café qu'il n'avait pas bu, puisqu'il l'avait flanqué sur sa chemise. Il en avait besoin, en espérant qu'il lui remettrait les idées en ordre, qu'il lui donnerait le coup de fouet nécessaire pour chasser cette mauvaise pensée. Mais elle lui collait au cerveau, devenait une hypothèse on ne peut plus ordinaire : au moins la moitié des couples se séparaient, un jour ou l'autre, de nos jours. Pourquoi pas eux ?

Vivre seul... La perspective était horrifiante pour lui, spécialement s'il imaginait une existence solitaire dans ce décor, dans cette ville où il n'avait aucun ami. Rentrer ici sans Solange ? Sans même prendre un pot avec un copain ? Juste son boulot, qui lui plaisait, certes, qu'il avait gagné de haute lutte, mais avec des soirées et des week-ends désœuvrés ? Sans amour ni amitiés, dans une vie stérile ?

Puis il ne put empêcher ces saletés de pensées d'aller encore un peu plus loin. À quoi bon quitter Guéret, retourner dans son pays natal ? Il n'avait pas d'amis là-bas. Non plus. Jamais cette évidence ne lui était apparue de manière si écrasante. À tel point qu'une sorte d'incrédulité – tout à fait idiote, car il savait bien que c'était vrai – le saisit, et qu'il se dit à lui-même : « Ce n'est pas possible... Un mec sans copains, ça n'existe pas. »

Lui qui voulait prendre son café en vitesse s'assit un moment pour réfléchir. Ça valait le coup. Il remonta dans le temps, tenta un inventaire de ses relations. Bon, depuis qu'il était à Guéret, c'était un peu normal, la mise en place de l'agence avait pris les trois quarts de son énergie, monopolisé son attention, et le reste du temps il l'avait consacré à son couple, à Solange – avec moins de bonheur ces derniers mois, et ce souci avait pas mal occupé ses pensées. Aucun collègue masculin, pas de pratique sportive de groupe… Mais avant ? Avant, il y avait eu Solange, les belles années de bonheur à Fécamp, dans leur petit studio où ils n'avaient l'un et l'autre qu'une envie : se retrouver tous les deux le plus possible. Leur couple et son intimité, dès leur rencontre, avaient été le seul horizon. Mais avant encore ?

Il balaya rapidement le souvenir de quelques copains de lycée, ou des gars rencontrés fortuitement pour un verre ou deux, rapidement perdus de vue. Il avait beau chercher, son esprit se perdait dans une période de jeunesse occupée à se faire une place dans la société, à beaucoup travailler, courir à droite à gauche, faire le mieux possible ce qu'on attendait de lui, pour plaire au patron, pour…

Didier reposa sa tasse sur la table et acheva sa pensée : « … pour que mon père soit fier de moi. » Son père avec qui il vivait encore à l'époque, qu'il aidait, pour ménager sa vieillesse. Voilà, il avait fait le tour : il était passé de son père à Solange – comme les jeunes filles du siècle passé quittaient leurs parents, ou le couvent, pour la vie maritale. Il n'avait eu de véritables rapports, d'échanges importants, d'amitié, avec personne d'autre. Et ce matin, il trouvait ce constat déprimant.

Heureusement, son regard tomba sur le petit réveil posé sur le micro-onde, qui lui évita de se noyer dans des considérations encore plus vaseuses. Il se leva d'un bond, repris par l'urgence et la simplicité du temps présent : courir vers l'agence, avec une bonne demi-heure de retard. Et il émailla son départ précipité de « merde ! merde ! merde ! » retentissants jusqu'à ce qu'il referme la porte. Gueuler quand il en éprouvait le besoin, voilà au moins une résolution tenue !

* * *

Le groupe avait débarqué juste en face des Arènes. Une bretelle de circulation réservée aux autocars en faisait presque le tour pour amener les touristes au milieu de l'esplanade, devant le monument.

Solange avait fait quelques pas dans sa direction et s'était immobilisée, fascinée par le mastodonte de pierre. Derrière elle, ses compagnons de voyage récupéraient leurs affaires disséminées sur les sièges, sortaient les valises de la soute, harangués par Groscon qui les exhortait à se mettre en file indienne pour le suivre, son chapeau jaune levé au-dessus de sa tête. Audrey et Betty avaient pris en charge la valise de Solange et l'attendaient pour se mettre en route, alors que les autres se dirigeaient déjà, en désordre, vers une petite rue adjacente.

– Qu'est-ce qu'elle fait, plantée là ?

– Je ne sais pas. Elle regarde…

– Je t'avais dit que ce serait un boulet.

Et Betty tourna les talons pour suivre le mouvement sans plus de commentaires, courant pour rejoindre le gars dont les cuisses lui avaient servi d'oreiller pendant le grand sommeil général.

La fin du voyage et l'arrivée sur Nîmes avaient été plus calmes. L'infantile euphorie du départ en groupe façon « colo » s'était émoussée, et, après la sieste, la technologie actuelle avait repris son empire. Chacun s'était mis sur son portable, qui à jouer, qui à envoyer des textos, qui à écouter de la musique, ignorant les efforts de Groscon pour raviver l'ambiance. Après une tentative de blague tombée à plat, lorsqu'il avait eu le malheur de s'écrier : « Alors quoi ? Ça ne vous fait pas rire ? Vous préférez peut-être que je me taise ? », le car entier, d'une même voix, avait hurlé en réponse :

– Ooooh oui !

Et l'animateur, désavoué aussi spontanément par tous, s'était assis, marri, digérant l'affront le plus dignement possible, son chapeau de « joyeux GO » entre les jambes.

Solange était toujours figée devant le monument, bouche ouverte. Audrey vint doucement la prendre par le bras, l'invitant à mi-voix à suivre le groupe, de la manière précautionneuse que l'on emploie pour ne pas réveiller trop brusquement une somnambule. Et, de fait, Solange avait bien du mal à s'extraire de sa contemplation.

– Qu'est-ce que c'est beau. Je n'ai jamais vu un truc pareil…

– Évidemment, tu ne vois jamais rien !

Ce n'était pas méchant de la part d'Audrey, juste une allusion à la surprise de Solange, à la fin du voyage, devant le changement de paysage, la couleur de la terre, les pins parasols, les yeux écarquillés comme une enfant qui débarque en pays exotique. Audrey s'en était amusée :

– C'est pas l'Afrique, tout de même !

Solange lui avait répondu doucement qu'elle ne connaissait que Fécamp, un peu la côte normande et Guéret, elle n'avait jamais voyagé, ni vers le Midi ni nulle part ailleurs. Audrey avait souri, attendrie par l'aveu d'ignorance – quelle drôle de copine elle avait là !

– Vraiment, tu n'as jamais bougé ? Jamais vu…

– Rien. Jamais. Rien d'autre.

Lorsqu'elles arrivèrent face au modeste hôtel, dans la petite rue, elles se heurtèrent à un véritable mur sonore. Une vingtaine de personnes suffisaient à surpeupler la minuscule réception, serrées les unes contre les autres, se passant des valises de bras en bras, au-dessus des têtes, au fur et à mesure de l'appel des noms pour la distribution des chambres. Et ça hurlait à qui mieux mieux, comme au plus fort de la fiesta dans le car. Le réceptionniste, un petit gars fluet nanti d'un filet de voix, peinait à se faire entendre, secondé par Groscon qui bramait les noms et les numéros.

Un type se révoltait.

– Quoi ? On est deux par chambre ?

– Et même trois s'il y a un lit d'appoint. Au prix du voyage, tu voulais une suite ?

Et il précisa qu'aux Saintes-Maries ce serait six par chambrée, puisqu'ils séjourneraient dans un « centre aéré » inutilisé par les jeunes en cette période – les filles d'un côté les gars de l'autre. Et il surveillerait la bonne tenue du groupe ! Ce fut un tollé général, agrémenté de toutes les blagues standard en pareille cohabitation mixte.

Audrey était allée rejoindre Betty, qui se joignait au concert de plaisanteries. Solange était restée non loin de l'entrée, sa petite valise à ses pieds, regardant la foire ambiante d'un air tout à fait abruti. Tout à coup, elle entendit son nom.

– C'est moi, répondit-elle en levant le doigt comme à l'école.

– Je le sais que c'est toi, gueule d'ange ! Mais quelle fille partage ta chambre ?

Il y eut un silence. Un temps suspendu, qui durait. Solange allait amorcer un geste d'ignorance impuissante, quand Audrey leva haut la main.

– Moi !

Elle fut immédiatement bourrée de coups de poing dans les côtes par une Betty furieuse d'être ainsi lâchée par sa copine. Mais Audrey ne se désista pas, plaidant que c'était elle qui avait proposé à Solange de venir – elle n'allait pas la laisser toute seule, paumée comme elle semblait l'être…

Avant que tout le monde ne s'éparpille vers les étages, Groscon cria à la cantonade :

– Et rendez-vous en bas à dix-neuf heures pile pour dîner à la Brasserie des Arènes ! Les retardataires seront privés de dessert !

Comme aucun commentaire ne lui parvint en retour, indiquant qu'on avait entendu la consigne, il poussa un soupir fataliste. Pas facile, ce groupe, il allait peut-être en baver, cette fois, avec ceux-là…

3

Évidemment, en retard comme il l'était, Didier était arrivé en nage à l'agence. Il entra en coup de vent et se précipita vers le cagibi où se trouvaient les toilettes, heureusement nanties d'un petit lavabo. Il avait à peine salué la Blonde en passant. Elle le suivit du regard, un sourcil en l'air, le regarda entrer en trombe dans le réduit en se cognant carrément à la porte ouverte et resta un moment dubitative.

Après avoir soigneusement fermé le loquet, Didier déboutonna précautionneusement sa chemise. Il avait déjà arraché un bouton ce matin, il n'allait pas faire la même bêtise deux fois. Il recommença à râler en sourdine. C'était sa dernière chemise propre, il serait donc obligé, ce soir, de faire une lessive qu'il mettrait à sécher au plus vite, avec une bonne petite séance de repassage le lendemain matin qui l'obligerait à se lever plus tôt – de quoi entamer une autre journée de bonne humeur !

Il ouvrit doucement le tout petit placard qui renfermait les quelques produits d'entretien, sous le lavabo, et dénicha au fond, derrière les flacons, le déodorant qu'il avait caché là pour ce genre de circonstance.

Puis il ressortit du cagibi de l'air le plus naturel possible, adressa à la Blonde un sourire mécanique et s'assit à son bureau. Consultant son agenda électronique, il constata avec regret qu'il n'était prévu aucune visite aujourd'hui, ni d'un bien nouveau ni de présentation pour une vente. C'était pourtant la seule chose qui lui aurait changé les idées. Marcher, sortir, parler à des gens, convaincre des clients en trouvant des arguments pour contrer leurs hésitations, enfin tout ce à quoi il était bon.

Il s'assura tout de même auprès de sa collègue qu'il n'avait pas omis de noter quelque chose – il était passablement troublé, ces temps-ci…

– Pas de visite, aujourd'hui ?

– *Nada !*

Allons bon, elle donnait dans l'hispanisme, aujourd'hui.

La Blonde le considéra un moment, adossé à son siège, la tête rejetée en arrière, l'air perdu dans ses pensées. Elle hésita à interrompre ce qui semblait une rumination intense, puis précisa qu'ils avaient plein de dossiers en retard à classer, compléter…

– Oui… Oui, bien sûr…

Une bonne minute passa encore avant que Didier se décide à bouger et ouvre le tiroir-classeur de son bureau avec un gros soupir.

De son bureau, elle regardait discrètement son collègue, tout en travaillant. Elle avait beau être un peu ridicule avec ses coquetteries, elle n'en était pas moins observatrice, et il lui suffit de quelques indices pour qu'elle comprenne que ça n'allait pas du tout. Elle lui tendit en vain un dossier qu'il mit dix bonnes secondes à saisir, le regard fixé au-delà de la vitrine, complètement ailleurs.

Il avait posé son téléphone à côté de lui, en vérifiant à tout bout de champ s'il avait un message. C'était un des gars les plus équilibrés qu'elle ait rencontré, d'une solidité et d'un calme remarquables, le souci devait donc être d'ordre intime.

– Vous n'avez pas l'air très en forme.

– Si, si ! Aucun problème. Ça va.

Il s'était redressé, la nuque bien droite, le torse soudain bombé, pour bien appuyer sa dénégation. Le brusque changement d'attitude était si puéril qu'elle faillit en rire. Donner le change d'une façon aussi maladroite était un aveu.

Elle n'insista pas et se remit à son classement.

Jusqu'à l'heure du déjeuner, ils n'échangèrent que deux ou trois phrases strictement professionnelles à propos d'une affaire en cours. Il régnait dans l'agence une atmosphère studieuse un peu étrange – un non-dit flottait vaguement pendant qu'ils tripotaient des dossiers sur leurs bureaux respectifs, rendant chaque geste, chaque froissement de papier faussement naturel.

Et c'est sur un ton tout à fait artificiel que la Blonde s'écria, alors qu'elle ne pouvait ignorer l'heure affichée à la grosse pendule juste en face de sa table :

– Ah ! Mon Dieu, déjà treize heures !

Elle se leva brusquement, lissa sa mèche blonde et attrapa sa veste, son sac. Avant de sortir, elle se retourna.

– Vous ne voulez pas qu'on déjeune ensemble ? Pour une fois ? proposa-t-elle de l'air le plus détaché possible.

– Non, merci, c'est gentil, mais… Non, je vais rester là, je n'ai pas faim. Et puis… j'ai mal dormi, je vais me reposer un peu. Prenez votre temps…

Elle sortit sans plus de commentaires, après lui avoir adressé un petit sourire neutre.

À peine sa collègue avait-elle passé la porte que les noires pensées du matin lui revinrent. À croire que la simple présence humaine de la Blonde dans la pièce les avait tenues à distance. Une sensation particulière de vide le saisit. Il eut même l'impression que la température avait soudainement baissé d'un ou deux degrés dans l'agence. Il se leva, fit quelques pas en long et en large, histoire de se dégourdir, d'empêcher le cafard de se figer en lui. C'était idiot. Il n'allait pas tourner en rond comme un imbécile pendant une heure ! Pourtant il n'avait pas du tout envie de sortir…

Il fixa un moment son téléphone désespérément muet. Bon sang, ils avaient bien dû s'arrêter pour déjeuner. Ou au moins faire une pause toilettes. Un petit texto sympa de la part de Solange, quelques mots gentils, aurait été la moindre des choses, non ? Elle devait bien se douter qu'il n'était pas moralement au top, seul à travailler ici alors qu'elle prenait du bon temps avec ses copines. Un petit « Je pense à toi », ç'aurait été trop espérer ? En fait, il lui avait ordonné de s'amuser et elle devait tellement s'y adonner qu'elle n'en avait rien à faire de sa solitude à lui…

Il se courba sur son bureau, la tête enfouie dans ses bras croisés, bousculant sans y prendre garde une petite pile de dossier qui tomba à terre. Il ferma les yeux, tout en se disant qu'espérer sommeiller un moment était illusoire. Rien à faire pour échapper aux sales cogitations du matin qui l'assaillaient à nouveau, de plus en plus déprimantes.

Il resta ainsi prostré, la tête posée sur ses bras, jusqu'à ce qu'un frisson le secoue. Il ne rêvait pas, il faisait un froid terrible là-dedans… Il alla augmenter la température des deux radiateurs électriques et fit bouillir de l'eau dans la petite bouilloire posée sur une étagère avec quelques tasses et du café soluble. Ça le réchaufferait.

Il revint s'asseoir avec son mug. Presque quatorze heures, aucun appel de Solange…

Il se surprit à avoir hâte que la Blonde revienne, histoire de meubler ce vide qui l'oppressait. Encore un quart d'heure de cafard – il est vrai qu'il lui avait enjoint de prendre son temps – et elle poussa la porte, un petit sac en papier au bout des doigts, qu'elle lui tendit négligemment.

– Tenez ! Un pain au chocolat. Vous allez nous faire une crise d'hypoglycémie vers seize heures.

– Oh, ce n'était pas la peine… Merci.

– Hou ! Il fait chaud, ici ! On étouffe, non ?

– Non… je ne crois pas…

– C'est parce que j'arrive de l'extérieur, alors.

Elle rangea son sac, retira sa veste, et remarqua les dossiers tombés à terre devant le bureau de Didier. Elle les ramassa et les posa sur la table, sans commentaire. Il ne réagit même pas.

Pas de doute, il n'allait pas bien, le collègue…

– J'ai une idée. Comme les clients ne se bousculent pas, si nous faisions maintenant le tri dans tous ces dossiers classés qui encombrent nos tiroirs ?

Didier admit que c'était une bonne idée et se leva illico, soulagé de s'activer à quelque chose, n'importe quoi, pourvu qu'il bouge ! Ils passèrent une bonne heure à vider les tiroirs et à réunir une grosse pile de papiers devenus inutiles : « Affaire classée… Vente terminée… Ça aussi, classé… » Didier se proposa pour aller chercher quelques cartons chez les commerçants voisins et stocker le tout dans la minuscule cave de l'agence. Cela lui vaudrait une petite promenade bienvenue.

Toutes les dix minutes, il interrompait le rangement pour jeter un œil à son téléphone.

– Vous attendez un coup de fil important ?

– Non, non. Pas vraiment… Mais…

Elle le considéra un moment, debout à fixer son appareil, les bras ballants. Se sentant stupide, il mit les mains dans ses poches, puis les ressortit. Il lui faisait pitié.

– Vous devriez rentrer, si vous vous sentez patraque, vous savez. Il n'y a rien d'urgent, aujourd'hui, vous pourriez en profiter. Vous couvez peut-être quelque chose ?

– Non, non, ça va. C'est juste que… Enfin c'est…

D'un coup, ses jambes plièrent sous lui et il s'assit sur un des cartons pleins de dossiers. Il n'en pouvait plus de se taire, de garder le poids de ses pensées pour lui. Au début il voulut rester évasif, juste dire que sa femme était partie en voyage quelques jours, s'en tenir à ce simple fait. Mais Didier n'avait jamais parlé à personne de son couple, de sa vie intime. Il se surprit à livrer un détail, puis à parler de Solange, de son caractère, et, de fil en aiguille, de son mal-être.

Quand on est taraudé par un souci, il faut une grande maîtrise de soi, de sa parole, pour ne pas aller trop loin dans la confidence. Didier n'avait pas l'habitude. Tout en parlant, il prenait conscience du soulagement qu'il éprouvait à formuler ce qui lui pesait sur le cœur, il se laissait aller.

La Blonde l'écoutait sans marquer une attention excessive. Puis, comme il semblait parti pour se livrer véritablement, elle s'assit sur une chaise un peu plus loin, gardant une intelligente distance pour ne pas troubler cet étonnant moment de « lâcher-prise » de la part d'un garçon habituellement si réservé. Didier en vint à évoquer le refus de Solange de rendre visite à sa famille, son blocage total dès qu'il était question de retourner vers eux. Rien à faire pour qu'elle lui parle franchement de ce qui se passait ! Or il sentait bien qu'il y avait un problème, c'était évident, et elle s'obstinait à le lui cacher.

Pourtant, Didier, intervint la Blonde après un moment de silence, vous me dites que vos rapports sont clairs. Vous ne vous cachez rien, vous discutez de tout. Pourquoi ne vous ferait-elle pas confiance, juste sur ce sujet ?

Il ne savait pas. Il n'y comprenait rien. Et c'était de pire en pire. Il ne pouvait plus la questionner sans qu'elle soit au bord des larmes.

Il était touchant, cet homme, à buter ainsi sur des questions sans réponse. Il se tut, découragé, impuissant, le regard au sol.

Elle eut alors une réflexion d'une étonnante sagacité.

– Si elle est bloquée à ce point, il s'agit peut-être d'un problème qu'elle se cache à elle-même ?

Didier en resta muet. Soudain, la résistance de Solange lui apparaissait sous un jour nouveau. Et si elle ne *pouvait pas* lui parler ?

Mais l'heure des confidences était passée, chacun sa vie et il fallait terminer le rangement. Les cartons bouclés, Didier se chargea de les descendre au sous-sol et regagna son bureau. Puis deux clients éventuels vinrent demander des renseignements, et la Blonde et lui firent leur numéro de duettistes habituel pour faire miroiter une bonne affaire.

Vers la toute fin de l'après-midi, il vit affiché sur son téléphone le numéro de Solange. Elle avait donc cherché à le joindre ! Mais ni message, ni SMS. Pourtant il était resté sans arrêt à côté de l'appareil. Didier resta tristement perplexe.

La Blonde se tenait devant son bureau, manteau sur le dos, prête à partir. Elle déposa un petit papier devant lui sur sa table. Il y lut : « Invitation à dîner, au Coq en Pâte, 20 h ».

Il leva la tête vers elle, estomaqué.

– C'est très bon, vous verrez. Je serais vexée que vous ne veniez pas. Il ne faut pas rester seul quand on ne va pas bien, ajouta-t-elle en lui jetant un regard juste avant de sortir.

Didier fixa bêtement la porte un bon moment après qu'elle se fut refermée sur sa collègue.

Sa première réaction fut violemment négative : il n'irait pas ! De quel droit se permettait-elle de lui balancer sous le nez une invitation saugrenue, qui à vrai dire ressemblait à un ordre ? « Je serais vexée que vous ne veniez pas » – et puis quoi encore ?

Et comme toujours, ce mouvement d'humeur fut immédiatement suivi de culpabilité. C'était sa faute à lui, évidemment. Il s'était stupidement laissé aller à parler de ses problèmes et elle en profitait, comme si ces confidences lui donnaient soudainement un droit sur lui. Il s'était mis en position d'infériorité, en exposant ses faiblesses, ses questions, et voilà le résultat : une invitation, comme une aumône qu'un pauvre type en peine ne peut refuser.

Il se leva, malmena quelques dossiers, les rassembla n'importe comment sur le côté de son bureau, prit son téléphone qu'il consulta machinalement – toujours pas d'appel – et s'apprêta à quitter l'agence. Un reste d'humeur le fit partir d'un pas vif, un pas qui se ralentit peu à peu à mesure qu'il songeait à la soirée d'une triste imbécilité l'attendait : une boîte de conserve, les infos, puis n'importe quelle émission stupide, la soirée typique d'un mec déprimé qui n'avait même pas un copain à appeler.

Pas un ami… Alors pourquoi refuser la main tendue d'une collègue épatante, d'une femme qui avait eu la patience de l'écouter, avec pudeur, sans commisération, et même avec intelligence ? Il s'arrêta un moment. Le Coq en Pâte. Ils s'étaient promis, Solange et lui, d'y aller un jour, et puis voilà, le train-train, le manque d'occasion, l'habitude de faire des économies aussi – quel besoin d'aller au restaurant dépenser l'argent des courses de toute une semaine, quand on peut bien manger chez soi ? L'atavisme du fils d'ouvrier, indécrottable…

Et zut, il fallait qu'il se change, s'il y allait. Il n'allait pas débarquer dans un restaurant réputé le meilleur de la ville avec une chemise portée toute la journée, son costume froissé… Ce qui lui rappela illico qu'il n'avait plus de chemise propre. C'est sans ralentir son pas qu'il dépassa son domicile et continua à descendre l'avenue, pour aller en vitesse en acheter une neuve au seul magasin encore ouvert à cette heure : le supermarché Leclerc.

Il s'y engouffra, la décision d'accepter l'invitation de la Blonde prise sans même qu'il se le soit dit clairement. Il choisit au rayon « Vêtements Homme » une chemise jaune pâle – une blanche lui paraissait trop cérémonieuse – et se dirigea vers les caisses pour régler son achat, avec un pincement au cœur. Pas de risque d'y voir Solange, ni cette peste de Betty, ni Audrey traînant dans les rayons à proximité. Il évita tout de même une de leurs collègues qu'il avait rencontrée une ou deux fois, et se dirigea vers la caisse suivante, le plus discrètement possible.

Peine perdue, la fille l'avait repéré et reconnu, et lui lança gaiement de loin :

– Alors ? Elle prend du bon temps, votre petite femme !

Didier eut la force d'esquisser un vague sourire, paya et sortit du magasin les larmes aux yeux.

4

Solange s'était retrouvée en bout de table. Ça s'était fait tout seul. À l'arrivée dans la vaste brasserie où le repas avait été réservé pour eux, chacun s'était spontanément groupé selon les camaraderies et affinités naissantes, et Solange, après avoir tenté de prendre une chaise ici ou là, s'était naturellement assise à part, à la dernière place libre en bout de banquette, vers les larges baies vitrées du restaurant.

Lorsqu'elle s'était installée avec Audrey dans leur petite chambre avec lits jumeaux et douche, celle-ci l'avait immédiatement prévenue qu'elle se mettrait à côté de Betty au dîner.

– Tu as vu la tête qu'elle m'a faite, quand j'ai voulu partager ma chambre avec toi ? Si je ne suis pas avec elle tout à l'heure, c'est la guerre jusqu'à la fin du voyage.

Du côté opposé de la longue tablée, à côté d'une Betty surexcitée, Audrey lui lançait des regards désolés. Pas facile d'être une gentille fille qui voulait ne se fâcher avec personne…

Solange lui sourit en retour, avec une mimique rassurante. Elle était bien, là, un peu à l'écart du bruit des conversations, de Groscon qui trônait au milieu du groupe en essayant de reprendre la main sur la gaieté ambiante. Elle n'avait qu'à tourner la tête à droite pour contempler, juste derrière les baies vitrées, les Arènes illuminées pour la nuit. Écrasée d'admiration, Solange n'arrivait pas à les quitter des yeux.

Était-elle mystérieusement avertie qu'elle aurait là le plus étrange, et le plus important rendez-vous de sa vie ?

Avant de quitter l'hôtel, elle avait tenté d'appeler Didier, se promettant de ne pas le culpabiliser en lui racontant l'horrible voyage, juste pour lui dire sobrement qu'elle était arrivée. Mais il n'avait pas répondu, sans doute encore au boulot… Elle rappellerait après le dîner.

Dîner qui menaçait de s'éterniser, d'ailleurs, car ils n'avaient eu droit qu'à une minuscule entrée – trois feuilles de salade et une tranche de magret séché – et le plat se faisait attendre. Un vieux serveur courbé, l'œil absolument vide, avait posé les assiettes devant chacun d'eux avant de repartir, l'air toujours aussi absent, en traînant les pieds. À présent il semblait dormir, appuyé contre une des colonnades soutenant le plafond du restaurant. Quel âge avait ce pauvre type, se demandait Solange, pour travailler encore ?

Les bouteilles, elles, défilaient, commandées par les uns et les autres en complément du pauvre et unique verre de vin blanc prévu au menu fixe, et le vacarme des conversations montait crescendo.

Le profil du vieux serveur épuisé se détachait sur le monument illuminé d'un orange fluorescent qui le rendait presque irréel. Entre la fatigue du vieil homme qui paraissait si fragile et l'énormité des Arènes, leur pérennité depuis des siècles, le contraste était déchirant...

Au moment où Solange se demandait si le serveur n'allait pas basculer vers l'avant, un appel en cuisine le fit se redresser d'un coup et il s'y dirigea comme un automate, pour en ressortir presque aussitôt avec six assiettes – deux dans chaque main et deux autres en équilibre sur chaque bras, une vraie performance.

Un cri général salua son approche de la tablée :

– Aaaah ! La brandade !

La petite voix d'une fille tenta un « moi j'aime pas ça... » qui ne fut relevé par personne. Bon gré mal gré, elle avalerait sa brandade, inévitable spécialité de Nîmes.

Groscon se leva soudain, réclamant le silence pendant que le serveur posait les assiettes et repartait illico en chercher d'autres.

– Une question ! On va voir si vous avez de la culture, bande d'ignares ! Ici c'est pas vraiment un pays à patates, hein ? C'est plutôt en Bretagne ou en Vendée, la patate... Et la mer ? Elle est encore loin, la mer, hein ? On ne peut pas dire que Nîmes soit un port de pêche, ça se saurait !

Tout le monde s'était tu, se demandant où il voulait en venir. Groscon gonfla le torse, préparant son effet.

– Alors-alors-alors... Est-ce que quelqu'un sait pourquoi la brandade de morue est la spécialité d'un pays qui ne produit ni morues ni patates ?

Il y eut un petit silence. Un type qui avait déjà attaqué son assiette lança :

– On s'en fout, mon vieux…

Les autres attendaient une hypothétique réponse de la part de l'animateur… Mais non, il ne l'avait pas, la réponse, c'est pour ça qu'il posait la question ! Il tenta d'obtenir l'aide du vieux serveur qui revenait avec les derniers plats.

– Vous devez savoir ça, vous, hein ? hein ?

Mais celui-ci repartit sans un regard, sans un mot, du même pas traînant, abîmé dans sa fatigue, pour disparaître à nouveau en cuisine. Le mystère de la brandade nîmoise ne serait pas dévoilé aujourd'hui. L'attention se détourna de Groscon, qui se rassit et entama sa propre assiette sans plus de commentaires, un nouveau bide à son actif de joyeux organisateur.

Solange mangea la moitié de sa portion, un peu à contrecœur. Elle non plus n'aimait pas trop cette purée au goût de « poiscaille », comme le disait une de ses grands-mères normandes. Entre deux bouchées, elle tournait la tête vers le monument, derrière les vitres, qui attirait irrésistiblement son regard. Puis, le plat se révélant décidément médiocre, une petite bataille de purée grisâtre démarra autour de la table, les fourchettes servant de catapultes, comme aux jolis temps des cantines scolaires. Solange se recula d'instinct. Groscon releva la tête de son assiette, l'œil allumé – il y avait peut-être, finalement, quelque espoir que ce groupe ne soit pas trop ennuyeux ?

La gaminerie se mit à dégénérer. La brandade volait haut, atteignit une table voisine, une assiette tomba à terre et le patron de la brasserie se montra, les mains sur les hanches – sans toutefois trop se gendarmer, commerce oblige.

Solange en profita pour se lever et quitter la brasserie discrètement.

Elle se retrouva face aux Arènes. Les Arènes illuminées pour elle toute seule. Elle respira un grand coup, au bord du trottoir, devant la merveille. L'air était doux. Elle sortit son téléphone de son sac, c'était le bon moment pour discuter avec Didier, et elle se promit encore de ne pas lui dire son agacement, son intolérance, de ne pas le culpabiliser pour l'avoir convaincue de partir. Juste entendre sa voix, lui dire des choses douces…

La messagerie se déclencha immédiatement. Elle décolla le portable de son oreille et le regarda, incrédule, comme si la petite machine faisait une erreur. Il était dix heures du soir, à peu près. Elle coupa la communication sans laisser de message. Didier devait être dans la salle de bains à se laver les dents, ou il avait laissé son téléphone en bas et ne l'entendait pas ? Elle s'assit sur une chaise de la terrasse, attendit quelques minutes avant de rappeler – elle n'avait aucune envie, de toute manière, de réintégrer la foire dont elle entendait les échos, affaiblis par les baies vitrées. Et toujours ce sentiment de flotter dans un monde étranger…

L'annonce se déclencha de nouveau. La voix professionnelle, commerciale de Didier donnant le numéro de l'agence fit voler en éclats les résolutions de Solange :

il l'avait envoyée dans ce cauchemar et il ne répondait même pas au téléphone ?

– Allô, Didier ? Mais où es-tu ? Tu n'es pas rentré ? Bon… Je ne voulais pas te le dire, mais vraiment, merci ! Merci d'avoir insisté pour que je parte, c'est une horreur ! Rappelle-moi, j'aimerais bien te parler, tout de même. Ça me ferait du bien, parce que là… là…

À quoi bon s'étendre en récriminations inutiles ? Elle raccrocha nerveusement et se leva pour rentrer dans la brasserie. Mais au moment d'ouvrir la porte, elle se figea sur le seuil. Betty était montée sur la table et entamait un flamenco ridicule, en agitant haut sa jupe gitane, tandis que ses voisins éméchés frappaient dans leurs mains, avec la totale absence de sens du rythme qui caractérise les Français, spécialement lorsqu'ils sont en groupe. Non, c'était trop ! Et ce n'était que le début du voyage. Quels sommets de vulgarité ses compagnons allaient-ils atteindre lorsqu'ils seraient aux Saintes-Maries, à regarder les gitans, peuple réputé fier, comme des singes au zoo ? Tels qu'ils étaient partis, ils seraient capables de leur jeter des bananes !

Solange battit en retraite et résolut de faire un tour pour échapper à la fin de ce cirque.

Il faisait doux. Marcher dans le soir tiède lui faisait du bien. Elle s'aventura dans les rues adjacentes, bordées de vieilles maisons. Elle observait les façades, différentes de celles du Nord avec leurs jolis balcons en fer forgé, chargés de pots et de plantes. Puis elle emprunta une ruelle étroite qui lui parut pleine de charme. Parfois, à un croisement, elle apercevait les Arènes. Elle en déduisit qu'elle devait faire le tour de la place, elle n'était pas perdue.

L'heure n'était pas encore tardive, mais tout était désert. On n'apercevait aucune lumière aux fenêtres, et les volets étaient pour la plupart fermés. Elle trouvait là une similitude avec la petite ville où elle habitait. Dieu que les gens se couchaient tôt, en province ! Passé dix heures du soir on ne voyait plus personne dans les quartiers, et le peu d'animation était concentré dans quelques restaurants ou sur les grandes artères. Elle avait l'impression de se promener dans une ville fantôme.

Elle respirait mieux, elle oubliait les imbéciles, elle se sentait vraiment ailleurs. Peut-être, après tout, ce voyage serait-il une bonne chose ? Elle était tellement fatiguée, dégoûtée de son constant énervement…

Décidément attirée par le monument, elle bifurqua dans une ruelle qui la ramenait vers les Arènes. Elle les découvrait sous un autre angle, et la masse de pierre, très proche du coin de rue où elle avait débouché sur la place, cachait les bistrots situés de l'autre côté, la brasserie où ses camarades de voyage devaient continuer à faire les zouaves. Le ciel était d'un bleu profond. Elle s'assit un moment sur une borne, au coin d'une vieille porte cochère, pour le contempler. Était-ce l'illumination orange des Arènes qui le faisait paraître, par contraste, d'un bleu aussi intense ?

Elle ne pensait à rien de précis, elle s'apaisait. Tête levée, elle observait de petits nuages ronds et blancs qui défilaient devant la lune et les étoiles, d'une manière un peu irréelle – pourquoi couraient-ils si vite, alors qu'il n'y avait, près du sol, pas un souffle de vent ? Elle les fixa un long moment, cherchant à comprendre le curieux phénomène.

Doucement, elle appuya son dos et sa tête au vieux mur derrière elle, hypnotisée par ce mouvement mystérieux, là-haut. Elle ferma les yeux, et, sans même en avoir conscience, glissa dans le sommeil.

Solange commençait son vrai voyage.

5

Didier arriva vers vingt heures trente au restaurant. Le patron leur avait réservé une table au fond de la salle, dans un coin assez tranquille. La Blonde attendait depuis une bonne demi-heure devant la chaise vide qui lui faisait face. Il la vit de loin, tête baissée, fixant son assiette, le dos un peu voûté, et cette image de femme résignée à sa solitude le toucha. Lorsqu'il se présenta face à elle, elle se redressa immédiatement, affichant un sourire encore un peu fragile.

– J'ai bien cru que vous me posiez un lapin… Remarquez, ça m'aurait rajeunie !

– Pardon. J'avais besoin…

Le début de sa phrase d'excuse resta en suspens. Elle eût pu se terminer par : « de prendre une douche… de changer de chemise… de tenter de joindre ma femme… de réfléchir avant de me décider à venir… » Toutes ces précisions étant justes, il se contenta d'écarter les bras, ce qui résumait l'ensemble, plus simplement, avant de s'asseoir.

Comme la Blonde arrivait quelquefois à l'agence aussi parée que si elle s'était rendue à une soirée, il avait craint le pire. Quel décolleté plongeant, quels lustres aux oreilles, quelle jupe collante et lamée allait-elle arborer ? Et quelle honte pour lui, s'il croisait un client dans ce restaurant, témoin de ce dîner intime avec une collègue attifée comme une call-girl !

Didier apprécia qu'elle ait mis un simple col roulé, avec un collier discret pour tout bijou. La Blonde était décidément plus fine qu'il ne l'avait pensé. Elle ne voulait pas le gêner, et affichait par sa mise – pour lui et les éventuelles connaissances qu'ils pourraient rencontrer – qu'il s'agissait d'un rendez-vous purement amical.

Le début du repas fut un peu contraint, ni l'un ni l'autre ne sachant que dire. Ils commandèrent leurs plats respectifs, et Didier insista pour qu'ils partagent la note « en camarades », ce que la Blonde accepta, après quelques protestations de pure forme.

Elle risqua une question, qui découlait logiquement des confidences de l'après-midi.

– Vous avez réussi à avoir votre femme au téléphone ?

– Non. Pas encore… Mais n'en parlons pas, s'il vous plaît.

Didier indiquait donc clairement, et son attitude légèrement distante le confirmait, qu'il s'était repris et qu'il n'avait pas l'intention de se livrer davantage. Voilà qui n'allait pas faciliter une conversation, s'il fallait écarter tout sujet intime ou trop personnel. Ils n'allaient pas parler travail, tout de même ! La Blonde acquiesça, avec une petite moue de résignation polie. L'entrée fut dégustée dans un silence total.

Le serveur vint retirer les assiettes du hors-d'œuvre, donna quelques coups de serviette inutiles à la nappe et s'en fut, les laissant face à face à attendre le plat principal. Ils se fixèrent un moment, dans un silence qui devenait de plus en plus embarrassant, et Didier écarta les mains en signe d'impuissance. Elle eut un petit rire complice – elle n'était pas plus brillante !

Ce dîner était ridicule. Didier fut pris d'une folle envie de se lever et de partir, pour échapper à cette torture. La politesse et sa gentillesse naturelle le retinrent. Dans une tentative pour de sortir de l'impasse, il eut un sursaut et hasarda une question – tout à fait idiote puisqu'il connaissait la réponse.

– Et vous, vous vivez seule ?

Il s'en excusa immédiatement et tâcha maladroitement de se rattraper. Il savait bien qu'elle était venue seule à Guéret, mais depuis, qui sait, elle aurait pu, peut-être…

La Blonde sourit gentiment. Elle accepta la main tendue, la brèche dans le malaise. Tout naturellement, elle se raconta.

Au début, Didier prêta une oreille un peu distraite. Puis, peu à peu, il abandonna sa réserve et se fit plus attentif. Il était estomaqué que quelqu'un ose parler de sa vie d'une manière aussi libre et sincère, lui qui était si empêtré dans ses pudeurs.

Elle dit l'enfance difficile, le beau-père et ses torgnoles, puis ses gestes déplacés, sa mère muette et donc lâchement complice. Sa fuite trop tardive, pensait-elle, pour attaquer sa vie d'adulte. Didier l'écoutait, de plus en plus intéressé. Il osait même, de temps en temps, la questionner sur ses réactions. Et il lui arrivait une chose très bénéfique : il s'oubliait. Il ne pensait plus à Solange ni à son propre malaise.

Le serveur apporta enfin le plat de résistance. Après quelques commentaires gastronomiques, elle reprit son récit : ses difficultés de femme, le peu de chance qu'elle avait eu en amour, et finalement ce mariage catastrophique, le divorce affreux, avec menaces et poursuite du mari – d'où sa fuite à Guéret, ce poste accepté pour changer de ville, de vie.

– Je ne sais pas dans quelle mesure mon terrible beau-père m'a marquée, conclut-elle. Il paraît que lorsqu'on a été victime, la tendance à reproduire cette situation est courante… En tout cas, une chose est certaine : si je tombe amoureuse, il y a de fortes chances pour que ce soit d'un salaud !

Et elle éclata de rire. Il admira cette autodérision sur une part d'elle-même sensible et douloureuse.

Le serveur revint pour ôter les assiettes. La Blonde recula sa chaise et s'excusa d'avoir à faire « un petit séjour aux toilettes ».

Seul quelques instant, Didier réintégra sa réalité, c'est-à-dire son souci, et il sortit de sa poche le téléphone qu'il avait éteint en arrivant au restaurant, car rien ne l'agaçait autant que les gens qui dérangent les autres avec des sonneries intempestives. Il le ralluma. Un petit coup au cœur : deux appels de Solange.

Il s'assura, d'un coup d'œil vers le couloir qui menait aux toilettes, que la Blonde ne revenait pas, et écouta l'unique message que sa femme lui avait laissé. Son émotion naissante fut directement refroidie : elle l'engueulait ! « Mais où es-tu ? Tu n'es pas rentré ? Bon, je ne voulais pas te le dire, mais vraiment, merci ! Merci d'avoir insisté pour que je parte, c'est une horreur ! Rappelle-moi, j'aimerais bien te parler, tout de même… » Didier raccrocha sans en entendre davantage. Voilà donc ce que signifiait cette expression qu'il n'avait jamais vraiment comprise : « son sang ne fit qu'un tour » ! Le sien lui était monté à la tête. Ses oreilles bourdonnaient, tandis qu'une sensation de froid lui envahissait les membres. Il avait reçu comme une violente gifle.

La Blonde, ressortie des toilettes, bavardait fort heureusement un instant avec le patron qui faisait le tour des tables, en bon maître de maison. Didier éteignit son téléphone et le rangea prestement dans sa poche, s'appliquant à respirer calmement pour calmer la colère qui l'envahissait.

Solange pourrissait leur vie depuis des mois avec son mal-être, il tentait d'être gentil, d'arranger les choses, de lui faire du bien, et le premier message qu'elle laissait depuis son départ, c'était pour l'engueuler, *lui* ?

Il réussit à retrouver une contenance pour accueillir le retour de sa collègue à table. Il parvint même à lui sourire, non sans noter qu'elle s'était soigneusement recoiffée et qu'elle arborait un rouge à lèvres qu'elle n'avait pas au début de la soirée.

– Ça va, Didier ? Vous êtes un peu pâle…

C'est effrayant comme les femmes remarquent tout, songea-t-il en balayant sa remarque d'un geste de dénégation. Le serveur qui s'approchait avec la carte lui offrit une diversion.

– Nous n'avons pas commandé de dessert… Voulez-vous en prendre un ?

– Oh ! non, je… Et puis après tout, pourquoi pas !

– Alors dans ce cas, je vous accompagne ! claironna-t-il d'un air gamin, en se disant immédiatement qu'il en faisait trop.

Le choix du dessert leur prit un temps fou. Didier n'en finissait pas de demander des précisions sur ceci, ou cela, si telle crème était au beurre ou pas – « Vous comprenez, je suis normand, alors le beurre, moi, ça ne me fait pas peur ! ». La Blonde le regardait d'un air amusé. Peut-être percevait-elle que cette légèreté soudaine lui ressemblait si peu qu'elle en était suspecte ? Qu'importe, cet intermède permettait en tout cas à Didier de se reprendre. Il jouait la comédie et se surprenait à le faire assez aisément.

– Nous n'avons bu qu'un peu de vin…Vous voulez du champagne ?

Là, il s'estomaquait lui-même ! Elle accepta, étonnée de le découvrir soudain presque espiègle, comme elle ne l'avait jamais vu. Elle savoura délicatement sa crème brûlée tandis qu'il ingurgitait un énorme soufflé glacé, le tout accompagné par deux coupes de champagne chacun.

Ils se retrouvèrent dehors à faire quelques pas incertains. La Blonde, un peu pompette, peinait à entretenir une conversation qui se voulait anodine et qui s'éteignit d'elle-même après quelques phrases. Didier voyait se profiler la sinistre perspective de rentrer chez lui ruminer une colère qui se raviverait s'il avait le malheur d'écouter à nouveau le message de Solange, et surtout de lui répondre.

Cette angoisse le fit ralentir, marchant trois pas derrière elle. Alors elle se retourna, le visage levé vers lui.

– Vous me raccompagnez ?

Didier avait toujours trouvé la Blonde très ordinaire, voire parfois un tantinet vulgaire, mais à ce moment, avec ses yeux grands ouverts dans le soir, elle était belle. Il s'entendit répondre :

– Oui. Je veux bien.

Elle le prit par le bras, l'entraîna. Au bout de quelques pas, il posa son bras sur ses épaules. Ils allèrent ainsi quelque temps, enlacés. Il ne savait pas où elle habitait, mais il ne l'interrogea pas. Il se contentait de la suivre – de fait, il marchait à côté de ses pompes ! Ils arrivèrent enfin devant une porte. Elle se tourna de nouveau face à lui, l'enlaça, lui offrit ses lèvres. Didier l'embrassa, longuement.

Et puis la lucidité lui revint d'un coup.

Il se vit dans le lit de cette femme, en corps à corps avec elle, dans une chambre inconnue. Ça n'était pas lui. Il se détacha d'elle, la repoussa doucement.

– Pardon. Non. Non, ce n'est pas possible.

Il ne pouvait pas se jouer la comédie à ce point. Ce n'était pas digne de lui. Ni la lui jouer, à elle, même pour une nuit, juste pour se changer les idées. C'était une femme bien, une personne épatante, il l'avait découvert ce soir. Elle ne méritait pas ça.

– Je suis désolé...

Elle se tenait face à lui, la bouche encore humide, le regard chaviré. Après une seconde, elle se reprit, mit sa main sur ses lèvres, comme pour effacer ce baiser.

– Non, c'est moi, dit-elle. C'est ma faute. Vous avez raison. Il ne faut pas.

Il tenta de s'excuser encore une fois, mais elle ne lui laissa pas le temps de s'empêtrer dans des arguments vaseux.

– Ce n'est pas grave, coupa-t-elle, je vous assure. C'est mieux comme ça. C'est moi... Vous comprenez, on n'en peut plus, à la longue, de dormir seule... Allez, rentrez chez vous ! On n'en parlera plus, oublions !

Spontanément, gentiment, elle lui fit une bise sur la joue et s'en fut prestement ouvrir sa porte.

– J'ai été contente de dîner avec vous, dit-elle avant de disparaître à l'intérieur.

– Moi aussi. C'était une belle soirée. À demain !

* * *

Une demi-heure plus tard, Didier était de retour dans son triste pavillon. Il avait marché calmement dans la nuit, curieusement apaisé. Il avait failli commettre une erreur, de celles qui ne se pardonnent pas, et d'avoir su bifurquer avant l'irréparable le rassurait. Il avait été fidèle – à Solange, certes, mais surtout à lui-même.

Il monta directement à l'étage, poussa un grand soupir en entrant dans l'affreuse chambre au papier peint antédiluvien. Avant de retirer son costume, il ôta le téléphone de sa poche et le considéra longuement. Il le ralluma. Aucun nouvel appel de Solange. Alors, sans hésiter, il effaça son message. Il ne voulait pas être tenté de le réécouter, ce qui ne manquerait pas de le faire retomber dans une colère stérile.

La Blonde lui avait appris quelque chose, ce soir, une leçon précieuse à laquelle il devait sans doute cet apaisement étrange. Il avait vu quelqu'un se livrer simplement, sans fausse pudeur, avec sincérité. C'est ainsi qu'il fallait parler, quand on voulait parler vraiment. Mentalement, il l'en remerciait, cette Blonde qu'il avait un peu méprisée jusque-là. Et dire qu'il avait failli ne pas aller à ce dîner, qui s'était révélé si important pour lui…

En achevant de se déshabiller, il pensait à l'élégante manière qu'elle avait eue d'accepter sa dérobade. Il sourit en s'accordant un peu d'humour : lui qui n'avait aucun copain, peut-être pouvait-il se compter à présent une amie ?

Il se remémora alors ce qu'elle lui avait dit à propos de Solange – une phrase qui prenait un relief qu'il n'avait pas vraiment perçu sur le moment : « C'est peut-être un problème qu'elle se cache à elle-même ? »

Il s'installa au beau milieu du lit, superposa derrière son dos leurs deux oreillers, le sien et celui de Solange, s'y appuya confortablement.

Attrapant son téléphone, il commença à pianoter un long SMS.

6

Solange était toujours paisiblement endormie, appuyée contre le vieux mur, le visage levé vers le ciel, à présent d'un bleu sombre et profond, quand une sorte de mélopée, un chant très doux la tira du sommeil.

Était-ce un chant, d'ailleurs, ce long hululement entrecoupé d'appels ? Une voix féminine – du moins c'est ce qu'il lui semblait – lointaine et à la fois très présente, comme répercutée par un écho, résonnait dans la nuit. Solange tendit l'oreille, tentant de repérer d'où venait cette voix. Elle se leva, quitta l'angle de la rue pour se diriger vers l'intérieur du quartier. Il y avait une petite place, plus loin… Le chant venait-il de là ? Mais après quelques pas, elle rebroussa chemin. Le son s'affaiblissait lorsqu'elle s'éloignait des Arènes. Pas de doute, le chant était plus présent là-bas, quoiqu'elle eût l'impression qu'il tombait des cieux, diffus – impossible d'en situer précisément la provenance. On eût dit que les pierres elles-mêmes diffusaient l'étrange mélopée.

– Hou hou… hou, mes loulous, les loulous, hou hou hou…

Le monument était entièrement entouré de barrières juxtaposées, assez hautes, qui empêchaient que l'on s'y introduise. Solange s'en approcha, à tout hasard, et le son s'amplifia.

Tout à coup, elle sursauta, avec un petit cri. Deux chats venaient de passer tout près d'elle, presque entre ses jambes. Deux éclairs de fourrure qui se faufilèrent sous les grilles, pour disparaître dans les Arènes. Et voilà qu'un troisième traversait la place et y disparaissait à son tour, tandis qu'un autre escaladait carrément les barrières. S'approchant encore un peu, elle crut discerner que deux des panneaux grillagés étaient légèrement écartés, libérant un passage. Pas de doute, l'espace était suffisant pour que quelqu'un puisse se glisser à l'intérieur.

Solange regarda autour d'elle. Personne dans les rues ni sur la place, aucune lumière aux fenêtres, aucun témoin de ce qu'elle allait oser. C'est tout de même le cœur battant qu'elle se faufila entre les barrières, pour se retrouver dans l'étroit espace sur le pourtour des Arènes illuminées. La voix semblait s'être tue un moment. Solange posa ses mains sur les pierres, en un geste presque religieux. Elle venait de se souvenir d'avoir lu, avant de partir, qu'elles avaient environ deux mille ans. Cette information lui donnait le vertige – elle pouvait toucher, vraiment toucher, un monument survivant d'une si longue histoire…

Un, puis deux chats passèrent auprès d'elle comme des flèches, et disparurent un peu plus loin. Elle les suivit. Le chant avait repris, entrecoupé de paroles qu'elle n'entendait pas clairement. Une voix de femme, en tout cas, c'était sûr à présent. Solange s'aventura dans une sorte de tunnel, et, tout au bout, elle distingua une étendue lisse et claire : le sol au centre des Arènes, sans doute.

Sur le point de déboucher sur la piste sableuse, le spectacle qui s'offrit à elle la cloua sur place. Une silhouette noire en occupait le centre – robe longue, un long voile sombre sur la tête retombant sur ses épaules et ses bras, le personnage, surtout dans ce décor, semblait tout droit sorti de l'Antiquité, ou d'une mythologie. Un unique projecteur, tout là-haut, au dernier gradin des Arènes, éclairait la scène, irréelle, d'autant plus fantastique que des dizaines de chats se pressaient aux pieds de la silhouette, des roux, des noirs, des tigrés. Et il en venait encore, qui traversaient la piste comme des éclairs. Elle continuait de les appeler avec cette mélodie chantante qui semblait les attirer irrésistiblement – mer de fourrure mouvante et miaulante au milieu de laquelle elle se tenait, hiératique. Puis elle sortit, d'un grand sac posé à terre, des choses, apparemment de la nourriture, qu'elle entreprit de distribuer. Elle leur parlait, les caressait, écartait certains, trop voraces, quand elle devait estimer qu'ils avaient eu leur part, jetait plus loin quelques morceaux aux moins téméraires qui n'osaient s'approcher.

Solange s'était instinctivement plaquée contre la paroi de pierre, du côté de l'ouverture qui restait dans l'ombre. Elle regardait, fascinée. Des chats retardataires arrivaient encore. Elle n'avait jamais assisté à un spectacle aussi extraordinaire, hors du temps. Elle aurait voulu voir le visage de cette femme, mais elle était trop loin, celle-ci gardait la tête baissée vers les animaux et le châle qu'elle portait très en avant sur le front empêchait la lumière diffuse qui tombait de là-haut d'éclairer ses traits.

Quand elle eut terminé de donner tout ce qu'elle avait apporté, elle s'accroupit, masse noire au milieu des chats qui terminaient leur repas, étendit les bras au-dessus d'eux, favorisant l'un, écartant un autre, caressant une petite tête. Puis elle s'assit tout à fait sur le sol, Solange ne voyait plus à présent que son buste émergeant de la nappe ondulante des fourrures. « Elle prend un bain de chats, se dit-elle, oui, c'est tout à fait ça, un bain de chats. » Quelques-uns grimpaient sur elle, un tout petit vint se percher sur son épaule et resta là, blotti dans un pli du châle, contre son cou. Beaucoup s'en allaient, puisqu'il n'y avait plus rien à manger, mais d'autres restaient à ses pieds et entamaient une toilette, d'autres encore se frottaient à elle voluptueusement, et l'un d'eux vint se coucher sur ses jambes, qu'elle avait allongées devant elle, fourrure claire sur robe noire. La femme resta ainsi longtemps, levant de temps à autre la main pour caresser une échine. Solange se dit qu'elle profitait d'eux, à présent qu'ils avaient profité d'elle puisqu'elle les avait nourris – moment de trêve, d'entente, d'une tendresse commune une fois les besoins satisfaits.

Solange ne pouvait détacher ses yeux de la scène, à la fois émerveillée et secrètement révulsée. Elle avait toujours eu peur des chats, elle ne savait pourquoi. Elle assimilait leur manière de se mouvoir à celle des reptiles. Cette immobilité qu'ils avaient parfois, la fixité mystérieuse de leur regard l'inquiétaient. Qu'est-ce que ça pensait, qu'est-ce que ça voulait, un chat ? Pour elle, c'était l'inconnu, l'indécryptable, et elle s'en était toujours instinctivement écartée. Mais ce soir-là, même de loin, elle ressentait la volupté, la tranquillité de cet échange entre la femme et les animaux. Elle voyait la main paisiblement abandonnée sur l'un d'eux, un menton de chat venir s'appuyer sur un pied, et elle en était touchée, oubliant sa répulsion. Il y avait soudain devant elle, dans ce décor fantasmagorique, une bulle de paix, un moment de paradis sur terre, sans plus de luttes, sans peur, sans plus même de demande, où le vivant s'accordait, animaux et humain ensemble sous les étoiles, et elle se sentit tout à coup indéfinissablement rassurée, consolée.

Puis la femme se leva, ramassa son sac et fit quelques pas. Solange se recula précipitamment, car l'inconnue semblait se diriger vers elle. Mais elle obliqua soudain vers le bord de la piste sableuse, un peu plus loin, et jeta son sac au pied du muret qui l'entourait. Solange crut entrevoir des mèches blanches s'échappant du châle qui lui couvrait la tête. C'était donc une très vieille femme qui se rasseyait le long du mur, à une petite dizaine de mètres d'elle à présent ? Solange respirait doucement, à petits coups, comme si son souffle pouvait la trahir et révéler sa présence. Elle s'enhardit pourtant et se rapprocha, tout en restant soigneusement dans l'ombre. Le projecteur qui illuminait les lieux était juste en face du personnage adossé au muret, et Solange mourait d'envie de découvrir son visage…

À ce moment précis, comme si la femme répondait mystérieusement à ce vœu, elle releva la tête et l'appuya au mur, yeux fermés, visage offert.

Solange fut surprise de découvrir des traits plus jeunes qu'elle ne l'aurait imaginé. Il est vrai que son accoutrement rendait sa silhouette épaisse, sans formes marquées, et on pouvait la supposer plus âgée qu'elle ne l'était, surtout avec ces cheveux blancs qui auréolaient son front et ses tempes. À vrai dire, il était à peu près impossible de lui donner un âge, mais les joues fermes, la bouche assez charnue, la structure forte du visage aux pommettes hautes indiquaient un être au milieu de sa vie, mûr sans avoir versé dans la vieillesse. Solange était surtout frappée par la sérénité de son expression – ou plutôt de sa non-expression. Seules l'extrême fatigue ou la grande sagesse pouvaient donner des traits aussi détendus en même temps qu'aussi vivants.

Malgré la distance et le peu de lumière, Solange discernait une peau burinée, cuite par le soleil, évoquant les visages tannés des tsiganes ou de certains Indiens d'Amérique du Nord dont elle avait vu des photos. Sans bouger de son coin d'ombre, sourcils froncés par l'attention et la curiosité, elle contemplait cette figure intemporelle – quelle folle ou terrible histoire avait conduit cette femme ici, à lui offrir ce spectacle irréel ?

Puis celle-ci, d'un coup, se laissa tomber sur le côté, attira son sac pour s'en faire un oreiller et se blottit au pied du muret, rabattant son châle sur son visage. Elle allait dormir là ? Cette femme couchait donc dehors ? C'était une personne sans abri, une clocharde en somme ?

Solange fut brusquement ramenée à la réalité par cette considération. Elle en eut un petit choc, comme lorsqu'on se réveille en sursaut. Tout lui revint : ce pour quoi elle était venue dans cette ville inconnue, les collègues en goguette qu'elle devait retrouver à la brasserie, le départ le lendemain matin dès huit heures pour les Saintes-Maries. Après un dernier regard à la silhouette sombre allongée à terre, avec un pincement au cœur, un sentiment de pitié pour cette misère, elle tourna le dos et s'apprêta à ressortir, en marchant doucement pour que le sol ne crisse pas sous ses pieds. Elle se faufila à nouveau entre les deux grilles et s'arrêta un moment sur le trottoir pour se repérer. Était-elle venue par là, ou… Sa promenade dans les petites rues l'avait désorientée. Puis, reprenant tout à fait ses esprits, elle se dit qu'en longeant les Arènes elle retomberait immanquablement sur la brasserie, puisqu'elle voyait, de sa place à table, le monument tout proche. Elle n'était pas restée dehors très longtemps, ils devaient en être au café – et certainement au pousse-café, tels qu'ils étaient partis ! Elle hâta le pas, regardant le sol devant elle, agacée à l'avance à l'idée de la réflexion que cet affreux Groscon ne manquerait pas de lui faire…

Puis elle s'arrêta soudain, ébahie : la brasserie était close, toutes lumières éteintes. Plus personne dans les bistrots environnants, fermés également, et un silence de mort sur la ville endormie.

Solange resta un moment figée, incrédule. La tête lui tournait un peu, sans doute parce qu'elle avait marché vite. Ce n'était pas possible… Quelle heure pouvait-il être ? Elle chercha son téléphone, qui avait glissé au fond de son sac, et constata qu'il était éteint, batterie tout à fait à plat.

Elle se souvenait au moins où était l'hôtel. Fermé lui aussi, évidemment. Elle appuya sur la petite sonnette, sur le côté de la porte, et attendit un bon moment que le veilleur de nuit apparaisse, l'œil mauvais et la tignasse en bataille, pour lui ouvrir sans un mot. Elle s'excusa tout de même d'arriver si tard, et… quelle heure était-il, d'ailleurs ? D'un geste, toujours muet, il désigna l'énorme cadran au-dessus de la réception : deux heures et demie du matin ! Nouvel ébahissement.

Il tourna les talons pour aller se rendormir au plus vite, mais, professionnel, appuya en passant sur la minuterie qui éclairait l'escalier pour qu'elle n'ait pas à la chercher dans le noir. Elle grimpa au premier étage sans bruit, longea le couloir jusqu'au numéro de la chambre. Ouf. Audrey n'avait pas verrouillé la porte. Elle entra sans bruit, faillit buter sur sa petite valise restée près de l'entrée. Elle devinait Audrey endormie dans un des lits jumeaux, qui ronflottait doucement. Il régnait dans la pièce une odeur de renfermé un peu bizarre et écœurante, mêlée au parfum typique des désinfectants industriels. Mais fatiguée comme elle l'était, rien n'avait d'importance…

Elle alla aux toilettes, sans tirer la chasse pour ne pas réveiller son amie, retira juste son pantalon, son sweat, et se glissa dans les draps. Au moment de s'endormir, elle pensa à Didier… et se releva immédiatement pour fouiller dans son sac – elle allait oublier de recharger son téléphone ! Ouvrir la valise sans bruit, y dénicher le chargeur, trouver l'unique prise sous la table de nuit, brancher l'appareil. Chaque geste lui semblait au-delà de ses forces. Elle renonça même à regarder, pendant que l'écran se rallumait, si Didier l'avait rappelée. Trop tard, trop épuisée. Elle verrait demain, demain…

Elle sombra dès que sa tête toucha l'oreiller.

* * *

Cette nuit-là, après la scène extraordinaire à laquelle elle avait assisté à l'intérieur des Arènes, un rêve vint à Solange.

Elle était à vélo, sur une petite route de campagne très verdoyante. C'était le printemps, ou l'été, elle sentait une douceur dans l'air, qui glissait sur la peau de ses bras, de ses jambes nues. Elle se savait, se sentait dans ce rêve indéfinissablement plus jeune, adolescente peut-être. Devant elle, la devançant de quelques mètres, une femme pédalait aussi. Elle ne voyait que son dos, ses hanches larges, ses cheveux bruns et bouclés agités par le vent. Solange avait beau chercher à la rattraper, à remonter à sa hauteur, elle n'arrivait pas à avancer, pédalant en moulinets furieux – elle apercevait, en bas de son champ de vision, ses propres genoux pointus, un peu de ses cuisses maigres, tour à tour apparaissant et disparaissant rapidement au rythme de ses coups de pédale. La cycliste, devant elle, allait aisément, avec des mouvements de jambes lents et amples. Une impression de sensualité puissante se dégageait de sa silhouette. Solange criait : « Attends-moi ! », mais la femme, sans doute tout à son plaisir de rouler dans le soleil, ne l'entendait pas. Ou sa voix se perdait dans le vent. Solange essayait alors de pédaler encore plus vite, arc-boutée sur son guidon.

Brusquement, sans qu'elle ait vu venir le changement de paysage, la route traversa une forêt profonde et sombre. Les arbres, aux longues branches tordues, se rejoignaient au-dessus de sa tête, fantastiques, étouffants. Elle sentait la sueur couler sur son front, en même temps que la fraîcheur soudaine qui régnait sous les frondaisons, et c'était une curieuse impression que d'avoir en même temps si chaud et si froid. Elle faisait un terrible effort, pliée en deux sur son vélo, et la route filait à toute vitesse sous ses roues.

Certaine d'avoir à présent rattrapé sa compagne de promenade, elle releva la tête et s'aperçut avec stupeur que celle-ci était encore plus loin devant elle, qu'elle avait rejoint la lumière à la sortie du tunnel de verdure. Tout là-bas, elle pédalait toujours aussi calmement sur la petite route – une route qui serpentait à présent à travers des champs de blé s'étendant à perte de vue, car le paysage environnant avait encore soudainement changé.

Un terrible découragement avait saisi Solange. Elle cria, cria encore, à bout de souffle, mais la femme, avec la grande avance qu'elle avait prise, ne l'entendait toujours pas. Comment faisait-elle ? On devinait, de loin, qu'elle allait son chemin sans effort, sans se soucier du tout de sa jeune compagne qui peinait derrière elle et s'époumonait en vain.

Solange redoubla d'efforts pour réduire la distance entre elles. Il le fallait bien. C'était cette femme qui l'avait entraînée dans cette promenade et, sans elle, elle serait perdue. Elle ne reconnaissait rien alentour. Elle l'avait suivie en confiance. Et puis elle voulait être avec elle, à ses côtés. À quoi bon faire route ensemble si on n'avait aucun contact, chacun roulant pour soi ?

Même si ses jambes, à la longue, lui faisaient terriblement mal et si elle haletait, la bouche sèche, elle voyait que le paysage autour d'elles était très beau. Les blés dorés ondoyaient sous le ciel bleu où moutonnaient de petits nuages ronds et blancs, comme dans les dessins d'enfants.

Et soudain, la femme sembla être un peu plus près, Solange avait donc réussi à se rapprocher d'elle. Elle en ressentit un soulagement tel qu'elle se mit à pleurer. Les larmes coulaient sur ses joues, brouillaient sa vue, mais elle se rapprochait, se rapprochait… Le corsage clair de la femme flottait dans le vent. Ses hanches se balançaient lentement de droite et de gauche tandis qu'elle pédalait. On devinait, à son port de tête haut et droit, qu'elle regardait l'horizon. Sans doute souriait-elle. Son rythme tranquille n'était que volupté.

Solange essuya ses larmes d'un revers de main et tout à coup elle aperçut la mer au loin, la mer immense, d'un joli vert glauque derrière l'or des champs. Elle reconnut alors qu'elles étaient en Normandie, sur le plateau au-dessus des falaises, dans une zone où les paysans cultivaient la terre jusqu'à l'extrême bord de l'abîme.

Et voilà tout à coup que la femme bifurquait et semblait se diriger tout droit vers l'étendue d'eau. Solange voulut crier encore, l'avertir de ne pas aller par là, il ne fallait pas s'approcher du bord de la falaise, c'était dangereux, c'était interdit ! Mais, exténuée par ses efforts pour rattraper sa compagne, elle n'avait plus de souffle, sa poitrine brûlait. Elle ouvrait désespérément la bouche sans qu'aucun son en sorte.

Et soudain la femme disparut. Littéralement engloutie par les blés, ou le vide. Solange mit pied à terre, incrédule. Le vent, puisqu'elle ne roulait plus, avait cessé de siffler à ses oreilles et un silence terrifiant le remplaçait. Elle n'entendait même pas le bruit de la mer, trop lointaine, aucun ressac en contrebas. Aucun chant d'oiseau non plus pour meubler ce néant, il n'y avait pas d'arbres alentour. Rien. Le vide. L'absence.

Solange vacillait, accrochée à son vélo, les jambes tremblantes. Elle sanglotait, et il ne sortait d'elle que des gémissements enfantins. Elle fixait entre ses larmes les blés mouvants, la mer immuable. Le monde, la nature même étaient indifférents, et elle hurlait dans sa tête. Elle bégaya un prénom, comme une supplication…

Puis, au prix d'un terrible sursaut, elle se remit en selle et pédala péniblement, douloureusement, vers l'endroit où la femme avait disparu. Elle avait une peur terrible de disparaître elle aussi dans le vide, peur de ce qu'elle allait découvrir, et pourtant elle devait à tout prix braver le danger.

La petite route plongeait, effectivement… jusqu'au croisement, à angle droit, avec un chemin qui longeait la falaise, à bonne distance du bord.

Solange ralentit en arrivant à proximité de ce chemin, regarda autour d'elle. Personne. Sa compagne avait dû prendre une avance plus grande encore. Elle s'engagea à tout hasard vers la droite. Alors, presque immédiatement, la femme, surgissant derrière elle, la dépassa en la frôlant. De surprise, Solange faillit tomber de son vélo. Elle n'en croyait pas ses yeux de la voir toute proche, pédalant toujours au même rythme, avec son corsage frémissant, ses hanches larges et ses cheveux au vent. La femme cria, sans se retourner :

– Tu ne peux pas aller plus vite ? Tu stagnes.

– Comment ? réussit à articuler Solange, tellement surprise d'entendre cette voix qu'elle ne comprit pas ce qu'elle disait.

Sa compagne se mit à rire, puis répéta très fort – et les mots, curieusement, claquèrent dans la tête de Solange comme si l'autre les lui avait hurlés à l'oreille :

– *Tu stagnes !*

Des mots comme un choc intérieur, qui réveilla Solange en sursaut…

* * *

Commotionnée par son rêve, ses cheveux de hérisson blond en bataille, les yeux écarquillés, Solange regardait fixement Audrey, plantée au milieu de la chambre.

Celle-ci éclata de rire à la vue de cette bouille chiffonnée.

– Eh bien dis donc, j'ai cru que tu n'allais jamais te réveiller ! J'allais te secouer… Tu es allée où, hier soir, quand tu as disparu du resto ?

À cette simple question, Solange fit une curieuse réponse, d'une voix incertaine :

– Je me suis perdue…

Audrey n'insista pas. Son amie était rentrée au milieu de la nuit, sans doute, et elle ne saurait pas pourquoi. Elle l'avait vue ce matin si profondément enfouie dans les draps qu'elle était descendue déjeuner sans oser la sortir du sommeil. Elle lui avait pris un pain au chocolat et un autre aux raisins, lui dit-elle sur un ton guilleret et rassurant, en montrant un petit sac. Parce qu'il fallait maintenant rassembler ses affaires et descendre sans tarder. Certains étaient tellement pressés de repartir qu'ils étaient déjà sur le trottoir avec leur valise !

Mais Solange ne bougeait pas du lit. Elle fixait un point sur la moquette, l'air tout à fait perdu. Audrey s'arrêta un moment de ranger ses propres affaires et la regarda.

– En fait, j'allais te réveiller tout de même, parce que tu me semblais partie dans un cauchemar. Tu t'agitais, tu gémissais… Tu as du mal à en sortir ?

Solange se décida enfin à s'asseoir dans le lit, mais sans manifester la moindre intention de se lever. Elle répondit à Audrey sans la regarder, comme se parlant à elle-même.

– Oui. Enfin, non, pas vraiment. J'ai rêvé d'une femme que j'ai connue il y a longtemps. C'est fou les trucs qui peuvent remonter en rêve… Je n'avais pas pensé à elle depuis des années.

– Ah bon ?

Audrey avait répondu machinalement, pas vraiment intéressée, tout en reprenant le rangement de sa trousse de toilette. L'important était d'être prête à temps pour le départ du car. Un rêve est un rêve, c'est tout.

Mais Solange, les jambes sous les couvertures, semblait partie pour une plongée dans ses souvenirs.

– Oui, c'est ça… Elle était chez les parents d'une copine de classe qui m'avait emmenée en vacances. Une femme d'affaires, complètement libre. Elle claquait des fortunes au jeu, paraît-il… Moi j'avais à peu près treize ans. Oui, c'est ça, c'est elle !

Elle s'en souvenait parfaitement, à présent qu'elle faisait un effort de mémoire. Elle revoyait cette maison près d'Étretat où on l'avait conviée une quinzaine de jours – voilà pourquoi elle avait vu la Normandie et ses falaises, dans son rêve ! Une femme qui la fascinait par son indépendance, sa liberté, son extravagance aussi. Solange avait fait de longues promenades avec elle, l'écoutant raconter sa vie. Elle était riche, faisait « des affaires », brassait des milllions. Elle avait plein d'amants, ne voulait pas se marier, possédait plusieurs maisons, une voiture décapotable qu'elle conduisait très vite. Une gueule de lionne, au regard pénétrant, hardi. En somme elle incarnait tout ce dont rêve une adolescente : être capable d'à peu près n'importe quoi et n'avoir peur de rien.

– Je ne sais pas ce qu'elle faisait là, ce n'était pas du tout le genre des parents de ma copine. Ils l'appelaient « l'aventurière »...

Mais pourquoi un tel personnage s'était-il pris d'amitié pour elle, une gamine totalement sans intérêt ? Peut-être parce que, finalement, Solange ne s'entendait pas avec cette copine et qu'elle se retrouvait seule dans son coin... Alors « l'aventurière » l'avait embarquée, en avait fait, par jeu, une petite complice. Mais qu'est-ce qu'elle faisait là, cette femme, chez ces gens plutôt ennuyeux ? Faut dire qu'il y avait un monde fou qui passait dans cette maison...

– C'est dingue que je me souvienne de ça, tout à coup... Ça fait tellement longtemps. Dans mon rêve, je crois que je l'appelais Éliane...Mais je sais plus, c'était peut-être Viviane...

– Comme la fée ?

– Hein ?

– La fée Viviane.

Solange resta coite. Apparemment la fée Viviane n'était pas de ses connaissances... Elle allait repartir dans ses pensées, quand Audrey se planta en face du petit lit et laissa tomber bruyamment son sac à terre, les poings sur les hanches. Il fallait que Solange se lève et s'habille, vite fait. L'urgence n'était pas de se rappeler un nom dont on se fichait éperdument, mais de descendre ! Puis elle ramassa son sac, tourna les talons, ouvrit la porte…

– Et grouille-toi !

Audrey sortit, laissant la porte grande ouverte derrière elle.

Solange se leva enfin en titubant, attrapa son pantalon resté à terre, ses chaussettes, et s'en fut dans la petite salle de bains. Elle n'arrivait pas à reprendre pied dans la réalité. Elle s'assit un moment sur les toilettes, les pensées chamboulées, en proie à une faiblesse soudaine qui la mettait au bord du malaise. Elle avait la sensation d'un décalage désagréable, de vivre une situation incongrue. Voulait-elle vraiment aller voir des gitans, en car, avec des zozos hystériques, manger les mêmes choses qu'eux aux mêmes heures, dormir avec eux dans une promiscuité ridicule ?

Puis elle pensa à Audrey, si gentille, si amicale, et pour elle, uniquement pour elle, trouva la force de boucler sa valise, d'enfiler son sweat. Elle attrapa son sac à main, le mit en bandoulière, comme à son habitude, et s'en fut en claquant la porte derrière elle, avec un gros soupir.

Elle passa devant la réception. Le type derrière le comptoir – le même qui lui avait ouvert cette nuit, et Solange se demanda un instant s'il passait sa vie entière à l'hôtel – lui réclama la clé.

– Ah, pardon… Elle est restée en haut.

Le type eut un geste fataliste, puis un mouvement qui indiquait la sortie, comme s'il la balayait de son champ de vision.

Dehors, le car attendait, moteur en marche, Groscon sur le marchepied.

– Alors ? lui lança-t-il de loin.

Cet insupportable ton de moniteur de colonies de vacances suffit à raviver en Solange son habituel réflexe de rébellion. Ça allait recommencer, on allait l'engueuler, encore et toujours ! Et de fait, c'était parti. Où était-elle passée hier soir, il avait failli se rendre au commissariat. Parce qu'il était responsable d'un groupe, elle le savait, ça ?

– Tu sais ce que c'est, un groupe ? lui hurla-t-il dans l'oreille.

Solange serrait les dents, sa valise à la main. Qu'est-ce qu'elle attendait ? Qu'on rouvre la soute pour la valise de Madame ? Elle n'avait qu'à la prendre avec elle et s'asseoir dessus, allez ouste !

Une fois montée, elle affronta une bonne dizaine de regards noirs et faillit chuter avec sa valise, car l'autocar avait démarré sans tarder.

Il n'alla pas très loin, le car. Il roula une vingtaine de mètres, peut-être, avant de piler et d'engager une marche arrière pour revenir à son point de départ, devant l'hôtel. Car, à peine assise, Solange s'était relevée en criant :

– Mon téléphone ! J'ai oublié mon téléphone dans la chambre ! Je ne peux pas partir sans !

Alors ce fut une révolte générale. Ça gueulait à qui mieux mieux, Betty la première, qui poursuivait Solange de ses invectives dans l'allée. Au moment où Solange allait sortir du car, un type lui donna une violente bourrade dans le dos au passage – ce fut le geste de trop. Solange se retourna, étouffant de colère.

– Eh bien partez ! Partez sans moi ! Je serai bien mieux toute seule qu'avec une bande de tarés !

Elle descendit sur le trottoir, hors d'elle. Groscon, soudainement radouci, essayait de tempérer l'affaire, de la calmer. Allons, voyons, ça n'était pas raisonnable, elle allait rater une visite aux gitans inoubliable. Et puis qu'est-ce qu'elle allait faire, ici ?

– Je vais faire le tour des Arènes, tiens ! Ne vous en faites pas pour moi. Allez, laissez-moi. Allez-vous-en !

D'ailleurs, à l'intérieur du véhicule, on semblait pleinement d'accord avec elle, puisque sa valise fut comme crachée sur le trottoir avant même qu'elle ne finisse sa phrase. Elle atterrit aux pieds de Solange avec un petit bruit de catastrophe – la serrure avait cédé sous le choc.

Groscon, penaud, insista une dernière fois.

– Tu es vraiment sûre ? Je ne pourrai pas te rembourser, tu sais…

– Je sais ! Foutez le camp !

La porte se referma, le car démarra de nouveau.

La dernière vision qu'eut Solange, avant qu'il ne disparaisse, fut celle du visage d'Audrey presque écrasé contre une vitre, ses beaux yeux pleins de larmes qui s'éloignaient, s'éloignaient…

* * *

Les jambes flageolantes, Solange se laissa tomber sur sa petite valise déglinguée. La tête entre les mains, elle se laissa pleurer un moment, avec une petite phrase qui lui courait dans la tête : « Qu'est-ce que je fais là ? Qu'est-ce que je fais là ? »

Elle commença par se dire qu'elle allait rentrer immédiatement à Guéret, trouver un train, n'importe quoi. Elle allait d'abord avertir Didier. Puis elle se ravisa. L'avertir de quoi ? Qu'elle avait renoncé à une magnifique excursion, alors qu'il avait insisté pour l'y expédier ?

Troublée comme elle l'était, elle repensa à une petite remarque fielleuse de Betty, au début du voyage :

– Et c'est lui qui a insisté pour que tu partes ? Ah, les petits maris... Moi, un beau gars comme ça, je ne l'aurais pas laissé tout seul !

Non. Non, Didier n'était pas un de ces typiques « petits maris » qui envoient leur femme ailleurs pour faire des frasques. Il aurait eu des excuses, pourtant, elle n'était pas facile à vivre, surtout ces derniers temps, alors pourquoi serait-elle l'exception, la seule à avoir un mari fidèle ? Elle voulut chasser cette pensée désagréable, mais celle-ci était du genre à laisser des traces – on ne met plus si facilement la main sur le téléphone, une fois qu'elle a semé son poison de doute.

Elle eut un regain de larmes, en plein désarroi. Quelqu'un s'arrêta devant elle, mit une main sur son épaule.

– Ça ne va pas, mademoiselle ?

Alors elle se secoua, trouva la force de sourire, et se releva. Il lui fallait un café. Voilà, elle n'avait pas pris son petit déjeuner, l'hôtel devait encore le servir à cette heure, ça la remettrait d'aplomb.

Elle ramassa sa pauvre valise désarticulée, la cala sous son bras et rentra dans le hall. À tout hasard, au cas où elle se déciderait à regagner son foyer, elle demanda au type de la réception s'il pouvait lui donner les horaires d'un train.

– Ça peut, oui. C'est pour aller ?

– À Guéret.

– À Guéret ? C'est où, ça ?

Il la regardait avec des yeux ahuris, pire que si elle avait dit « Tombouctou ». Elle précisa, poliment, qu'il s'agissait d'une vraie ville, dans un vrai département français. Il pianota sur son ordinateur, siffla entre ses dents et lâcha :

– Ben dites donc…Vous n'êtes pas arrivée ! Je cherche quand même ?

– S'il vous plaît, oui.

Elle demanda s'il était encore possible de petit-déjeuner, dit qu'elle avait oublié son téléphone dans la chambre, qu'elle devait le rechercher.

– Le petit déj', c'est là-bas à gauche. Vous avez le temps, on débarrasse dans une demi-heure. Et pour la chambre, elle est payée jusqu'à midi. Vous avez laissé la clé là-haut, il me semble ?

Ah, mon Dieu, quelle chance ! Elle avait toute la matinée, elle pourrait s'allonger un moment, récupérer après cette drôle de nuit et les émotions du matin ! Après, elle aviserait… Elle avait emporté de l'argent, et Didier avait insisté pour lui en donner un peu plus, pour « rapporter des souvenirs ». Tu parles de souvenirs ! Cet accès de dérision la requinqua, et elle s'en fut dans la petite salle. Elle mangea un peu de tout, en prenant son temps, essayant de contrôler ses pensées divaguantes. En repassant devant la réception pour monter au premier étage, sa valise en vrac sous le bras, elle s'arrêta à nouveau devant le comptoir.

– Pardon, vous auriez du Scotch, ou une ficelle, pour ma valise ?

Le réceptionniste la fixa un moment, acquiesça de la tête, lentement, considérant le drôle de phénomène planté devant lui. Solange crut lire un peu de pitié dans ses yeux…

Dix minutes plus tard, elle était assise sur le petit lit en désordre. Elle avait récupéré son téléphone, rangé la recharge dans son sac.

C'est alors qu'elle vit le SMS que Didier lui avait laissé dans la nuit. Presque une lettre tant il était long.

Soudain, elle eut très peur de ce qu'elle allait lire.

Solange, ma chérie,

Ton court message d'hier soir m'a blessé. Je n'y répondrai pas. Je ne te rappellerai pas. Et je te demande de ne plus me téléphoner, jusqu'à la fin de ton voyage. Nous allons nous dire des bêtises, des choses sans importance. Je ne le veux pas.

Notre amour mérite mieux que cela. Quand nous nous retrouverons, à ton retour, je veux que nous parlions vraiment, à cœur ouvert. Et si tu n'arrives pas à te confier à moi, il faudra que nous trouvions quelqu'un qui t'aide, à qui tu puisses dire enfin ce qui te fait souffrir.

Je t'assure qu'il le faut. Pour toi, pour nous. Pour nous sauver. Car je ne veux pas que nous nous perdions, et c'est ce qui est en train de se passer.

Pendant ces quelques jours, je t'en conjure, profite de l'air, du soleil, de la beauté des choses. Et amuse-toi, si tu le peux.

Essaie d'oublier ton malaise, pendant cette parenthèse.

Et oublie-moi, même, un peu...

Nous ne nous en retrouverons que mieux et plus forts.

Didier

III

Le vrai voyage

1

Solange s'était assise sur le lit défait, dans la chambre qu'elle avait quittée une demi-heure plus tôt. En découvrant le long texto de Didier, une peur, presque de la terreur l'avait envahie, comme un froid dans les veines. Après avoir lu « Je ne te rappellerai pas. Et je te demande de ne pas me téléphoner… », elle avait fermé les yeux, avec le sentiment que son cœur se décrochait. Ça y était ! C'est pour ça qu'il l'avait envoyée au loin, il ne savait pas comment lui dire en face que c'était fini, qu'il ne voulait plus d'elle, elle l'avait bien cherché avec toutes ces crises ! Puis elle avait repris la lecture, et peu à peu une onde de soulagement avait transformé cette glace en miel de tendresse. Un nouveau choc, de douceur cette fois, qui l'avait renversée, le téléphone serré à deux mains sur son cœur. Et les mots, les mots forts, rassurants, continuaient de la parcourir, de l'habiter.

Une folle envie d'étreindre cet homme, son homme, l'avait saisie. Elle mesurait, profondément, sa chance inouïe d'avoir ce compagnon. Cette reconnaissance lui fit encore verser quelques larmes, de celles qui s'échappent sans même qu'on s'en rende compte et viennent mouiller l'oreiller comme une petite pluie bienfaisante.

Elle resta anéantie sur le lit, incapable de bouger, pendant deux heures, peut-être, vidée de toute force. De temps en temps, elle levait son téléphone et relisait les mots de Didier, pour être bien certaine de déchiffrer ce qu'il avait voulu lui dire. Elle s'obligeait à respirer calmement. Une nuit presque sans sommeil, et ces dernières heures qui avaient été si violentes… Elle reposait, simplement, en tentant de ne penser à rien, qu'à ce que lui demandait Didier.

C'est l'obligation de libérer les lieux qui la fit se relever, sans brusquerie, comme une convalescente. Il était hors de question, maintenant, de prendre un train – elle irait jusqu'au bout de ce voyage, même s'il prenait un tour inattendu. Elle n'aurait qu'à attendre le retour du groupe, qui, c'était prévu, devait repasser par cet hôtel vendredi pour une courte escale avant de remonter vers Guéret.

Elle redescendit vers la réception, sa pauvre valise en vrac toujours sous le bras, annula sa demande de recherche d'horaires SNCF et s'enquit du prix des chambres.

– Vous n'avez pas quelque chose de moins cher ?

– Ce n'est déjà pas une fortune, vous savez.

– Sans doute, oui. Enfin, je suppose… Mais moi, je… Non, je ne peux pas.

Elle tourna les talons. Il ne lui restait qu'à chercher un hôtel vraiment minable. Mais le réceptionniste, peut-être touché par son visage défait qui gardait sur les joues quelques traces de larmes, la rappela.

– Attendez. On a bien une petite piaule, là-haut. On ne la loue jamais, c'est plutôt au cas où on aurait besoin de loger un extra. C'est vraiment petit, le lit pour une personne est coincé sous la soupente. Mais il y a tout de même une douche. Quinze euros, ça irait ?

Elle remercia chaleureusement, soulagée de ne pas avoir à rôder dans la ville pour un résultat hasardeux. Puis il lui tendit un rouleau de ficelle.

– Pour la valise. C'est au cinquième. Il n'y a pas de numéro, c'est la deuxième porte.

Elle la trouva très bien, cette chambrette. Elle ressemblait, il faut le dire, plutôt à un réduit, mais dans l'état de gratitude où elle était, à cause du SMS de Didier et à cause de la gentillesse de ce garçon, tout lui convenait. Elle s'assit sur le petit lit – mou et défoncé mais qui lui sembla parfait – et faillit s'assommer sur une poutre en se relevant. Par la minuscule lucarne, elle vit le ciel bleu, le soleil éclatant, il faisait presque chaud. Il était temps d'obéir à son merveilleux petit mari : profiter de l'air, de la beauté des choses.

Elle enfila un short en jean, un tee-shirt, et garda tout de même son sweat à capuche, au cas où il ferait frais dans les ruelles ombreuses. Elle mit les sous qu'elle avait emportés dans une petite pochette en tissu, plus discrète qu'un véritable porte-monnaie – personne ne pourrait supposer qu'elle avait là-dedans tout son pécule : trois beaux billets de cinquante euros –, et la glissa au fond de sa besace. De quoi d'autre avait-elle besoin ? Rien. Elle considéra un moment son téléphone, qui pesait au creux de sa main, relut une fois le SMS de Didier, juste pour se faire du bien, puisqu'elle le connaissait à présent par cœur, et jeta l'appareil sur le lit – inutile, lui aussi, pour

« profiter de la beauté des choses ». Elle claqua la porte sans même la fermer à clé.

* * *

Sortant de l'hôtel, elle aperçut les Arènes au bout de la rue, et la scène fabuleuse de la clocharde aux chats lui revint soudainement. Elle l'avait presque oubliée, avec les péripéties du matin, et ce souvenir lui paraissait incroyablement lointain. Se pouvait-il qu'elle ait assisté à cela… la nuit dernière ? Ah ! Ce rêve, aussi, qui l'avait ramenée si loin en arrière, lui avait sans doute fait perdre la notion du temps.

Elle hésita un moment. Elle s'était promis de faire tout le tour de ce monument qui la fascinait, mais elle en aurait bien le temps, avec trois jours de liberté devant elle. Autant se promener avant, et acheter un peu de quoi manger. En suivant les indications du gentil réceptionniste, elle trouva quelques rues piétonnes agréables, où elle flâna avec un réel plaisir. Les commerçants s'interpellaient d'une boutique à l'autre, et beaucoup avaient sorti leur étal devant la porte. Comme l'humeur des gens du sud est différente ! pensait-elle. Ce n'est pas à Guéret qu'on aurait crié sur les trottoirs pour vanter la qualité des melons, ou harangué les passants pour vendre ses brioches ! Elle ne résista d'ailleurs pas à la brioche, puis acheta quelques pêches et un peu de fromage – un vrai repas de vacances ! – avant de poursuivre sa balade au hasard des ruelles, son petit sac de victuailles à la main.

Puis elle fut attirée par un étal d'espadrilles. Elle n'avait emporté que les ballerines qu'elle avait aux pieds, un peu raides, à la semelle en cuir, glissante sur les petits pavés lisses des ruelles, et si elle se mettait à parcourir la ville entière elles lui blesseraient rapidement la peau, surtout sans chaussettes.

Le marchand flaira tout de suite la potentielle cliente et vint la chercher jusqu'au milieu de la rue pour l'entraîner vers l'intérieur de sa boutique, où il avait des chaussures bôôôôcoup plus jolies, pour une aussi jôôôôlie demoiselle. Il réussit à faire rire Solange à force de bagout vendeur, l'accent rajoutant au pittoresque et à l'hyperbole des compliments. Mais la jolie demoiselle voulait des espadrilles, point, et elle n'en démordait pas. Or, à sa taille, il n'en avait que des rouges. Un rouge vif, flamboyant, avec deux rubans à lacer aux chevilles.

– Vous n'avez pas une couleur plus… discrète ?

Il prit un air outré.

– Discrète ? Avec une silhouette pareille, des jambes aussi divines ?

Il n'en finissait pas, et Solange, moitié par lassitude, paya et sortit avec les espadrilles aux pieds. Tout en marchant, de temps en temps, elle baissait la tête pour leur jeter un regard, elle avait l'impression qu'on ne voyait qu'elles dans la rue.

Arrivée un peu plus loin, elle bifurqua vers une plus grande artère, presque une avenue, qui semblait mener à une place. On devinait un marché, des cafés, il semblait y avoir là-bas beaucoup de gaieté – exactement ce dont elle avait besoin. Elle s'arrêta un moment pour regarder le ciel, d'un bleu ardent, dont on entrevoyait un large pan entre les maisons. Solange s'appliquait à respirer profondément, en pensant aux mots de Didier : « Profite de la beauté des choses… profite… »

Elle baissa les yeux pour reprendre sa promenade, mais avant qu'elle n'ait fait un pas, un choc la cloua sur place : elle venait de se voir, petite SDF assise à même le trottoir, capuche sur la tête, jambes nues et crasseuses, une assiette contenant quelques pièces à côté d'elle. L'hallucination dura deux secondes, à peine. Elle s'évanouit, mais le trouble de cette vision perdura un moment.

Elle s'écarta un peu pour considérer la silhouette misérable de loin, comme craignant de voir à nouveau son propre fantôme. Dieu ! Que cette fille lui ressemblait ! Un visage triangulaire, plus maigre peut-être, les mêmes longues jambes aux cuisses de grenouille, mais maculées de traces noires, habillée presque comme elle. Pas d'espadrilles neuves et écarlates aux pieds, bien sûr, mais des tongs hors d'âge, dont une avait perdu la moitié de sa semelle. Elle devait marcher ainsi, avec une demi-tong d'un côté, elle n'était plus à ça près, cette pauvre fille, sans doute. Sous sa capuche, elle gardait les yeux clos, le visage lisse, sans réclamer quoi que ce soit – un visage de résignation, ou de petite sainte…

Solange ne songea même pas à lui donner quelque chose, elle s'éloigna rapidement, comme si elle voulait effacer au plus vite cette image et l'effroi qu'elle avait provoqué. L'apitoiement n'était pas au programme fixé par Didier : profiter, beauté, calme, volupté… Tiens, elle allait prendre un café sur cette place, là-bas, ensuite elle chercherait un endroit joli pour déguster son déjeuner.

Ses pieds adoptèrent, presque malgré elle, une démarche dansante. Ils suivaient, irrésistiblement, le rythme d'une sorte de percussion, une étrange musique qui résonnait au bas de l'avenue, avant la place, où un attroupement indiquait qu'il y avait un spectacle qui attirait les badauds. Elle pressa le pas pour se joindre à eux. Elle espérait un peu de cirque, quelque chose qui la fasse rire.

Le spectacle de rue qu'elle découvrit tenait du cirque, certes, mais d'une manière tout à fait inattendue, et les deux olibrius qui l'offraient avaient de lointains rapports avec les clowns, même s'ils en respectaient certains codes : pantalon trop court et large manteau pour l'un, collants rayés pour l'autre, avec un tee-shirt si grand qu'il lui faisait une robe, et en prime un chapeau claque complètement déglingué. Clowns par un contraste de taille, aussi – l'un, petit, que son manteau trop grand et trop long et son bonnet enfoncé jusqu'aux yeux rendaient encore plus râblé, l'autre longiligne, presque maigre, que ses collants, son tee-shirt flottant et son haut chapeau faisaient paraître immense. Le plus grand jonglait, mais au lieu d'envoyer ses balles en l'air il les envoyait au sol, et celles-ci frappaient violemment une sorte de marmite retournée. Le rythme et la résonance obtenus étaient étonnants, et plus étonnante encore la prestation de son partenaire, qui déclamait les vers d'un poème en martelant les mots à la manière des rappeurs, appuyés par la percussion des balles. Solange resta fascinée un long moment. Le rappeur exprimait, avec violence, la désespérance, les espoirs perdus, l'ailleurs impossible, d'une voix rauque et déchirée. Avec un peu plus de culture, Solange aurait reconnu Baudelaire, il est vrai assez méconnaissable sous cette forme.

C'était à la fois magnifique et insupportablement triste, si triste qu'elle décida de s'éloigner. Elle n'avait pas besoin d'un spectacle déprimant, même si cette création était formidablement originale.

« Profiter, respirer, beauté des choses, calme, volupté… »

Elle quitta résolument le cercle des spectateurs pour chercher un café assez éloigné, de l'autre côté de la place. Un marché y battait son plein, les étals de fruits et légumes trouvant leur place entre les terrasses. Des gens y prenaient un verre, leurs cabas remplis à côté d'eux, certains déjeunaient déjà. Que cette ville était gaie ! Comme elle aurait aimé que Didier ait été envoyé créer une agence dans un endroit comme celui-là, si vivant, au lieu de…

Brusquement Solange se figea au milieu des passants. La femme en noir était là. La femme de la nuit dernière, celle qui nourrissait les chats dans les Arènes. Elle était assise par terre dans sa robe informe, son châle noir toujours sur la tête, son gros sac et un gobelet de mendiante devant elle. Solange, instinctivement, s'écarta pour sortir de son champ de vision – réflexe idiot, car celle-ci ne l'avait pas vue la veille et ne pourrait donc pas la reconnaître. Mais ainsi à l'écart, progressant d'étal en étal, cachée derrière les pyramides de fruits et les cageots, Solange pouvait s'approcher sans éveiller son attention et l'observer de plus près à loisir. Elle détailla la robe, d'une matière qui semblait à la fois rugueuse et souple, déchirée par endroits, d'un noir si délavé qu'il paraissait verdâtre, le châle élimé qui couvrait les cheveux blancs. Elle distingua l'incommensurable fatigue du visage buriné, les cernes sous les yeux, qu'elle gardait baissés, fixant un point sur le bitume. Un passant laissa tomber une pièce dans la sébile, sans que la femme en noir ait la moindre velléité de remercier. La voyant de profil, le dos courbé, Solange pensa à l'expression « avoir le poids du monde sur les épaules ». Quelque chose dans ce visage, dans le front volontaire, lui semblait vaguement familier – sans doute parce qu'elle l'avait longuement contemplé cette nuit-là dans les Arènes, même faiblement éclairé…

Solange s'éloigna, laissant la silhouette prostrée de la pauvre femme derrière elle, après un dernier regard à ce dos misérable. Elle contournait un étal pour se rendre sur une terrasse fleurie, lorsque soudainement il se passa quelque chose en elle. Et plus tard, bien plus tard, quand elle repenserait à cette seconde, Solange ne comprendrait jamais quelle mystérieuse force, quel mécanisme secret de son esprit, opérant un lien inconscient entre le rêve de la nuit et la réalité présente, l'avait poussée à agir ainsi.

Avant d'atteindre la terrasse, elle se retourna brusquement et cria :

– Éliane !

Immédiatement, la femme en noir se redressa, en alerte, comme si on l'avait violemment frappée dans le dos, et tourna vivement la tête vers la voix qui avait prononcé ce nom. Elle s'immobilisa aussitôt, scrutant l'espace derrière elle, cherchant des yeux, sans bouger, qui avait bien pu appeler. Elle resta un bon moment ainsi, comme une bête sur le qui-vive flairant quelque chose d'anormal, une odeur étrangère dans le vent. Elle paraissait soudain plus jeune, et son regard intense évoquait véritablement celui d'un fauve aux aguets. Puis, très lentement, comme dans certains ralentis de cinéma, elle relâcha son attention et revint à son abattement.

Solange s'était précipitamment cachée derrière un monceau d'oranges, le cœur battant la chamade, les deux mains sur la bouche, effarée de ce qu'elle venait de faire, de ce cri qui était sorti d'elle sans qu'elle ait rien prémédité, ni même rien pensé. Quand elle vit la femme lui tourner de nouveau le dos, elle se releva, tremblante, les pensées en vrac. Le rêve ! Voilà pourquoi elle avait fait ce rêve étrange, avec cette Éliane à laquelle elle n'avait plus pensé depuis des années. Sans qu'elle en prenne conscience, dans les Arènes, elle avait sans doute reconnu quelque chose d'elle… C'était elle ! Elle, cette femme magnifique, cette conquérante, devenue une épave, écrasée comme un crapaud-buffle sur la chaussée ! Qu'est-ce qui avait bien pu lui arriver ? Solange fit un rapide calcul mental. Elle l'avait rencontrée il y avait… dix-sept ou dix-huit ans, à quelques mois près. Et on peut devenir « ça », en dix-huit ans ?

Solange tentait de se remettre de son émotion, les idées se bousculant dans sa tête. Et si, obscurément, c'était pour cela qu'elle était restée à Nîmes ? Il le fallait, peut-être, si le destin avait remis cette femme sur son chemin. Il y avait dans cette rencontre un signe, quelque chose auquel elle ne pouvait pas échapper, elle le sentait. Peut-être pourrait-elle l'aider ? Pendant que ces pensées surgissaient, Solange était retournée sur ses pas, observait de nouveau la femme en noir qui avait repris sa posture et son impassibilité de vieux yogi.

Elle avala sa salive, prit son courage à deux mains et s'avança, son petit sac de courses toujours pendu au bout de son bras, pour venir se planter juste devant elle.

– Bonjour, Éliane.

Pas de réaction. Pendant au moins trois secondes. Puis, sans qu'elle lève la tête, les yeux de la femme montèrent des espadrilles rouges au visage de Solange – des yeux d'un marron étrangement clair, à l'expression indéchiffrable. Tout à fait les yeux dorés d'Éliane, des yeux de lionne, elle s'en souvenait.

Solange, courageusement, faisait front, claire et nette comme un petit soldat dans la lumière, ses pieds chaussés de rouge plantés de part et d'autre de la simple boîte de conserve qui servait de sébile. L'autre la regardait sans rien dire, toujours impénétrable. Sans se décontenancer, Solange répéta plus fort :

– Bonjour… *Éliane.*

Alors il sortit du crapaud-buffle un son rauque, rocailleux, une voix qui n'était ni d'homme ni de femme, un écho d'outre-tombe qui articula, lentement :

– On se connaît ?

– Oui, je crois. On s'est connues il y a longtemps. Vous vous appelez bien Éliane, n'est-ce pas ?

Pas de réponse. La femme la fixait toujours sans réagir, visage d'Indienne regardant les bisons passer.

Et Solange de s'emberlificoter dans des explications sans fin, des histoires de falaises, de vacances, de maison où elles résidaient toutes deux – oh, c'est bête, elle avait oublié le nom de leurs hôtes –, de promenades, de discussions qui avaient bouleversé sa vie d'adolescente.

– Je vous adorais… Vous étiez géniale ! s'exclama-t-elle sans penser une seconde que l'emploi du passé pouvait être un tantinet blessant. Ah, pardon, reprit-elle, je ne me suis pas présentée, j'aurais dû commencer par là. Je suis Solange. Évidemment, vous ne devez pas vous souvenir de moi, j'avais treize ans. Je n'étais rien, moi… Alors que vous…

La femme en noir la laissa patauger dans ses explications jusqu'au bout.

– Qu'est-ce que tu me veux ? lâcha-t-elle quand Solange se tut enfin.

– Je veux… Je voudrais savoir ce qui vous est arrivé, pourquoi vous êtes… euh… là.

Il sortit de la femme une sorte d'éructation, un son caverneux et saccadé de moteur en bout de course – un rire, sans doute.

– Parce que tu trouves que je ne suis pas bien… *là* ?

– Non, Éliane. Quand on a eu la vie que vous avez eue, pardonnez-moi, je crois que vous ne pouvez pas être bien… *là*.

– Tu crois ça, toi ?

Le regard de fauve tout à coup durci sous le châle noir, le marron clair des prunelles qui vire à un jaune menaçant, un silence de plomb au milieu de l'insouciance des passants, de la gaieté du marché… Solange tenait bon face à elle, même si la tête lui tournait un peu. Elle porta la main à son front. Elle n'était pas bien certaine de reconnaître la voix d'Éliane dans celle de cette clocharde, si rauque, si éraillée. Mais depuis combien de temps vivait-elle dehors ? Combien d'hivers avait-elle passés dans le froid, peut-être malade, à subir le gel, la pluie ? Elle buvait, aussi, certainement, témoin ces cernes boursouflés, la couperose sous le hâle des joues. Solange se souvenait qu'Éliane n'était pas la dernière à boire un coup ! La sage adolescente qu'elle était à l'époque – et qu'elle était restée, elle qui ne buvait jamais une goutte d'alcool – trouvait qu'Éliane exagérait, qu'elle ne savait pas s'arrêter, comme pour le jeu…

Solange faillit poser une question à ce sujet, puis se ravisa. Il ne fallait pas aller trop vite. Cette femme ne parlait peut-être plus à personne ? Un contact humain trop soudain l'effrayait peut-être ? Aplatie à ses pieds, elle la fixait d'un regard à la fois veule et perçant au milieu de son visage flétri, et cela ne l'aidait pas, c'est le moins qu'on puisse dire.

– Alors, voilà, Éliane… Parce que vous êtes bien Éliane, n'est-ce pas ?

Silence. Les prunelles d'or incandescent la fixaient sans ciller. Solange ne se sentait pas bien, tout à coup. Mais elle ne voulait pas renoncer.

– Qu'est-ce que je peux faire pour vous aider ?

Cette fois, une réponse jaillit, nette, précise, sans hésitation.

– Te tirer.

– Co… comment ?

– Fous le camp. Tu gênes. Je ne suis pas là pour bavarder, je travaille.

Solange, décontenancée, s'aperçut qu'effectivement personne n'était venu mettre d'argent dans la boîte de conserve à ses pieds. Il s'était même fait comme un vide autour d'elles.

– Excusez-moi, je suis désolée. Je vais un peu plus loin. Mais je reviendrai tout à l'heure, parce que j'aimerais tout de même…

– *TIRE-TOI !*

Solange fit un bond en arrière et se retrouva à dix mètres en quelques secondes, son petit sac de victuailles balloté au bout de son bras. La clocharde avait carrément hurlé. Des badauds s'étaient retournés, certains fixaient Solange d'un air suspicieux – qu'avait-elle donc fait à cette pauvre mendiante ? Elle s'enfuit à petits pas pressés et fit halte plus loin pour se calmer, choquée, l'esprit retourné. Non ! Ce ne pouvait pas être Éliane, si bas qu'elle soit tombée.

Éliane était une reine, une aventurière, peut-être, mais superbe, cultivée, alors que cette sale clocharde…

Pourtant, Solange ne pouvait se résoudre à s'en aller. Quelque chose de puissant et d'irraisonné la poussait vers cette femme. Prudemment, elle longea les terrasses des cafés, derrière les étals marchands, masquée par la foule qui devenait plus dense en ce début d'après-midi.

La mendiante s'était un peu redressée. Assise en tailleur, les mains sur les genoux, son châle tombant sur ses épaules, elle faisait de nouveau penser à une déesse hiératique et intemporelle posée au milieu de la place. Elle est superbe, pensa Solange. Et si c'était vraiment Éliane ? À aucun moment cette femme n'avait dit « Ce n'est pas moi » ou « Vous vous trompez ». Depuis quand quelqu'un se laissait-il appeler par un nom sans démentir, si ce n'était pas *son* nom ? Solange en aurait le cœur net, elle ne supportait pas qu'on joue avec ses nerfs, d'autant qu'elle n'avait que de bonnes intentions à son égard. Elle voulait savoir.

Elle repéra un coin de terrasse où elle pourrait s'installer pour surveiller la clocharde sans être vue. Elle n'avait aucune envie d'un nouvel esclandre. Une fois assise, elle se rendit compte qu'elle était très fatiguée. Elle avait l'estomac noué, la bouche sèche. Il est vrai qu'elle n'avait rien mangé ni bu depuis son petit déjeuner à l'hôtel. Le serveur rôdait non loin, elle lui fit signe, commanda un café, un verre d'eau, et lui demanda l'heure. Trois heures de l'après-midi ! Mon Dieu qu'est-ce qui lui arrivait ?

Troublée par la rencontre avec cette femme du passé, elle en perdait encore la notion du temps.

Tant pis, elle déjeunerait plus tard. Pour le moment elle ne voulait pas la perdre de vue. Elle remarqua que presque personne ne s'arrêtait pour lui donner une pièce. Quelle affreuse vie, passée à dépendre de la charité publique ! Attristée, Solange échafauda mentalement de multiples scénarios qui auraient pu causer la déchéance de la fabuleuse Éliane…

Solange attendit un bon moment que le serveur revienne. De temps en temps elle jetait un coup d'œil rapide vers l'intérieur du café et une résurgence de son agacement familier ressurgit – qu'est-ce qu'il faisait, ce type, alors qu'il n'y avait personne à l'intérieur et que la terrasse était presque vide ?

Enfin il s'approcha, louvoyant avec son plateau entre les tables, mais à ce moment exact la femme en noir se leva et Solange la vit s'éloigner rapidement vers le fond de la place. Elle quitta sa chaise précipitamment, cria au serveur « Je reviens ! », agrippa sa besace et courut jusqu'au milieu de la chaussée pour tenter de voir dans quelle direction la femme avait disparu. Mais Solange vit tout à coup le sac de la clocharde, la boîte de conserve restés au sol, et poussa un soupir de soulagement. Ouf, elle allait donc revenir…

Elle regarda la boîte à terre, vide, hésita à peine et prit dans sa besace la petite pochette qui contenait ses sous. Elle avait bien entamé un des billets de cinquante euros avec les espadrilles et ses courses, il lui en restait deux… Elle en prit un et le fourra dans la boîte en vitesse, bien au fond, pour qu'aucun passant indélicat n'ait la tentation de le voler. De toute manière, elle surveillerait de loin, jusqu'à ce que la femme en noir revienne.

Puis elle battit rapidement en retraite vers la terrasse, et, s'enhardissant, elle décida de s'installer à une table un peu plus près de la chaussée, pour mieux observer la réaction de la clocharde.

Le serveur qui l'avait vue partir si brusquement était resté dans l'expectative de son retour – ou de son non-retour – le plateau à la main

– Je vais me mettre là, maintenant, précisa-t-elle. Et vous régler tout de suite le café, ajouta-t-elle pour être prête à toute éventualité.

Le garçon la regarda s'installer, perplexe, et haussa les épaules comme quelqu'un qui avait vu passer nombre de fous et de folles dans ce café.

Elle était terriblement excitée, heureuse de ce qu'elle venait de faire pour son ancienne amie. Elle avait hâte de voir sa réaction, d'assister à sa joie. Peut-être s'offrirait-elle un vrai repas ? Ou peut-être, devenue plus raisonnable avec l'âge et les revers de fortune, économiserait-t-elle pour n'avoir pas à mendier pendant quelques jours, misérablement assise par terre ? Dans l'expectative, Solange ne sentait plus sa fatigue et rongeait le bord de l'ongle de son pouce – comme lorsqu'elle était gamine et déjà nerveuse –, l'œil rivé sur la place.

Et tout à coup elle la vit ! Là-bas, la femme ressortait d'une boutique, une sorte de pizza ou de sandwich à la main, avec un signe d'au revoir à quelqu'un à l'intérieur. Sans doute s'était-elle fait des amis parmi les commerçants et se nourrissait-elle grâce à eux – sans oublier les chats.

La clocharde se réinstalla à côté de son sac et commença à manger, sans un regard à sa sébile. Elle mastiquait lentement, savourant chaque bouchée, regardant en l'air, regardant les passants – tout, sauf la fameuse boîte de conserve devant elle. Solange trépignait d'impatience, une jambe agitée de tressautements nerveux.

Quand elle eut fini son sandwich, la femme s'essuya tranquillement les doigts à son châle, et, enfin, baissa les yeux ...

Elle eut exactement la même réaction que lorsqu'elle avait entendu crier le nom derrière elle. Le regard alerté, une attention aiguë. Ses yeux se portèrent d'abord du côté du café, et Solange se coucha brusquement sur la chaise voisine pour ne pas être vue. La clocharde scrutait les alentours d'un air soupçonneux, presque apeuré, comme si ce don inattendu menaçait d'être un piège. Une dernière seconde d'immobilité... puis, avec des gestes d'une rapidité fulgurante, elle ramassa la boîte avec le billet, les fourra dans son sac, se leva et déguerpit à grands pas.

Solange n'eut que le temps d'attraper sa besace en bondissant pour la suivre. La femme était déjà au bout de la place, bifurquait dans une rue. Solange se hâta pour ne pas la perdre de vue. Quand elle arriva à l'angle de cette rue, la femme en noir était déjà loin, menaçant de disparaître encore dans un virage. Comment faisait-elle pour aller si vite, alors qu'elle ne semblait pas presser le pas, marchant à grandes enjambées tranquilles, tandis qu'elle-même était presque obligée de courir ? Une rue, une autre, une ruelle…

Rapidement à bout de souffle, Solange, malgré son trouble, eut la claire conscience qu'elle revivait le rêve de la nuit. C'étaient la même poursuite, la même différence d'allures, la femme avançant avec calme et assurance, elle-même impuissante à la suivre, dans un affolement épuisant… Qu'est-ce que c'était que cette histoire ? Qu'est-ce qu'elle était donc en train de vivre, ou de revivre ? Elle eut un court instant la tentation de s'arrêter, de laisser disparaître ce fantôme du passé…

Puis, par un extraordinaire hasard – ou phénomène mystérieux qui les liait l'une à l'autre – la femme en noir fit une pause. Sans se retourner, simplement elle s'arrêta, resta sur place, regardant devant elle.

Solange repensa à ce que la femme de son rêve lui avait crié à l'oreille : « Tu stagnes ! » Courageusement, elle se remit en route, et la clocharde, au bout de la rue, se remit en marche au même moment. Tout en reprenant sa respiration, Solange eut presque un rire – on aurait dit que l'autre l'avait attendue. Elles étaient liées, oui. Elle ne la lâcherait pas, cette femme en noir, elle finirait bien par lui faire dire qui elle était vraiment.

Elle voulait savoir !

Elle voulait savoir…

2

Elle avait l'impression d'avoir traversé la moitié de la ville, quand la femme en noir était tout à coup entrée dans une supérette. Cachée dans le renfoncement d'une porte cochère voisine, Solange en surveillait la porte pour guetter sa sortie – elle allait s'acheter de bonnes choses à manger, elle en était certaine, peut-être faire des courses pour plusieurs jours au lieu de se nourrir d'infâmes sandwichs. Elle était contente d'elle, Solange, elle avait fait une bonne action.

Pendant tout le trajet à sa poursuite, un flot de réminiscences l'avait assaillie à propos des rapports qu'elle avait eus avec Éliane à son adolescence. Après n'avoir plus pensé à elle depuis des années, voilà que les souvenirs, de petites scènes, surgissaient dans sa mémoire. Comme si le rêve de la nuit la remettait en contact direct avec cette période, levait un voile d'oubli et lui restituait des moments, des bribes de conversations, avec une étonnante netteté. Et tous ces instants, tous les mots partagés autrefois avec Éliane lui prouvaient que cette femme l'avait profondément influencée, elle en prenait brutalement, très tardivement conscience. Elle revoyait la maison où elles séjournaient, le salon donnant sur la mer, la disposition des pièces, et sa petite chambre, au premier étage – car elle ne dormait pas dans celle de son amie, ce qui eût été normal pour des copines de leur âge. Et cette chambrette qu'on lui avait attribuée était justement proche de celle qu'occupait Éliane.

Sans qu'elle quitte de l'œil la porte du magasin pour ne pas rater la sortie de la femme en noir, un échange avec Éliane lui revint avec encore plus de précision.

Elles étaient toutes deux sur une plage de sable. Éliane avait sans doute emmené sa petite amie de treize ans en excursion, puisqu'en revoyant cette scène Solange avait la nette sensation de ne pas marcher sur les galets d'Étretat. Elles étaient parties en vadrouille plus bas sur la côte, sans doute.

Il soufflait un vent assez fort. Elle ne voyait pas Éliane, qui se tenait derrière elle. Elle ne voyait rien d'autre, d'ailleurs, au-dessus d'une mer agitée et moutonneuse, qu'un cerf-volant dans le ciel, qu'elle peinait à maintenir en l'air suivant ses indications. Quand, tout à coup, la conversation bifurqua sur un autre sujet.

– Tire ! Tire, voyons, tu le laisses trop plonger… Dis donc, tu as travaillé tard hier soir, j'ai vu de la lumière dans ta chambre à presque minuit.

– Ah ! Oui, j'en ai marre de mes cours par correspondance. Je passe des heures à faire mes devoirs.

– Mais… tu n'es pas en vacances ? Pourquoi tu travailles autant ? Tu es en retard ?

– Non, c'est mon père ! Ce n'cst jamais assez avec lui. S'il le pouvait, il m'inscrirait dès maintenant en faculté de médecine !

– C'est ce que tu as envie de faire, plus tard ?

– Je ne sais pas, moi ! Comment je saurais ce que j'ai vraiment envie de faire, à treize ans ?

Alors Éliane avait eu ces mots, qui resurgissaient avec exactitude dans l'esprit de Solange :

– Ne laisse jamais personne te dicter ta vie, petite fille. *Jamais*, tu m'entends ! Si tu sens qu'on te pousse dans une voie qui n'est pas la tienne, tu te cabres, tu t'envoles ! Comme ce cerf-volant, tiens. Moyennant quoi, tu seras *la reine de ta vie* !

Ce beau discours avait dû perturber l'adolescente, puisque le cerf-volant avait piqué vers les vagues, s'abîmant lamentablement dans la mer…

Dix-sept ans plus tard, dans cette ville inconnue, au coin d'une porte cochère, Solange se répétait ces mots : « Tu seras la reine ta vie. » Toute seule, elle pouffa d'un rire un peu amer. Reine de sa vie ! Eh bien elles avaient réussi, toutes les deux ! Quelle prophétie ! Celle qui lui avait donné ce beau conseil était devenue une clocharde bouffie et crasseuse, et elle-même, sur le point de bousiller son couple, exerçait sa royauté derrière une caisse de supermarché. Vive les reines ! Ça valait la peine de découvrir si cette femme était vraiment Éliane, rien que pour lui rappeler cette conversation et cette phrase si peu prémonitoire : être la reine de sa vie ! Peut-être qu'elles en rigoleraient ensemble ?

Tout à cet accès de dérision – et Solange ne s'apercevait pas qu'elle se moquait d'elle-même, sans doute pour la première fois –, elle faillit rater la sortie de la femme en noir. C'est un bruit de verre entrechoqué qui ramena son attention vers la supérette.

Elle en ressortait, avec son gros sac en bandoulière et trois ou quatre pochons dans les mains, exclusivement emplis de bouteilles de vin dont les goulots dépassaient – pas du vin ordinaire à décapsuler, du bon, avec des bouchons ! – et poursuivait sa route d'un pas toujours aussi décidé, son fardeau tintinnabulant au bout des bras.

Ce fut une Solange atterrée qui s'élança de nouveau à sa suite. Elle cherchait à distinguer, de loin, si les pochons en plastique contenaient au moins quelques victuailles, mais ils ne semblaient remplis que de bouteilles. Elle avait gâché un de ses précieux billets de cinquante euros pour ça ? Pour acheter de l'alcool ? À moins que la clocharde n'ait mis quelques achats de nourriture dans son gros sac ? Qu'importe, malgré sa contrariété, Solange poursuivrait sa filature jusqu'au bout.

Sans y prendre garde au début, elle s'était mise à boiter. Tout en marchant, elle jeta un coup d'œil à ses pieds et vit que le bord des espadrilles, au tissu trop neuf et raide, lui blessait la peau. Il ne manquerait plus qu'elle l'entaille vraiment ! Le recours à ses petites ballerines, qui pesaient au fond de sa besace, était inutile, elle avait les pieds si gonflés, à parcourir toutes ces rues, que ce serait pire encore.

Enfin, enfin ! Au terme d'un trajet qui lui parut encore interminable, la femme en noir ralentit sa marche au sortir d'une petite rue et se dirigea vers un espace de verdure. Pas vraiment un square, mais une vaste place arborée avec un grand massif d'arbustes au milieu, sur un tertre légèrement surélevé, la terre retenue par un muret. Quelques bancs étaient disposés tout autour, et il y avait une fontaine municipale un peu plus loin au fond, contre le flanc d'une vaste maison dont on apercevait le jardin derrière le haut mur qui délimitait le fond de la place.

La femme traversa l'espace libre au sortir de la rue, se dirigea vers le massif de verdure et posa son chargement au pied du muret. Solange, prudemment, resta dans l'angle, pour l'observer. Elle la vit sortir une à une les bouteilles, et, méthodiquement, comme une ménagère rangerait ses courses dans le réfrigérateur, les stocker sous un conifère épais dont les branches retombaient jusqu'au sol. Puis elle s'assit sur un des bancs voisins, souveraine, son long châle étalé sur ses bras qu'elle avait posés sur le dossier, l'air profondément satisfait.

Solange n'en pouvait plus. Elle aurait eu une paire de ciseaux à sa disposition, elle aurait immédiatement entaillé le tissu de ses espadrilles pour soulager son cou-de-pied. À défaut, elle desserra les rubans rouges qui comprimaient ses chevilles gonflées, déchaussa les talons, et, les repliant, s'en fit une paire de savates plus confortables. Elle lorgnait un banc, plus loin, derrière le massif d'arbustes, d'où elle aurait pu observer la femme entre les branches. Mais comment l'atteindre sans être vue ?

Elle allait tenter un furtif déplacement, quand deux hommes débouchèrent de l'autre côté de l'esplanade et poussèrent de grands cris de joie en découvrant la femme en noir. Celle-ci, de son côté, eut une joyeuse exclamation en les voyant et se leva pour les accueillir.

Solange reconnut immédiatement les deux zigotos du surprenant spectacle de rue devant lequel elle s'était arrêtée. Ils étaient dans la même tenue, sans doute avaient-ils passé la journée à se produire ici et là, pour tenter de gagner quelques sous. Le grand maigre, qui lui parut encore plus immense, portait un gigantesque cabas qui fit un bruit de casseroles entrechoquées lorsqu'il le jeta à terre pour tendre théâtralement les bras vers la clocharde. Après quoi il attrapa son chapeau haut de forme cabossé et en fit plusieurs larges moulinets, en s'écriant d'une voix forte :

– Bonsoir, comtesse !

Le petit, trottinant à ses côtés, se fendit d'un sobre baise-main à la femme en noir. Il avait retiré son bonnet en signe de déférence et dévoilé quelques cheveux en touffe, dressés vers le ciel. La vision d'ensemble de ces trois personnages était ahurissante. Après quelques instants de stupéfaction, Solange profita de la diversion pour faire discrètement le tour de la place. Tandis qu'elle progressait de maison en maison, elle les entendait continuer de se congratuler, avec de grands rires et des exclamations.

Arrivée de l'autre côté du massif, elle découvrit, le long du mur, quelques touffes de buissons isolées derrière lesquels elle se dissimula, au cas où la femme en noir et les deux hurluberlus auraient l'idée de venir s'installer par là. Mais non, ils avaient l'air de prendre leurs quartiers en face, investissant le banc voisin de celui où s'était installée la clocharde.

Ses pieds douloureux, qu'elle avait oubliés quelques instants, lui firent tout à coup horriblement mal. D'ailleurs, elle avait mal partout. Elle guignait l'unique banc placé de ce côté, à quelques mètres devant elle, et mourait d'envie d'aller s'y asseoir, mais elle n'osait pas encore. Elle se laissa glisser à terre près du mur, à l'abri d'un buisson touffu, et, avec un soulagement incommensurable, retira ses espadrilles, massa ses pieds douloureux, étira son dos en se pliant en avant. Ainsi recroquevillée, elle songea un moment à son mari, à ses collègues, et tout ce qui faisait sa vie, sa vie ordinaire, sa vie à elle, lui sembla de nouveau lointain et irréel. Elle resta un long moment plongée dans un état de sidération, déconnectée de tous ses repères, sans, curieusement, s'en sentir inquiète. C'était trop tard pour se demander dans quelle aventure bizarre elle s'était lancée. Elle était embarquée…

Des cris fusèrent soudain, la tirant de cette bulle d'ahurissement intime. La femme en noir avait dévoilé aux deux lascars la planque à bouteilles. Et ce furent, de plus belle, des exclamations enthousiastes, des embrassades, des danses de Sioux, bientôt ponctuées par le « ploc » de deux bouchons tirés. Puis suivit une accalmie, un chant de satisfaction sur un mode plus grave : on savourait, on appréciait.

Solange repartit dans ses pensées, troublées peu de temps après par deux nouveaux « ploc ». Ils avaient déjà sifflé deux bouteilles et attaquaient les suivantes ! La joie montait d'un cran. Peu après, le petit râblé partit en courant vers une rue adjacente. Il en revint très vite avec un sac plein et trois baguettes de pain.

– J'ai claqué mes économies, ça vaut le coup, une occasion pareille ! s'exclama-t-il en déballant ses courses à côté de la clocharde. Les hommes s'assirent par terre, face à elle, et ils commencèrent à ripailler.

Les voyant installés pour un bon moment, Solange s'enhardit jusqu'au banc. Elle aperçut, entre les branches feuillues des arbustes, la femme en noir qui rompait une baguette, et cette vision la fit saliver avec une brusque crispation des mâchoires, une crampe à l'estomac. C'est seulement alors qu'elle se rappela avoir oublié son pochon de fruits et de fromage sur la chaise de la terrasse, quand elle s'était précipitée pour la suivre. Dieu, qu'elle avait faim, une faim à crier ! Pourtant, elle n'osait pas quitter son banc. Si elle tentait une sortie vers la rue commerçante d'où le type était revenu avec ses courses, elle prendrait le risque d'être repérée. Et les boutiques devaient fermer, puisque le soir tombait déjà… Difficile de penser à autre chose en les voyant manger, à quelques mètres d'elle, et boire, boire – boire ces cinquante euros qu'elle avait gagnés si laborieusement derrière sa caisse de supermarché, et si généreusement donnés, pour finalement aboutir à ce spectacle navrant.

La nuit se mettait à tomber, inexorablement, tandis que l'ambiance s'enflammait. Solange en oublia sa faim, happée par ce spectacle. Jamais elle n'avait assisté à une bamboula pareille. Le grand dégingandé tenta, pendant un bon moment, de faire le funambule sur le dossier du banc – performance de plus en plus improbable au fur et à mesure de l'accumulation des bouteilles vides. Puis la clocharde se lança avec le petit râblé dans une sorte de gigue-polka piquée frénétique, et, bien entendu, s'agiter ainsi leur donna très soif… Puis il y eut encore des danses, des histoires, des chansons braillées en chœur, jusqu'à ce que la sirène d'un car de police gèle brusquement l'atmosphère.

Solange sauta de son banc et s'accroupit instinctivement derrière. Elle gardait de son enfance la crainte du gendarme, elle avait été élevée comme ça : ne se faire remarquer en rien, et surtout pas des autorités. Discrétion et obéissance, base de son éducation. Le cœur battant, elle vit trois policiers sortir du fourgon. Ils se dirigèrent vers les larrons en foire, sans que ceux-ci s'arrêtent de gueuler pour autant. « Ils sont fous, ils vont se faire embarquer », pensa-t-elle. Et une brusque bouffée de culpabilité la saisit – c'était sa faute, tout ça. À cause du gros billet qu'elle avait mis dans cette boîte de conserve. De quoi faire péter les plombs à des gens privés de tout ! Comment ne pas être grisé par trop d'argent d'un seul coup ? C'était une bêtise, elle ne se mettait pas assez à la place des autres. Elle se cacha encore un peu plus, la tête entre les mains, pour ne pas voir le résultat de son inconséquence. Lorsqu'elle releva la tête, elle assista, incrédule, à un curieux retournement de situation.

La femme en noir raccompagnait les policiers à leur véhicule, tapotant familièrement une épaule galonnée. L'un d'eux la gratifia d'une amicale poignée de main avant de monter à la place du chauffeur. Pendant que le véhicule s'éloignait, elle leur fit un espiègle au revoir de la main. La voiture disparue, trois soupirs de soulagement parvinrent aux oreilles d'une Solange éberluée.

Pour fêter le départ des flics, deux bouchons sautèrent encore. Solange, qui ne buvait jamais, en avait la tête qui tournait, ivre de fatigue, de faim et de stupéfaction. La soirée se poursuivit, d'abord sur un mode plus tranquille, jusqu'à ce que les rires se fassent égrillards, le ton plus complice, accompagnés d'attouchements un peu grivois…

Soudain, Solange vit la femme en noir disparaître à l'intérieur du massif, le grand escogriffe titubant à ses trousses. « Ce n'est pas possible… » pensa-t-elle, révulsée. Mais bientôt un grognement, des soupirs sans équivoque et les saccades du grand arbuste central ne lui laissèrent plus aucun doute sur ce qu'il se passait là-dedans.

Le petit râblé, vautré sur le banc et agitant ses jambes en l'air comme une araignée sur le dos, s'adonnait au bel canto, à pleine voix :

– *Ridiiiiii, Pagliaaaaaccio…*

Il se redressa brusquement pour donner plus d'ampleur dramatique à son interprétation, mais suspendit son geste théâtral en prenant conscience de ce que ses complices faisaient. Abandonnant brusquement toute velléité lyrique, il tituba à son tour vers le massif, et Solange l'entendit distinctement s'écrier :

– Attendez-moi… Hé ! Attendez-moi !

Il avait déjà dégrafé la ceinture de son pantalon quand il disparut entre les arbustes, qui, bientôt, semblèrent tous pris de convulsions tandis qu'en sortaient des oooh, des aaah et des han.

Après être restée un moment figée de dégoût, Solange se jeta dans la rue la plus proche et se mit à courir. Elle ne savait pas où elle allait, ce qu'elle fuyait ainsi, mais elle ne pouvait pas rester là, à subir cette horreur. Elle bifurqua dans une rue, puis une autre, au hasard, jusqu'à ce qu'elle s'arrête à bout de souffle. Elle avait mal dans la poitrine, partagée entre nausée et colère. Quel monstre ! Ah non, ce n'est pas Éliane qui se serait conduite d'une manière aussi dégoûtante ! Comment avait-elle pu imaginer deux secondes que cette clocharde lubrique pouvait être la femme extraordinaire qu'elle avait connue ?

Elle se fustigea ainsi un bon moment. Elle s'était remise à marcher rageusement, se disant que Nîmes s'enorgueillissait tant de son célèbre monument que le chemin des Arènes devait être indiqué partout. Eh bien non ! Dans ce quartier-là, précisément, il ne l'était pas. Dans quelle partie paumée de la ville, loin de son hôtel, loin de tout, cette affreuse femme l'avait-elle entraînée ? Pourquoi s'était-elle laissé perdre ainsi, oubliant ses affaires, l'heure, oubliant même de se nourrir ? C'était ridicule.

Elle ralentit le pas pour reprendre haleine, et puis ses pieds douloureux la faisaient trop souffrir. Elle baissa la tête… pour constater qu'elle marchait pieds nus depuis tout à l'heure ! Si elle avait agrippé machinalement son sac en fuyant la place, ses espadrilles rouges étaient restées dans les buissons derrière lesquels elle s'était cachée. Elle avait marché, couru jusque-là, sans s'apercevoir qu'elle était pieds nus ! Elle se demanda, ahurie, si elle n'était pas en train de perdre la raison. Un poids d'angoisse lui étreignit la poitrine. Elle tenta de prendre une profonde inspiration pour se dégager de cet étau, en vain. Elle respirait bouche ouverte, à petits coups, comme un poisson hors de l'eau. Elle se laissa glisser à terre et s'assit sur le trottoir, les jambes étendues devant elle, contemplant ses malheureux pieds blessés.

Alors de nouveau un souvenir lui revint, subitement, avec une incroyable précision, des images nettes, un dialogue vivant, intact – comme une incursion d'un temps passé dans le présent, un film dans sa tête qu'elle aurait visionné sans avoir à fermer les yeux. Elle ne se voyait pas, elle, mais elle reconnaissait le regard qu'elle avait à l'époque, sur le décor, sur tout ce qui se passait…

Elle vit ses jambes d'adolescente étendues devant elle sur le sable, et sur celles-ci de longues traînées de sang, un peu diluées par l'eau de mer. Çà et là le sable avait collé sur les zébrures rouges. Elle s'entendait gémir doucement devant cette catastrophe sur son corps.

Puis des mains de femme entouraient ses jambes avec une serviette de plage, l'aidaient à se relever.

– Heureusement qu'on avait une serviette. Viens, on va aller acheter ce qu'il te faut à la pharmacie. Ta mère t'avait prévenue, tout de même, que ça allait arriver ?

Elle répondait à la femme que oui, mais qu'elle avait oublié. D'autant qu'elle était la dernière de sa classe à ne pas les avoir eues, ses règles. Elle n'y pensait plus, peut-être que ça ne lui arriverait jamais…

– C'est vrai que tu n'es pas en avance. Mais ça y est ! Tu es une femme, maintenant. C'est important ! Tu ne peux plus te permettre n'importe quoi, il y a des règles… si j'ose dire !

– Tu parles, qu'est-ce que ça change ?

Pendant cet échange elle s'était mise debout, les hanches serrées dans la serviette, qu'elle tenait des deux mains pour ne pas la perdre. Elle marchait soutenue par la femme, elle sentait ses pieds nus sur le chemin de planches qui longeait la plage. Elle entrevoyait les cabines de bain sur le côté, quelques parasols…

– D'abord, on ne porte plus de short blanc ce jour-là…

Elle entendit son propre rire, juvénile, qui répondait à celui de la femme.

– Et puis tu vas apprendre à te faire respecter. Tu m'entends bien ? Une femme doit avant tout se faire *respecter* !

Elle eut une dernière image de la ville, au loin, qu'elle devinait au bout de la plage. Et plus rien.

Le film dans la tête s'était arrêté brusquement, et Solange resta là, assise sur le trottoir, les yeux grands ouverts dans la nuit. Elle était sonnée par le surgissement de cette réminiscence, et par cette injonction : *se faire respecter*, juste après l'affligeant spectacle qu'elle avait fui. Qu'est-ce que ça voulait dire ? Et oui, oui, elle se souvenait, à présent, qu'Éliane avait été présente à ce moment si important pour une fille, qu'elle s'était occupée d'elle, mi-complice mi-maternelle. Elle avait préservé la pudeur de l'adolescente qui ne voulait pas que tous les habitants de cette maison, les multiples invités qui allaient et venaient, sachent qu'elle avait *enfin* ses règles, avec les commentaires qui en auraient découlé, les regards entendus des femmes. Elles avaient dissimulé les serviettes, Éliane avait trouvé des excursions à faire pour échapper, pendant quelques jours, aux baignades dans la froidure de l'eau normande. Heureusement qu'elle avait été là, cette femme, puisque Solange n'avait pas sa vraie mère avec elle pour vivre ce passage…

Toujours assise sur le trottoir, Solange s'adossa au mur et y appuya la tête. Les yeux levés vers le ciel à présent étoilé, elle laissa courir ses pensées autour de ces deux femmes, sa mère et Éliane, deux modèles, deux références féminines complémentaires et si contradictoires. Éliane la sauvage, l'aventurière, la joueuse, à l'humanité abrupte et chaleureuse à la fois. Et sa mère, la douce, la soumise, la raisonnable et mesurée. Après ces vacances, Solange se souvint comme, voyant sa mère plier devant l'autorité et les décisions de son père avec sa résignation coutumière, elle se disait : « Ha ! Il verrait, s'il avait une Éliane en face de lui ! » Deux femmes, deux exemples si différents, pour grandir…

Seulement voilà, la douce maman était morte, juste au moment où Solange allait devenir adulte, et la magnifique Éliane, qui lui avait enjoint si péremptoirement de se faire respecter et d'être « la reine de sa vie », avait brutalement disparu de son existence – pour devenir, peut-être, cet être dépravé. Perdue comme elle se sentait, Solange n'avait plus rien, plus personne. Aucune figure de femme pour l'aider, lui ouvrir un chemin… Elle était seule, elle n'avait aucun repère et rien n'avait de sens.

Tout à coup un sanglot jaillit, brutal et inattendu, comme un hoquet. Puis un autre. Quelque chose se déchirait en elle. Elle tenta de résister, mais se retrouva bientôt la tête entre ses genoux qu'elle serrait convulsivement entre ses bras, pleurant comme une môme, éperdument. Quel désarroi, quelle énorme douleur enfouie la submergeait à ce point ? Que lui était cette femme en noir qu'elle avait si obstinément suivie, pour provoquer en elle un tel raz-de-marée ? Elle était déçue, déçue… Mais de quoi, bon Dieu, puisqu'elle ne la connaissait sans doute pas, cette femme !

Solange se releva enfin, hagarde. Elle essuya son visage, son menton dégoulinant avec le dos de sa main et ne réussit qu'à se tartiner de larmes et de salive. Elle voulut repartir, mais elle ne savait ni où elle était ni vers où se diriger, égarée dans une ville inconnue, au milieu de la nuit. Elle résista à la tentation de sonner à n'importe quelle porte pour demander de l'aide. Solange était une petite personne vaillante et obstinée. Elle s'était fourrée de son plein gré dans cette mésaventure, elle en sortirait toute seule !

Elle erra de rue en rue un temps interminable. Elle ne sentait plus ses pieds, et à chaque carrefour, se voyant de plus en plus perdue, elle subissait une remontée de larmes, qu'elle laissait couler à présent avec un fatalisme abruti.

Tout à coup, elle s'arrêta net, ses yeux gonflés fixement hallucinés, les larmes taries : au détour de la rue qu'elle venait de parcourir, il y avait une place, un massif d'arbustes, des bancs de part et d'autre, et sur l'un de ces bancs une forme noire allongée de tout son long, la tête enfouie sous son châle, sans doute profondément endormie.

Personne sur les bancs voisins, apparemment les deux lascars avaient disparu.

Après cette errance épuisante, cette tempête d'émotions, le hasard l'avait ramenée à ce qu'elle avait fui, remettait cette clocharde devant elle comme un signe péremptoire, un cap obligé. Cette constatation l'apaisa immédiatement – tout cela était plus fort qu'elle, elle n'y pouvait rien. Elle contemplait, calme comme on l'est au-delà de la fatigue, la silhouette noire là-bas. Une ultime larme roula sur sa joue, douce, indulgente, presque tendre…

Machinalement, telle une somnambule, elle allait sagement revenir s'asseoir sur le banc qu'elle avait quitté tout à l'heure, quand un trésor monopolisa soudainement son attention, focalisa tout son être : un reste de baguette dépassait d'un pochon en plastique abandonné sous le banc, aux pieds de la clocharde endormie ! Sa tête se mit à tourner, sa vue se troubla – il lui fallait ce pain, tout de suite, sinon elle allait mourir !

Dans un élan sauvage, elle traversa la place, les mains déjà tendues. Arrivée à proximité du banc, elle fit très attention à ne faire aucun bruit, à contrôler son souffle, à éviter de froisser le plastique en s'emparant du sac qu'elle emporta tout entier de l'autre côté du massif, vers son banc, comme un animal rapporte une proie à sa tanière. Elle mordit sans attendre dans le pain – ô merveille – puis explora le fond du sac dans lequel elle trouva – ô délices – un tiers de saucisson et un bout de camembert déchiqueté. Elle dévora le tout sans en laisser une miette, avec une volupté qu'aucun repas délicat ne lui avait jamais procurée.

Repu, tout son être s'amollit. Elle pensa fugitivement qu'elle venait de dévaliser une clocharde, et un petit fou rire nerveux et muet la saisit. Elle entendit un ruisselet d'eau couler de la fontaine, plus loin, et alla s'y abreuver. Puis elle s'en fut faire pipi, juste à côté de ses espadrilles abandonnées. Une feuille du buisson lui chatouilla le nez, elle sentait l'odeur des plantes, la douceur de la terre sous ses pieds, c'était délicieux.

Quelques bonds de gamine en cour de récréation, malgré la fatigue, la ramenèrent à son banc. Cette étrange gaieté de son corps lui donna de nouveau un petit fou rire nerveux. Elle ferma bien son sweat, rabattit la capuche. En s'allongeant, elle réalisa que pour la première fois de sa vie elle ne s'était pas lavé les dents, ni les pieds, ni les fesses, choses primordiales qu'il ne fallait en aucun cas négliger.

Elle eut le temps de penser : « Je m'en fiche », avant de sombrer dans un profond sommeil.

3

Solange avait de la chance, dans son aventure. Il était tombé sur la France entière une de ces canicules de printemps qui rendait les nuits tièdes et douceâtres. L'air épais évoquait un ailleurs, des villes de pays chauds. Dans le quartier résidentiel où la poursuite de la clocharde l'avait entraînée, on se levait tard, il n'y avait pas de bruit le matin, et Solange put dormir un bon moment, après cette nuit éprouvante. Mais le soleil déjà levé, lui, depuis un bon moment, s'élevait au-dessus des arbustes et un rayon vint lui chatouiller l'œil.

Elle l'ouvrit, et un choc lui fit faire un saut sur le banc, immédiatement suivi d'un cri de douleur, moulue comme elle l'était pour avoir dormi sur une couche aussi dure : la clocharde était juste face à elle, assise sur le muret bas qui entourait le massif, presque accroupie, informe dans ses vêtements noirs, son sempiternel châle sur la tête. Elle fixait Solange de ses yeux fauves. Il se passa un temps avant que sa voix rocailleuse ne profère quelques mots.

– T'es du genre collant, hein ?

Solange se redressa, endolorie, passa la main dans ses cheveux hirsutes – geste réflexe tout à fait inutile, puisqu'il n'arrangeait en rien sa coiffure de hérisson – et tira sur son tee-shirt informe. Il y eut encore un grand moment sans un mot. On s'habituait à la situation. La femme la fixait, le visage grave, penchant un peu la tête pour jauger l'étrange petite jeune femme chiffonnée qui l'avait suivie jusqu'au bout de cette nuit.

– C'était toi, le biffeton ?

Solange, maîtrisant mal l'argot, mit un temps à comprendre. Puis, récupérant ses esprits qui se désembrumaient rapidement, elle jugea inutile de nier. Quitte à être allée jusque-là, à avoir cette femme devant elle, autant opter pour la franchise.

– Oui, c'était moi. Je voulais faire quelque chose pour vous.

L'œil de fauve la fixait toujours sans ciller. Solange, bravant ce regard indéchiffrable, décida de poursuivre sur le chemin du parler franc. Elle en avait assez vu pour saisir qu'il était inutile de faire des gracieusetés face à un tel personnage.

– C'était moi, et je le regrette bien. Pour ce que vous en avez fait ! Je ne suis pas riche, vous savez. J'espérais que vous pourriez manger correctement pendant plusieurs jours, en garder un peu… au lieu de…

Elle n'en dit pas plus, mais fixa la femme à son tour d'un air nettement accusateur. Celle-ci eut un curieux sourire, regarda le ciel et déclara pensivement, à moitié pour elle-même :

– Qu'est-ce que tu veux, les priorités changent…

Solange prit une profonde inspiration. La femme en noir semblait plongée dans de philosophiques pensées, subitement absente. Solange décida, puisqu'elle avait choisi la vérité, de frapper un grand coup dans ce sens.

– Et puis j'étais là, cette nuit, vous savez. J'ai tout vu… Vous entendez ? Je veux dire : *tout* !

Cette déclaration ne sembla pas ébranler la femme en noir, qui conserva son attitude rêveuse. Elle finit par lâcher, sur le même ton détaché :

– C'est bon quand c'est rare…

Cette mystérieuse réponse laissa Solange déconcertée. Alors la femme la regarda de nouveau, et précisa charitablement :

– Les cuites. Et les hommes.

Mais Solange gardait encore vivace sa révolte devant le spectacle de la nuit.

– Peut-être, je ne sais pas. Mais là, quand même, là… là !

– T'es pas une marrante, toi.

– Non.

Les rôles étaient posés, les antagonismes affirmés. La femme eut cette éructation qui lui servait de rire, se leva, s'étira, bras vers le ciel, entreprit des moulinets avec une jambe, une sorte de danse qui devait servir de gymnastique matinale. Solange vit, au gré des mouvements de la robe vague qui se collait à ses formes, qu'il y avait, sous ce vêtement quasi monastique, un corps encore bien féminin. Puis, soudainement, la clocharde vint s'asseoir familièrement à côté d'elle, un sourire enjôleur aux lèvres.

– T'es pas marrante, mais t'es gentille… Alors tu sais ce qui me ferait plaisir ? Que tu me donnes encore un peu de sous pour m'acheter une boutanche de blanc. Le blanc, y a rien de tel pour se décrasser du rouge.

– Alors là, vous pouvez toujours courir !

La femme prit un peu de recul, considéra Solange d'un œil veule et dégoûté, puis lâcha sa sentence.

– T'as pas un bon fond.

Il y eut un silence, puis la clocharde se leva pesamment pour retourner vers le muret, continuer à cuver l'orgie, sans doute. Solange, regardant son dos, la forme rebondie des larges fesses sous la jupe, gardait en mémoire le sabbat de cette nuit, dérangeant, obsédant.

– En tout cas, une chose est réglée, je ne vous embêterai plus avec mon Éliane. Parce que Éliane, ce n'est pas vous, ça, c'est certain !

La femme en noir se retourna, considéra l'obstinée d'un regard filtrant, les paupières mi-closes.

– Ah bon ? T'es sûre ?

Solange, tout à son argumentation négative, ne perçut pas le poids d'ambiguïté du ton, la part de provocation joueuse de ces mots.

– Jamais Éliane n'aurait pu se conduire d'une manière pareille ! Bon, elle était très libre, d'accord, elle aimait bien boire un coup, OK… Mais c'était une grande dame. Une reine, voilà ! Éliane, c'était une *reine* !

– Eh bé…

La femme en noir se laissa glisser au sol, s'allongea à demi, façon odalisque, un bras sur le muret, après avoir assujetti son châle, étalé les plis de sa robe – de fait, tout à fait royale dans sa pose, considérant Solange, menton haut et demi-sourire aux lèvres.

– Comment elle était, alors, cette bonne femme ? Qu'est-ce qu'elle faisait de si extraordinaire ?

– Je ne vois pas en quoi ça vous intéresserait.

– T'as tort. C'est pas tous les jours qu'on rencontre quelqu'un qu'a connu une reine... Puis, comme ça, je saurai au moins à quoi ça ressemble.

Solange s'était recroquevillée, posée de biais sur son banc, les genoux contre la poitrine, ses bras enserrant ses jambes. Elle évita, un temps, petit profil buté, de regarder son interlocutrice. Elle ne résista pas longtemps, elle avait trop envie de parler d'Éliane – d'abord, pensa-t-elle naïvement, pour bien montrer à cette clocharde ce qu'était une « grande dame » et à quel point ça ne pouvait avoir aucun rapport avec elle.

Solange raconta, et se laissa peu à peu prendre à son récit. La grande maison de vacances, sa complicité avec Éliane qui lui faisait un gros clin d'œil en douce lorsque les autres adultes la traitaient comme une enfant. Puis leurs virées, leurs conversations, la façon dont elle lui avait ouvert les yeux sur plein de sujets, des sujets qu'on n'aborde généralement pas avec une gamine de treize ans. Elle dressa un portrait on ne peut plus flatteur de cette femme flamboyante, sans omettre les diplômes, le brassage des affaires, sa voiture décapotable, les casinos, qu'elle fréquentait d'une manière déraisonnable...

– Tiens ! Je me souviens : un matin, on était au petit déjeuner, elle plaisantait, on rigolait pour je ne sais quoi. Et après, quelqu'un m'a dit que dans la nuit elle était allée jouer et qu'elle avait perdu… une maison ! C'est fou non ? Elle se marrait comme si de rien n'était, et elle venait de perdre une *maison* !

– Et ça t'en a bouché un centimètre ?

– Pardon ?

– Je veux dire, ça t'a estomaquée ?

– Évidemment.

Les souvenirs revenaient, de plus en plus nombreux et précis. Éliane l'avait emmenée un jour dans une sorte de club et lui avait fait boire un cocktail – un cocktail qui l'avait rendue si malade qu'elle s'était juré de ne jamais plus boire une goutte d'alcool, et comme elle était fière d'avoir respecté cette promesse, d'avoir résisté à toute tentation jusqu'à aujourd'hui !

La femme en noir l'écoutait, visage impassible, hochant parfois la tête, ponctuant d'un grognement une évocation. Soudain, Solange s'arrêta de parler et la considéra d'un air malin.

– On dirait que vous m'écoutez, hein ?

– Je peux pas faire autrement, t'arrêtes pas de jacter. Et puis j'aime bien les histoires. Surtout quand je suis bourrée, ça me dessoûle.

– Non, mais… ça vous intéresse, je le vois bien. Ça vous plaît que je vous parle de ce que vous étiez, *avant*. Parce que vous êtes bien Éliane, c'est ça ?

– La voilà qui recommence ! Ah, ce que t'es lourde, ma pauvre fille…

Sur ce, elle se leva, et sans plus de commentaires s'en fut prendre, dans son gros sac posé non loin, un paquet qui ressemblait vaguement à une trousse de toilette. Elle se dirigea, le pas lourd, vers la fontaine publique, actionna la pompe pour que l'eau jaillisse franchement, sortit un savon et un gant de toilette qu'elle passa rapidement sur son visage. Puis, se retroussant à demi, elle plongea sa main gantée sous sa jupe et entreprit de se laver soigneusement l'entrejambe. Solange la regardait faire, les yeux comme des soucoupes. Il était donc clair qu'il n'y avait, sous ces hardes, aucune culotte…

Cette entreprise hygiénique une fois achevée, la clocharde s'épongea avec le bas de son châle, laissa retomber ses jupons et cria, de loin, à une Solange toujours éberluée :

– Tu devrais en faire autant, tu schlingues !

Solange hésita à peine. Malgré son corps endolori par la nuit, elle se surprit à sautiller joyeusement vers la pompe. Elle s'étonnait elle-même de bouger avec un allant aussi juvénile – ces constants rappels de son adolescence la rajeunissaient-ils au point d'influer sur ses mouvements ?

La clocharde rinça sommairement son gant de toilette et le lui tendit sans plus de façon. Solange eut deux secondes d'arrêt devant cette chose qui sortait de dessous les jupes noires : une seconde pour les principes qu'on lui avait inculqués – on ne prête ni son gant ni sa brosse à dents – et une seconde pour se souvenir de la nuit et de ce que, par conséquent, il y avait à nettoyer entre les jambes de cette femme. Mais elle n'était plus à ça près. Elle attrapa le gant, le savon, souleva son tee-shirt pour se laver le dessous des bras. Elle n'alla pas, tout de même, jusqu'à se passer la « chose » sur le visage, et prit de l'eau dans ses mains pour se rafraîchir les joues, y effacer les traces de larmes séchées qui lui raidissaient la peau.

La femme en noir avait récupéré son gant de toilette mouillé et l'essora par jeu sur la tête de Solange.

– Tiens, je crois que ça a besoin d'être rafraîchi aussi, là-dedans.

Solange répliqua par une giclée d'eau, et il y eut quelques minutes de gamineries, à s'asperger mutuellement, joyeusement. Puis chacune revint, qui vers son banc, qui vers son muret, comme si leurs places étaient curieusement établies. Solange s'en fut récupérer ses espadrilles abandonnées sous les buissons, et s'en chaussa en constatant avec soulagement que ses pieds avaient un peu dégonflé.

La clocharde rangea ses affaires de toilette dans son sac, posé sur le muret, et ce fut elle qui, sans se retourner vers Solange, mine de rien, revint à l'évocation d'Éliane.

– Cette fabuleuse bonne femme, pourquoi t'en parles au passé ? Elle est morte ?

– Hein ?

– La reine, comme tu dis...T'en parles comme si elle n'existait plus.

Solange resta une fraction de seconde la bouche ouverte, ramenée brutalement au souvenir le plus choquant, le plus douloureux de cette période de son adolescence. Elle en gardait une trace si vive qu'elle bégaya, hésita, les joues soudain empourprées. Puis sortit, d'un coup, la révolte qu'elle n'avait jamais confiée à personne.

– Je ne sais pas ce qu'elle est devenue. Parce qu'elle s'est tirée, comme ça, en pleine nuit, sans rien dire ! Au matin, chambre vide, plus de valises, rien, disparue !

Ce matin-là, elle le revivait comme si c'était hier. Les maîtres de maison en révolution : cette aventurière n'avait même pas retiré ses draps, le lit resté tel quel, la salle de bains d'une saleté repoussante ! Partie en pleine nuit sans même laisser un mot, comme une voleuse, c'est ignoble, pourquoi Roger l'avait-il invitée, d'ailleurs, une sauvage qui avait une influence épouvantable sur les enfants, un exemple déplorable, son fils qui ne mangeait plus on se demandait pourquoi, la petite Solange embarquée à tout bout de champ on ne savait où… Finalement, tant mieux qu'elle soit partie, bon débarras … Mais la voilà qui pleure devant son chocolat, celle-là, maintenant ?

Solange sentait encore, vivace, le sentiment de trahison qui l'avait laissée sanglotant devant son bol de petit déjeuner.

Dix-huit ans après, une douloureuse indignation perçait encore dans sa voix.

– Elle ne m'a même pas dit au revoir !

– C'est moche, ponctua sobrement la clocharde.

– Et ces gens qui trouvaient le moyen de me dire que c'était une bonne leçon, que ça m'apprendrait à ne pas faire confiance à n'importe qui… Je les aurais tués !

Les souvenirs continuaient d'affluer. Sa crise pour quitter cette maison le plus vite possible, ses parents appelés en catastrophe qui ne comprenaient rien du tout, son père qui regardait d'un air soupçonneux le frère de sa copine, craignant que ce garçon de seize ans n'ait eu de mauvais gestes, traumatisant sa petite Solange chérie, sinon pourquoi aurait-elle été dans cet état ? S'était ensuivie une fin de vacances nulle, chez ses parents. On l'avait d'abord harcelée de questions, en vain, elle restait fermée comme une huître. Ensuite une immense tristesse l'avait envahie, qu'elle avait noyée dans les devoirs de vacances… Et sa vie ordinaire de petite fille avait repris, avec cette déception sur la patate, le souvenir de toutes les discussions avec cette femme qui lui avaient ouvert l'esprit – pour rien.

La femme en noir regardait Solange ruminer, tourner mentalement autour de cette vieille blessure. Après quelque temps, elle s'accouda au muret et prononça doucement :

– J'ai peut-être une idée…

Solange mit un moment à sortir de ses pensées. Elle jeta un regard interrogatif à la clocharde.

– Tu m'as bien dit qu'il y avait un jeune homme avec vous, dans cette baraque ?

– Oui, le frère de ma copine, Cyril. Très beau, mais il ne voulait rien faire avec nous, ne parlait à personne. C'est chiant, les garçons, à seize ans… Pourquoi ?

– Parce que, tu vois, une femme comme tu me la décris, ça a de l'appétit et pas beaucoup de moralité.

Elle ajouta en confidence, l'œil lourd :

– Quand on joue, c'est rare qu'on ait de la moralité.

Puis elle se leva pesamment et s'approcha de Solange.

– Alors vers quarante piges, une aventure avec un petit jeune, c'est pas pour déplaire à une femme de ce genre-là.

Solange la regarda avec stupéfaction, hésitant à comprendre ce que la femme en noir suggérait. Celle-ci s'assit à ses côtés et entreprit de clarifier le sujet – à sa manière.

– Pour que tu comprennes, je prends une comparaison simple : le vin. Un petit cru nouveau, de temps en temps, c'est piquant, c'est frais, ça sent le raisin encore vert, ça te donne l'impression de boire un coup de printemps. Et puis à la longue… ça lasse. Quand t'as connu du plus mûr, tu peux pas supporter longtemps la piquette, tu risques l'aigreur, ça tourne vinaigre, tu vois ce que je veux dire ?

Solange, qui ne buvait ni du mûr ni de la piquette, opina machinalement, perplexe.

– Alors au bout d'un moment, t'as assez joué, faut rompre. Quitter un homme, c'est simple, tu te coltines avec. Mais un petit jeune, c'est terrible… C'est incontrôlable ! C'est capable de faire un scandale, les drames, ils adorent ça. Alors mieux vaut fuir en douce au milieu de la nuit… Tu comprends ?

Solange écoutait, bouche ouverte. Elle revoyait l'air ténébreux du jeune homme, son attitude absente. Elle eut surtout l'image, le matin suivant la fuite d'Éliane, de son visage livide, si pétrifié au bout de la table qu'il semblait au bord de l'évanouissement. Et son départ en courant vers le jardin pour fuir sa mère qui insultait l'« aventurière ». S'était-elle doutée d'une possible liaison entre eux ? Comment supporter que son jeune fils s'éprenne d'une telle femme sans éprouver envers elle une aversion violente ? Tout concordait, oui…

Solange se laissa traverser par le flux de réminiscences, immobile. Puis, revenant peu à peu au moment présent, elle soupira et dit doucement :

– Je vous remercie…

– Hein ?

– Je vous remercie de m'avoir avoué cette aventure. Ça me fait du bien, même si longtemps après, de savoir pourquoi vous m'avez abandonnée si brutalement.

Pour le coup, la clocharde se retourna d'un bloc vers Solange.

– Non mais c'est pas vrai, elle recommence ! Quand t'as quelque chose dans le crâne, toi ! Parce que tu crois que je parle de moi ? Je m'en fous, de ton Éliane ! Tu me racontes une histoire, avec des éléments précis, tu te poses des questions, alors j'essaie de trouver une explication, c'est tout. Y a un mot qui t'a échappé dans le dictionnaire, c'est : « hypothèse ».

Elle se pencha vers Solange et lui cria au visage :

– J'émets une *hypothèse* !

Solange vacilla, à demi asphyxiée par une bouffée de vinasse mal digérée.

– Non, non, s'obstina-t-elle malgré tout, je suis désolée, mais je sens très bien que vous n'avez pas inventé cette histoire, et…

– Je *sens* ! Tu ne sens pas, tu ne connais rien de rien à la vie ! Tu apprendras que toutes les histoires se ressemblent. Quand une femme quitte une maison en pleine nuit, y a pas trente-six explications, y en a deux : soit c'est une voleuse – ton Éliane était riche, ça ne colle pas –, soit elle fuit un homme. Point. C'est pas compliqué à déduire.

La femme en noir se leva et se pencha brusquement sur une Solange écrasée contre le dossier du banc, détournant la tête pour tenter d'échapper à une nouvelle bouffée d'haleine fétide.

– Quand t'auras un peu de jugeote et d'expérience, tu apprendras qu'hypothèse et déduction sont les deux mamelles de…

Un formidable rot ponctua la sentence, en guise de conclusion. Après quoi, délaissant la jeune enquiquineuse, la clocharde se redressa, théâtrale.

– Maintenant je vais dormir, tu fais chier.

En trois pas elle fut au muret et s'y laissa tomber d'un bloc, se coucha sur le côté en lui tournant le dos, drapée dans son châle.

Solange contempla un moment la masse noire, en proie au doute qui l'occupait tout entière. Éliane ? Pas Éliane ? L'incertitude était totale, mais elle balançait entre les deux options sans que cela la taraude outre mesure, ça devenait presque amusant. Elle regardait la silhouette vautrée sur le muret, un demi-sourire malin aux lèvres. De toute manière, à un moment ou un autre la femme en noir se trahirait vraiment, elle saurait… Elle saurait avant la fin de cette journée, elle en était certaine !

Elle décida de se dégourdir les jambes, d'aller faire un tour jusqu'aux rues avoisinantes, histoire de se repérer, peut-être de trouver quelque part un plan de la ville. Elle se sentait inexplicablement bien, malgré toutes ces émotions et la nuit passée dehors. La tête lui tournait un peu, mais ce n'était pas désagréable. Une curieuse humeur folâtre la rendait légère et presque gaie. Mais elle s'arrêta brusquement – une idée venait de la frapper, un détail révélateur. Revenant sur ses pas, elle courut jusqu'au muret où la pocharde semblait déjà endormie, se pencha, mains sur les genoux, jusqu'à son oreille recouverte par le châle.

– Je n'ai jamais dit qu'elle avait quarante ans ! Alors comment tu sais ça, hein ? Tu t'es trahie, Éliane !

La clocharde, réveillée en sursaut, eut un grand battement de bras pour chasser l'importune, comme une mouche agaçante. Solange évita de justesse un revers meurtrier, la regarda se rasseoir, lourdement, péniblement, râlant tout bas. Puis la femme fixa Solange d'un regard lourd et lassé, lâcha un gros soupir découragé – ça ne valait même pas la peine de répondre… Ainsi avachie, elle ressemblait vraiment à un crapaud qui digère. Elle se décida finalement à ouvrir la bouche pour un sujet autrement important.

– Bon, trêve de discussions stériles, puisque tu ne veux pas me payer un coup de blanc… Tu veux vraiment pas, hein ?

– Plutôt crever.

– Mauvaise, va… Alors si t'as encore un peu de sous, malgré tes largesses d'hier, va donc nous acheter à bouffer, on crève la dalle !

– Ça, je veux bien.

La clocharde parut un peu requinquée par cet accord spontané, fouilla dans son sac, non sans lâcher un commentaire à mi-voix – « Puis comme ça, tu me foutras la paix un moment… » – et en sortit un cabas en ciré d'une contenance conséquente, avec des anses solides. Elle indiqua à Solange le chemin précis pour trouver une épicerie qu'elle connaissait bien, à trois rues de là.

– Sont très gentils… Tu peux piquer un paquet de saumon, ils ne regardent pas dans les sacs. Allez file !

Solange retraversa la place, en nota mentalement le nom, au cas où elle se perdrait. Un hasard comme celui de cette nuit, qui l'avait ramenée au camp de base de la femme en noir, ne se reproduirait peut-être pas. Elle se sentait toujours bizarrement légère. « Va nous acheter à bouffer… » Ce « nous » lui faisait tiède au cœur. Solange se retourna et la vit qui s'était recouchée sur le muret. Aucune raison de se presser pour faire les courses, elle la laisserait se reposer, cette pauvre femme. Qu'est-ce qu'elle achèterait de bon, tiens, pour lui faire plaisir, pour la surprendre ? Elle avait parlé de saumon… des œufs de lump, en plus, peut-être ?

Et subitement une nouvelle réminiscence lui vint à l'esprit, aussi précise que celles qui l'avaient assaillie précédemment, avec les mots et les images, presque les sons environnants. Solange s'arrêta et s'appuya contre un mur, spectatrice éveillée de ce « film dans la tête » qui lui restituait, si fidèlement encore, un petit bout de son adolescence.

Elles se trouvaient toutes les deux devant l'imposante entrée du casino de Trouville. Éliane, dans un ensemble en lin blanc, avait déjà gravi quelques-unes de la volée de marches qui montaient vers la somptueuse porte. Solange la revoyait, d'abord de dos, puis l'incitant à la suivre sans crainte. Comme à l'époque, elle ressentait sa propre timidité, sa presque peur à la vue des moquettes épaisses, des lustres en cristal, de la double colonnade impressionnante qui encadrait le hall, et sa honte d'entrer dans ce luxe avec ses espadrilles pleines de sable, ses jambes nues de gamine.

Éliane l'avait tout à coup entraînée là par surprise, ce n'était pas prévu dans la balade de ce jour-là. Elle lui avait simplement dit : « Puisque tu es une femme, maintenant, on va fêter ça ! », et Solange avait cru qu'elle aurait droit à une énorme glace ou à une flopée de crêpes au chocolat.

Un homme en habit noir à queue de pie vint cérémonieusement saluer Éliane, l'appelant par son nom, et d'autres employés, tous habillés en plein jour comme pour une soirée, la saluèrent familièrement, en habituée – ce que Solange en déduisit très vite. C'était peut-être là qu'elle avait « perdu une maison » – entre autres choses, sans doute…

L'homme en frac dit : « Votre table est prête, mesdames », et les entraîna vers l'intérieur, jusqu'à la partie restaurant de l'établissement, avec ses larges baies vitrées qui donnaient sur la mer. Là, près de l'une d'elles, il y avait une table nappée de blanc, dressée pour deux, avec couverts en argent, au milieu de laquelle trônait une boîte de caviar ouverte sur son lit de glace. Éliane assura que c'était parfait, et commanda deux coupes de champagne.

Solange ne savait plus où se mettre, ressentait presque douloureusement le décalage entre ce décorum et sa pauvre mise d'adolescente, son vieux bermuda, son teeshirt décoloré par le sel et le soleil. Éliane la prit par les épaules pour la forcer à s'asseoir, et dit solennellement :

– Donc, puisque te voilà une femme, tu dois apprendre à apprécier les bonnes choses. Une vraie femme doit manger du caviar au moins une fois dans sa vie… et j'espère pour toi que tu auras plein d'occasions d'en manger encore !

La suite avait été encore plus gênante. Solange avait immédiatement détesté ce goût marin et douceâtre, les petits grains qui éclataient sous la dent. Elle avait dû faire une grimace en laissant tomber sa cuillère dans l'assiette, révulsée.

Éliane, qui avait déjà bu une des coupes de champagne et savouré sa première cuillerée les yeux clos, voluptueusement, vit la gamine rétrécie sur sa chaise, une moue de dégoût aux lèvres.

– Ne me dis pas… que tu n'aimes pas ce qu'il y a de meilleur *au monde* ?

– Ben…

– Tu préfères les œufs de lump, peut-être ?

– J'aime pas non plus.

Alors Éliane avait éclaté de rire, attrapé l'assiette de Solange pour ne pas perdre une miette de ce caviar si précieux – « La honte… non mais vraiment, la honte ! » – et ce rire, plus vexant qu'une réflexion ou un reproche, lui avait fait sentir à quel point elle était nulle de ne pas aimer « ce qu'il y a de meilleur au monde ». Devant l'expression désolée de Solange, Éliane en avait rajouté une couche :

– C'est pas grave, ma puce, ça s'appelle faire un bide !

Puis elle avait bu, presque d'une traite, la seconde coupe de champagne, et ordonné au maître d'hôtel qu'on « mette cela sur son compte » avant d'attraper Solange par le bras pour la mener aux toilettes, lui ordonnant :

– Va mouiller tes cheveux, et ton maillot. Sinon les autres ne croiront pas que je t'ai emmenée à la piscine et on me regardera encore de travers…

Puis, dans la foulée, un autre souvenir vint à Solange, dans cette rue de Nîmes. Et elle se demanda, en reprenant lentement sa route vers l'épicerie indiquée par la femme en noir, pourquoi ces deux réminiscences étaient liées dans son esprit. Ah oui ! C'était à cause de l'alcool ! De cette insistance d'Éliane à tenter de l'initier au champagne, aux cocktails. Voilà, c'était le jour où elle avait encore tenté de lui en faire boire un…

Dans ce bar un peu chic où Éliane l'avait entraînée une autre fois, sur la promenade au-dessus de la plage d'Étretat, Solange avait osé lui demander pourquoi elle n'était pas mariée. Éliane lui avait parlé de liberté, plus précieuse que tout, lui avait confié aussi, plus intimement, qu'un traumatisme d'enfance l'avait fait renoncer à tout attachement durable. Mais Solange avait insisté :

– Mais tu n'as jamais eu envie d'avoir un enfant ?

Il y avait eu un temps suspendu, comme si cette femme mûre, en face d'elle, pesait tout à coup une éventualité à laquelle elle se gardait bien de penser. Elle avait fait « non » de la tête, lentement, avec un demi-sourire amer. Puis, se reprenant vivement, elle s'était penchée vers Solange, exagérant un ton un peu éméché.

– Quoique une petite dans ton genre, tu vois, ça ne m'aurait pas déplu…

Solange était restée coite.

– Eh ! Souris, nunuche, c'est une déclaration !

Alors Solange avait ri elle aussi, et choisi de plaisanter à l'unisson, en se forçant un peu.

– Tu aurais fait une drôle de mère ! Une mère qui fait boire des cocktails à sa fille…

– Justement ! J'aurais été une mère *sublime* ! Sublime et abominaaaaaable !

Et Éliane avait commandé un autre cocktail dans la foulée, devant une Solange de treize ans passablement troublée. Elle aurait pu avoir une mère comme celle-là ? Éliane, en quelque sorte, venait de lui avouer qu'elle faisait d'elle, moralement, la fille qu'elle aurait aimé avoir… Et la jeune Solange se retrouvait, du fait de cet aveu, nantie d'une sorte de mère « sublime et abominable », exact opposé de sa vraie mère. Cette idée, et le contraste entre ces deux modèles, la poursuivit longtemps…

Immobilisée un moment par ces souvenirs qui l'assaillaient de manière si fulgurante, Solange reprit sa route vers l'épicerie. Elle tentait de faire le point sur ce qu'elle était en train de vivre. Elle eut soudain le sentiment d'avoir l'esprit tout à fait clair, et, pendant cet intermède de calme lucidité, encore une fois sa certitude bascula et elle s'avoua qu'elle n'avait sans doute jamais rencontré cette femme. Pourquoi s'était-elle imaginé une chose pareille ? À la lumière des scènes qui lui étaient de nouveau revenues, elle se disait qu'il n'était pas possible que cette femme sublime soit devenue un tel déchet, en même pas vingt ans. Quand on est une battante, une reine de sa propre vie, on le reste, quoi qu'il arrive ! Elle avait fantasmé sur ce personnage, elle ne savait pourquoi. Ça n'avait d'ailleurs guère d'importance. Quoi qu'elle vive ici de troublant, elle était au moins soulagée d'échapper à trois jours d'excursion en groupe !

Elle songeait à la femme en noir, à son dénuement. Et, admettant qu'elle n'était probablement pas Éliane, elle ressentait une sympathie, une tendresse pour ce pauvre être, qu'elle importunait peut-être. Une grande envie lui vint de lui faire plaisir, de la combler, de la nourrir richement, en partie pour se faire pardonner son insistante présence.

Elle trouva l'épicerie, assez grande, avec le rayon frais au fond – et repensa au conseil de la clocharde concernant le paquet de saumon. À voir toutes les victuailles dans les rayons, elle qui défaillait de faim se faisait une fête à l'avance du festin qu'elle allait offrir. Elle saisit un des paniers disposés à l'entrée et prit du chocolat, un gros cake, des fromages, des blinis, des œufs de lump – une grosse boîte chacune, avec la crème qui va avec ! –, plein d'autres choses délicieuses, faciles à manger et… elle se retrouva devant les saumons fumés. Un regard de-ci, de-là, et hop, elle glissa un des paquets les plus gros au fond de son cabas, n'en revenant pas elle-même de ce qu'elle osait faire.

Puis elle se dirigea vers la caisse. Il semblait n'y avoir qu'une personne s'occupant de ce magasin, l'épicier lui-même, qui encaissait les achats. Quatre clients faisaient la queue devant elle pour payer leurs courses… Elle commença à avoir un peu chaud. Trois personnes… Son cœur se mit à battre trop fort. Deux personnes encore… Une légère sueur lui mouillait le front. Une dernière, juste devant elle… Ses mains se mirent à trembler.

Enfin elle fut devant la caisse, tentant de respirer calmement, de paraître normale. Au moment où l'épicier comptait le dernier achat qu'elle avait sorti du panier devant lui, elle crut s'évanouir. Alors elle sortit prestement de son cabas le paquet de saumon et le lui tendit. Vingt-sept euros…

Quand on est foncièrement honnête, on ne se refait pas.

Son dernier gros billet y passa entièrement.

4

Elle revenait vers la place, guillerette, son délicieux chargement pesant au bout de son bras, un sac de divers pains fantaisies dans l'autre main, pour varier les plaisirs. Quelle hâte elle avait de déballer ses courses comme un trésor !

Au sortir de la rue qui débouchait sur la place, elle allait s'engager sur la chaussée pour rejoindre le terre-plein, quand elle s'arrêta net. La clocharde, qui avait réintégré son fief de l'autre côté du massif, était en compagnie des deux compères de la nuit. Solange, après un instinctif mouvement de recul, allait amorcer un demi-tour, se cacher jusqu'à leur départ, mais la femme l'avait vue et lui faisait de grands signes exubérants. Alors, courageusement, malgré ses réticences, elle traversa la place dans leur direction. Que lui importait, après tout, ce que cette femme faisait de ses nuits, de sa vie, puisqu'elle n'était probablement pas Éliane !

– Voilà ma petite copine !

Solange jugea cette familiarité excessive pour une présentation aux deux lascars. Avoir les deux mains occupées lui permit toutefois de se contenter d'un signe de tête en guise d'effusion. La femme en noir désigna le grand maigre :

– Je te présente Igor…

Puis le plus petit, qu'elle tenait par les épaules :

– … et l'ami Max !

Solange se dirigea vers l'arrière du banc avec l'espoir d'y déposer discrètement le cabas chargé de son trésor, mais la clocharde claironna :

– Alors ? Qu'est-ce que tu nous as rapporté de bon ?

Elle débarrassa prestement Solange de son chargement et entreprit sans vergogne de l'inventorier, disposant les victuailles une à une sur toute la longueur de l'assise du banc, les accompagnant tour à tour d'une exclamation enthousiaste, qui frôla le contre-ut devant le saumon fumé.

– Ooooh, du chocolat ! Chouette, un beau cake ! Et le saumon, waouh ! Non, c'est trop, je t'assure que c'est trop, t'as fait des folies.

Les deux hommes s'étaient discrètement éloignés de deux pas, l'un regardant le ciel pour voir si d'aventure un oiseau n'y passait pas, l'autre faisant des ronds au sol du bout de sa chaussure, marquant une indifférence appuyée.

Solange, les lèvres pincées, attendait ce qu'elle sentait venir inéluctablement. La clocharde, l'œil enjôleur, prononça les paroles fatidiques :

– C'est trop pour deux. Qu'est-ce que t'en penses, on invite ?

À vrai dire elle n'attendit pas la réponse, comme si cela allait de soi. Les deux hommes non plus. Abandonnant d'un coup leur pudique réserve, ils fondirent de concert sur le festin. Ils s'installèrent par terre, qui avec un fromage, qui avec une des boîtes d'œufs de lump, tandis que la femme en noir attaquait le beurre, le pain craquant, et les distribuait à la ronde. Elle avisa Solange crispée sur place, et, sans prendre garde à son humeur, l'invita joyeusement à la fête.

– Qu'est-ce que tu fais debout, toi ! Viens, faut reprendre des forces…

Puis elle ajouta, avec un horrible clin d'œil :

– Parce que… la nuit a été rude, hein ?

Solange, qui avait avalé pas mal de couleuvres depuis la veille, goba celle-ci assez rapidement, aidée par une faim mordante. Elle mangea d'abord du bout des lèvres, puis croqua bientôt à belles dents dans une tartine, fascinée par le spectacle qui s'offrait à elle : Igor jonglait avec toutes les nourritures avant de les ingurgiter. Il fit virevolter une tranche de saumon sur son index, façon assiette d'un cirque chinois, avant de la cueillir au vol sur sa tranche de pain, les fruits partaient en arabesque au-dessus de sa tête, se cachaient dans sa manche pour – hop ! – en ressortir par surprise sous le nez de Solange. Mais ce qui la surprenait le plus, c'était le ton d'extrême courtoisie, de déférence avec laquelle les deux hommes s'adressaient à celle qu'ils appelaient « comtesse ». Pas une parole, pas un regard complice, pas la plus petite allusion, même muette, à ce qui s'était passé pendant la nuit… Comme s'il s'était agi d'une autre vie, d'un autre temps, d'un rêve lubrique sans importance, d'une folie qu'il eût été malséant de rappeler une fois dissipées les ombres nocturnes. Le soleil levé remettait les choses en ordre et chacun à sa place. Solange en était médusée. Ainsi, on pouvait se laisser trousser sans pudeur et avoir droit à un baise-main le lendemain ?

Puis il fut question d'une tournée des restaurants que les deux hommes devaient faire pour le compte de la clocharde. Solange mit un moment à comprendre qu'il s'agissait de collecter des restes pour que la femme en noir les distribue à ses bêtes. Elle se souvint de l'image extraordinaire du « bain de chats » au milieu des Arènes. Que cette découverte lui semblait déjà lointaine ! Et Solange fut happée de nouveau par la sensation curieuse d'être hors de sa vie…

Du festin, il ne restait presque rien. Ce fut prestement emballé. La femme en noir s'assit sur le banc, jambes étalées devant elle, le visage au soleil. Elle invita Solange à en faire autant – il fallait digérer, maintenant. Les deux hommes s'étaient installés sur le banc voisin. Après un grand moment de paix entrecoupé de soupirs repus, une discussion s'engagea. Démarrée sur un ton calme et mesuré, celle-ci devint tout à coup plus véhémente, chacun s'acharnant à défendre son point de vue.

– Il a quand même avoué, à la fin de sa vie, qu'il croyait en Dieu.

– Pas du tout ! Pas du tout ! Il a dit : « Je ne crois pas, je *sais*. » Et il a précisé : « Je sais qu'il y a quelque chose qui nous dépasse. » Alors…

– Bon, d'accord. Mais il a ajouté : « Et si vous voulez appeler Dieu ce quelque chose qui nous dépasse, moi, ça me va. » Donc il admettait l'existence d'un Dieu, c'est clair, non ?

– Absolument pas ! T'as aucun sens de la nuance, mon pauvre vieux !

Et le débat se poursuivit, émaillé de citations, de références bibliographiques. Solange, intriguée, avait fini par tendre une oreille. Elle s'enhardit à questionner la clocharde à demi assoupie à ses côtés.

– Ils discutent de quoi, là ?

– De Jung.

Le silence qui s'ensuivit trahissait la totale ignorance de Solange. La femme en noir précisa :

– Un copain à Freud. Du moins au début… Et ils ne sont pas d'accord, on dirait.

– Sur quoi ?

– Sur les rapports de Jung avec la religion, me semble.

Solange en resta bouche bée et les yeux écarquillés. Après un moment de stupéfaction muette, elle ne put s'empêcher de demander :

– Et… ils en ont souvent, des discussions comme ça ?

– Assez souvent, oui. Pourquoi ?

Nul besoin de réponse. La femme en noir avait tourné la tête vers Solange et la considérait d'un œil aigu. Elle avait perçu l'incrédulité dans la voix de la jeune femme, et tout ce que celle-ci recouvrait d'idées reçues, de mépris pour ceux qui vivent dans la rue, qui ne peuvent pas être des gens comme les autres, surtout pas cultivés. La clocharde eut un rire silencieux.

– T'es mignonne, toi…

Et c'était pire qu'une gifle.

Après quoi, sans se formaliser davantage, elle parla tout simplement de ses compagnons, résuma leur histoire. Max, il était prof de lettres et de philo. Et puis un divorce difficile, son ex-femme qui s'enfuit à l'étranger avec sa gosse, la solitude et la dépression qui s'ensuit – une vraie, avec hospitalisation –, la perte du travail dans la foulée, l'impossibilité de payer le loyer… Une histoire ordinaire, quoi. Jusqu'au jour où il avait voulu se suicider. Et il s'est trouvé qu'il y avait Igor dans les parages, qui l'avait retenu de justesse au moment où il allait se jeter d'un pont sous un train qui passait dessous à pleine vitesse.

– Depuis, ils sont inséparables, ces deux-là.

– Et Igor, il faisait quoi, avant ?

– Oh, Igor, c'est autre chose. Il est libre, lui. C'est un seigneur de la rue…

Un vrai circassien, un grand artiste, mais il ne supportait pas d'être entravé, soumis à des horaires, à des dates de tournées, dépendant d'engagements aléatoires. Et il semblerait qu'il ait eu une grave embrouille avec un directeur de cirque… Mais ça, il n'en parlait jamais.

« Seigneur de la rue », Solange se répétait cette formule, impressionnée. Comme ces gens étaient loin des stéréotypes de SDF qu'elle avait en tête ! Elle regarda, pensive, les seigneurs en question, qui semblaient avoir clos leur débat et à présent s'étaient levés, s'étirant, exécutant quelques pliés des genoux, moulinets des bras. Igor jonglait avec une plume de pigeon qu'il envoyait en l'air d'un souffle, puis renvoyait, et renvoyait encore, et la plume semblait animée d'une vie propre, dansant dans l'espace… Soudain, Max lâcha, assez haut pour être entendu des deux femmes :

– Y a pas à dire, il manque un gorgeon.

Igor, entre deux envolées de plume, renchérit aussitôt :

– Ça, c'est sûr, ça manque.

Affirmation immédiatement confirmée par la femme en noir.

– À qui le dites-vous ! Pour manquer, ça manque !

Alors Solange eut droit à la comédie : chacun cherchait quelques sous dans ses poches, sortait deux pauvres pièces d'un air désolé, la clocharde fouillait au fond de son sac, retournait des pochettes pour bien montrer qu'elles étaient désespérément vides. Non, c'était dommage, on n'avait pas de quoi…

Solange regardait le cirque, pas dupe.

– Si vous avez soif, il y a de l'eau à la fontaine, là-bas… Et d'ailleurs, moi, j'y vais.

Elle alla s'abreuver, ignorant les trois paires d'yeux désolés fixés sur elle – des regards qu'elle dut affronter à son retour vers les bancs. Elle s'essuya la bouche avec son poignet, décida de parler franc, et, comme un brave petit soldat qu'elle était souvent, se lança dans un grand discours sur les méfaits de l'alcool.

– Sans blague, vous vous esquintez, à boire comme ça. Vous avez déjà des conditions de vie pas faciles, on peut le dire, hein ? Et en plus, vous vous abîmez !

Ils devraient prendre soin de leur santé encore plus que les gens... – elle évita de justesse l'adjectif « normaux » qui allait suivre – enfin, les gens qui ont une vie régulière, quoi. Elle pouvait bien tenter de leur faire prendre conscience du mal qu'ils se faisaient, puisqu'ils étaient intelligents, cultivés. On l'écoutait gravement. Une grande tristesse se peignait sur les trois visages. Les peaux se faisaient grises, les cernes plus lourds encore. Igor lâcha d'une voix sépulcrale :

– Elle a raison.

Les deux autres approuvèrent, sinistres.

Solange regarda les trois silhouettes abattues. Elle avait gâché l'ambiance, la joie du bon repas. Elle tenta de se rattraper.

– Remarquez, je vous comprends, parfois on a besoin d'oublier. Tenez, moi qui ne bois pas une goutte d'alcool, à la mort de ma mère j'en étais à deux bières par jour !

Il y eut une seconde de silence. On fixait la gamine, yeux ronds et bouche bée. Puis ce fut un hurlement de rire général. On se tordait, on hoquetait, on s'en tapait sur les cuisses. La clocharde en pleurait à faire pipi dans ses jupes. Max se roulait par terre. On tentait de se calmer, de reprendre souffle au milieu de la crise, mais les regards retombaient sur l'innocente.

– Deux bières !

Et c'était reparti de plus belle. On n'en pouvait plus, on étouffait.

Solange subissait ce déferlement de moqueries avec un petit air stoïque. Si ça leur faisait plaisir de rire à ses dépens, qu'à cela ne tienne, elle n'était plus à ça près.

Quand Igor réussit à surmonter son fou rire, il s'écria :

– Ah ! C'est trop beau ! Tiens, on te paye une bière !

– Mais non, je ne...

– Si, si ! On t'offre une bière, on y tient !

Et chacun, de nouveau, recommença la comédie, tâta ses poches, les retourna, fouilla un sac en vain...

Une grande fatigue avait envahi Solange, une fatigue à la fois douce et un peu douloureuse. Sans hésiter, sans réfléchir, elle s'en fut prendre son petit porte-monnaie raplapla, qui contenait ce qui restait de son pécule, et le tendit aux deux hommes.

– Tenez, achetez ce que vous voulez. Mais laissez-m'en un petit peu, car j'ai plus d'argent du tout.

Igor se saisit sans hésiter de la pochette.

– Pour toi, comtesse, du blanc ?

– Oui, mais une seule bouteille, faut être raisonnable.

Et les deux compères partirent vers la rue commerçante.

Solange s'était assise, jambes serrées, dos rond. Elle regardait devant elle, l'air absent, le souffle court. Elle avait joint sur ses genoux ses mains qui tremblaient un peu. La femme en noir la regarda, l'œil soudain grave.

– C'est vrai que t'as plus de sous ?

– Plus rien. Et je n'ai pas payé mon hôtel…

– Alors je retire ce que j'ai dit ce matin : t'as un bon fond.

Elle scruta ce profil de gamine paumée, avec ces cheveux en bataille, cette coupe asymétrique ridicule, la mèche incongrue qui balayait une joue maculée et cette petite bouche douloureusement crispée.

– Pourquoi t'as pas de sous ? Tu travailles pas ?

– Si. Je suis caissière, dans un supermarché.

– Ah ? C'est pas le pactole à la fin du mois, alors…

– Et s'il n'y avait que ça ! Certains jours, je les tuerais tous, le chef, les collègues, les clients, tellement je m'emmerde !

La femme en noir voyait qu'elle se réfrénait, qu'elle n'osait pas dire tout ce qu'elle avait sur le cœur.

– Et t'es toute seule, dans la vie ?

– Non, non, je suis mariée…

– Alors tu ne dois pas t'emmerder tout le temps. Non ?

Solange eut un geste vague de la main, signifiant qu'il y aurait eu trop à dire. Didier, le gentil Didier passa dans son esprit, fantôme si lointain, là-bas, dans la vraie vie… Elle ouvrit la bouche, peut-être pour parler de lui, d'une existence ordinaire, la sienne, qui lui semblait irréelle depuis qu'elle avait mis les pieds à Nîmes. Mais déjà les deux hommes revenaient, joyeusement chargés de boissons.

Ils posèrent une bouteille déjà débouchée devant la clocharde, et deux bières à côté de Solange. Igor lui remit aussi son petit porte-monnaie, qu'il agita pour faire sonner les quelques pièces à l'intérieur. Elle s'en saisit avec un sourire désabusé.

La clocharde leur rappela qu'ils avaient du boulot pour elle : il était temps de faire le tour des restaurants avant le service du soir, pour récupérer les restes du déjeuner avant qu'on ne les jette.

– Passez dans les restos à touristes, ils me gardent les restes de brandade. Les loulous adorent ça.

Solange tourna la tête, tirée de ses pensées par une idée subite.

– Tiens… Vous savez, vous, pourquoi la brandade de morue est la spécialité d'une ville où on ne pêche pas de poisson et où on ne cultive pas de patates ?

C'est Max qui répondit le premier, du tac au tac. Igor prit immédiatement la relève, les deux hommes lui offrant tour à tour un florilège de précisions culturelles.

– À cause du sel.

– Y a les Salins du Midi, plus bas…

– Mais Nîmes, c'était le comptoir du sel. C'est ici qu'il était entreposé.

– Et le sel, c'était tellement précieux, qu'au lieu de l'envoyer vers les ports…

– … on apportait les morues se faire saler ici.

– C'était d'ailleurs un tel trésor qu'on payait les ouvriers en mesures de sel.

– D'où le mot *salaire* !

La clocharde, connaissant bien ses amis, les sentit capables de partir dans un cours magistral et coupa leur élan.

– C'est ça, et dans la vraie brandade y a pas de patates.

Elle leur tendit le sac à commissions pour rappeler leur urgente mission nourricière. Ils tournèrent les talons, sans plus de commentaires. Elle regarda s'éloigner leurs silhouettes disparates, l'œil attendri, et but une longue rasade de vin blanc à la bouteille.

– Ah, ça fait du bien, ça nettoie… Qu'est-ce que tu fais là, alors, si t'es mariée ?

Solange écarta les mains, prit une grande inspiration et finit par lâcher lentement, sur un ton pénétré :

– *JE NE SAIS PAS.*

Comme elle restait abîmée dans le constat de cette vérité, la clocharde la rappela à l'ordre.

– Bois ta bière, elle va chauffer.

– Mais non, je…

– On va pas perdre ça. Bois !

Et elle lui mit d'autorité une canette ouverte dans les mains.

Solange en but machinalement une gorgée, puis une deuxième.

– Tiens, c'est vrai que ça n'est pas mauvais, je ne me rappelais plus…

Après un gros soupir elle prit une autre gorgée, suivie d'un petit hoquet. Elle mit sa main devant sa bouche, en môme bien élevée, et l'y laissa, comme si elle était prise en faute. Puis sortit d'elle une drôle de petite voix fragile.

– Après la mort de ma mère, ça m'aidait à dormir. J'avais dix-neuf ans. Elle nous a fait ça au printemps, en plein mois de mai. Il y avait du soleil, des robes à fleurs partout. Nous on était en noir et on l'a mise dans un caveau… Depuis, je ne peux plus supporter le printemps.

Elle but de nouveau une longue gorgée, puis tourna la canette nerveusement entre ses doigts, regardant devant elle, l'esprit agité. Les martinets commençaient à pousser leurs cris suraigus au-dessus de la place, flèches noires striant le ciel en tous sens. On entendait au loin la rumeur de la ville.

La femme en noir avait posé son coude sur le dossier du banc, le menton dans la main, observant cette jeune femme avec une véritable curiosité.

– Mais il te reste de la famille ?

– Ah, ça, plein ! Des oncles, des tantes, mon père. Mais je ne les vois jamais… J'ai un frère et une sœur, aussi. Eux c'est encore plus simple, on est fâchés !

– Ah bon ?

– Et pour presque rien. Tu vas rire !

Elle raconta les invitations périodiques pour cause de « dîner de famille », avec la France à traverser. Tout s'organisait sans elle, sans qu'on lui demande son avis, on la prenait pour une imbécile. On ne lui disait rien, elle n'était jamais au courant de rien, et elle aurait dû obéir sans rechigner aux ordres ? Alors ça faisait plus de deux ans qu'ils se déroulaient sans elle, ces fichus dîners. Merde, à la fin !

Elle prit une nouvelle gorgée de bière et l'avala avec une petite grimace.

– C'est bête, hein ? Remarque, comme ça, je suis bien tranquille...

La clocharde la regardait toujours attentivement. Une colère bouillonnait derrière ce front buté. Et d'ailleurs, ça sortait tout seul...

Et puis ils l'agaçaient tous, avec leurs belles maisons, leurs belles voitures, leurs relations. C'était d'un ennui ! Tout ce tralala, les mômes en école privée, l'hiver au ski, l'été dans les îles, le papier toilette assorti à la couleur des W-C. Fallait voir ça, il y avait de quoi rigoler !

– Et ils font quoi, comme métier, eux ?

– Médecin et avocat. Classique, hein ? Et mon père bavant de fierté devant tout ça... Faut dire qu'il y a mis du sien !

Les heures de devoirs le soir, jamais de distractions, coincée dans cette grande maison, sans copains. Les études ! Réussir ! Il n'avait que ça à la bouche. À l'écouter, elle aurait encore été étudiante à trente ans, sous sa coupe !

– Je te jure, il fallait du cran pour prendre la tangente !

Alors c'est sûr qu'elle en avait bavé, fait des petits boulots. Mais au moins elle ne devait rien à personne, et surtout pas à sa famille. C'était *sa* vie, comme elle la voulait ! Et pendant qu'elle parlait, des images de son adolescence lui revenaient : son triste bureau d'étudiante, dans sa chambre où il n'y avait rien de gai, les meubles lourds de cette maison, les repas sinistres où il n'était question que de résultats scolaires, cette grande solitude, devenue encore pire après la mort de sa mère…

Elle avala d'un coup le reste de sa bière et posa brutalement la canette sur le banc. Puis, incongrûment, elle pouffa.

– À un moment, j'ai failli m'inscrire au Parti communiste… On aurait vu la gueule des bourgeois !

Et elle rit, d'un rire rageur qui s'étrangla.

La femme en noir changea de position, quitta Solange du regard, s'étira, soupira et proféra calmement :

– Si je comprends bien, c'est juste pour emmerder ton père que tu te fais chier derrière une caisse, à gagner des clopinettes ?

Bingo. Solange s'était figée. Elle eut un petit recul de la tête, comme sous l'effet d'un coup. Elle déglutit – ça avait du mal à passer. Il n'y avait rien à répondre. Silence. Sauf les martinets qui semblaient pris de folie en tourbillonnant juste au-dessus d'elles. Leurs cris vrillaient l'air, ça faisait presque mal à la tête. Un long, long moment, elles restèrent ainsi, sans rien dire, profils parallèles. Le soleil allait disparaître derrière les maisons. Les tièdes minutes s'égrenaient. Solange mit la main sur son estomac, plutôt pâlotte.

– Je ne me sens pas bien.

– C'est peut-être la bière ?

– Je ne sais pas… J'ai l'impression que je vais tomber.

– C'est pas grave, t'es assise.

Le soir commençait à tomber, inéluctable et tranquille.

La clocharde avala une grande lampée de vin blanc et tendit la bouteille à Solange.

– Tu veux goûter ?

– Non. Mais je vais peut-être attaquer l'autre bière.

– Fais gaffe, t'as pas l'habitude… Excuse-moi de revenir sur le sujet, mais qu'est-ce qu'il a dit, ton père, quand t'as lâché tes études ?

Solange sursauta comme si on l'avait piquée.

– Mon père, mon père ! Je m'en fiche de ce qu'il pouvait dire, complètement ! Parce que mon père, si ça se trouve…

Elle se figea, avec l'impression que tous les cris des martinets étaient concentrés sous son crâne. Comment expulser cette douleur sans nom, obsédante, ce doute qui lui mordait l'âme depuis si longtemps, jamais formulé ? Cela se fit malgré elle, d'un coup.

– Si ça se trouve, mon père, ce n'est pas mon vrai père !

Et aussi brutalement que l'aveu était sorti, la réminiscence vint. La racine du mal. Le film dans la tête, intact, oublié, refoulé.

C'était dans la boucherie où sa mère avait l'habitude de se fournir en viande, à Fécamp. Elle voyait nettement le magasin, tout en longueur, avec son carrelage beige sur les murs.

Solange était restée au centre de la boutique, tandis que sa mère était plus loin, à la caisse, à payer ses achats ou à discuter un peu avec la bouchère, qu'elle connaissait bien.

Elle voyait les choses à la hauteur qu'elle avait alors, celle d'une fillette de sept ou huit ans. Elle regardait, un peu dégoûtée, derrière la vitrine en verre, les carcasses de poulets auxquelles on avait laissé la tête, avec leurs yeux morts et leurs crêtes décolorées.

Peu de gens dans la boutique, seulement deux femmes, derrière elle, qui portaient leur cabas au pli du coude, comme un sac à main. Elle leur sourit – on lui avait appris à être aimable et gracieuse quand elle accompagnait sa maman pour les courses.

Les femmes lui adressèrent en retour un sourire crispé. Elles fixèrent nettement sa mère, qui s'attardait à la caisse, puis leurs yeux revinrent vers elle, la toisant de haut tandis qu'elles la désignaient du menton.

– Elle aurait du mal à cacher que celle-là n'est pas du même père !

Solange s'était sentie immédiatement aussi froide et morte que les poulets. Une glace dans le sang. Et sa mère revenait vers elle pour la prendre par la main, faisait des amabilités aux deux commères…

Elle gardait une image précise des deux femmes, avec, sous le petit chapeau et l'écharpe, ces visages neutres aux traits tombants, à la peau molle et cireuse des faiseuses de rumeurs, des tueuses de réputation, des criminelles à bas bruit…

La femme en noir, sentant que cette jeune femme était en train de vivre un moment douloureux, laissa passer un peu de temps. Puis elle attaqua de nouveau le sujet, doucement, comme si elle se parlait à elle-même.

– Pas ton vrai père… Évidemment, ça… Et comment tu le sais ?

Solange mit quelques secondes à réagir, à sortir de ses pensées, de son ahurissement d'avoir oublié, enfoui si longtemps et si profondément la cause de sa colère.

– Mais je ne le sais pas, justement ! Enfin, je n'en suis pas sûre…

– Mais alors, si tu sais pas, comment tu…

– Ah ! Je ne suis pas idiote, quand même !

Maintenant que le lien était rétabli, tout revenait, affluait, les détails qui avaient empoisonné ses pensées tout le long de son adolescence, l'un confortant l'autre, nourrissant le doute, le sale doute…

– Mon frère a quinze ans de plus que moi, ma sœur treize… Ma mère m'a eue à quarante ans, mais mon père en avait quinze de plus ! Tu le vois, remettre ça à quelques années de la retraite ? Et puis une grande blonde aux cheveux raides dans une famille de bruns râblés tous bouclés, est-ce que ça ne fait pas un peu désordre ? Et les allusions, les regards des autres… Je ne suis pas aveugle et j'ai des oreilles, hein !

– Qui ça, « les autres » ?

– Eh bien, les gens, quoi !

Et puis personne ne dit rien, jamais, on fait semblant de ne pas entendre, on glisse sur les allusions, on continue à sourire, on fait comme si tout était normal. Tribu impeccable ! Cohésion sans faille. Aucune fausse note. Rien à signaler. Et des « ma petite sœur » par-ci, et des « ma petite fille » par-là, et les câlins à la jolie poupée à tout le monde, pourvu surtout, *surtout*, qu'on se taise… C'est dégueulasse, les familles !

– Mais quand même, t'es pas sûre.

– Non, je ne suis pas sûre ! Mais je ne peux pas continuer à vivre comme ça… Il faut que je sache !

La voix de Solange se brisait. Maintenant qu'elle avait retrouvé l'origine de son tourment, elle se débattait dans ce marécage moral, impuissante.

La clocharde, pour tenter de l'aider, suggéra une issue.

– Y a que ta mère qui pourrait te dire…

– Mais elle est morte, ma mère !

– Ah merde.

Après ce cri du cœur, Solange s'était mise à sangloter. Elle venait de comprendre qu'elle avait enterré toutes les questions en même temps que sa mère, puisqu'il n'y aurait plus de réponse possible. Inutile, on enfouit le doute au plus profond. Reste le sentiment obsédant d'un mensonge indéfini, d'une trahison floue, d'une saleté originelle qui déteint sur toute la vie. Reste la rogne, d'autant plus forte qu'on ne veut plus en connaître l'objet.

Elle comprenait enfin tout cela, tandis qu'elle continuait machinalement à boire sa bière, essuyant sa bouche entre chaque rasade avec son avant-bras. Ce faisant, elle ressemblait de plus en plus à l'adolescente qu'elle avait été.

– Quand elle était vivante, je me disais bien qu'il faudrait que je lui en parle un jour. Mais je croyais qu'on avait le temps… Et va-t-en dire à ta mère : « Avec qui tu t'es envoyée en l'air, pour que je ne ressemble à personne dans cette famille ? » Autant traiter ta mère de salope ! Elle était tellement belle, tellement douce, ma maman, comment j'aurais pu lui dire une chose pareille ?

Puis, tout à coup, les sanglots cessèrent. Solange resta bouche ouverte, yeux fixes, comme un poisson hors de l'eau. Elle porta les deux mains à sa poitrine.

– Je ne me sens pas bien, là…

– Comment ?

En guise de réponse, Solange se précipita vers le massif pour vomir dans la verdure.

La femme en noir la regarda faire un moment, sans bouger de son banc, fataliste. Puis, en marmonnant quelque chose à propos de ces chochottes qui ne sont même pas capables d'encaisser deux bières sans rendre tripes et boyaux, qu'on était plus solide de son temps et qu'une jeunesse si fragile c'était pas bon signe pour l'avenir, elle se leva et s'en fut prendre son gant de toilette au fond de son sac. Puis, sans se presser, en chaloupant des hanches, elle alla à la pompe, mouilla largement le gant avant de revenir vers la gamine pliée en deux pour lui nettoyer le visage avec une tendresse un peu rude – « Attends, t'en as encore un peu dans le cou » –, comme on nettoie le visage d'un enfant qui a fait des bêtises en se barbouillant de chocolat.

Puis, la prenant sous les aisselles, elle la ramena vers le banc, l'y allongea, posa le gant mouillé sur son front.

– Ça va mieux ? T'as plus rien sur l'estomac ? Enfin, je parle de la bière, parce que pour le reste, pardon !

Solange avait fermé les yeux. Elle tentait de calmer la tempête de pensées qui continuait de l'assaillir, images, mots, souvenirs qui tourbillonnaient en désordre. Au milieu de ce magma douloureux résonnait la voix déchirée de son frère – ce cri qui avait tout déclenché en l'atteignant au plus profond : « Qu'est-ce que tu attends ? Qu'il meure sans t'avoir revue ? Il va avoir quatre-vingt-cinq ans, ton père, et il a le cœur très malade ! Il est vieux, il va mourir bientôt, et il pleure à cause de toi ! »

Et, comme en écho à cette voix révoltée qui se brisait, un véritable hurlement de désespoir, un long sanglot masculin s'éleva soudain, tout près.

Solange tressaillit, choquée, ouvrit les yeux et se redressa.

Max avait fait irruption sur le terre-plein. Il trébucha plusieurs fois, hurlant, et se précipita à genoux, le corps à demi jeté sur le banc où elle avait dormi, de l'autre côté du massif. La tête entre les mains, il semblait aux prises avec une douleur atroce.

Igor le suivait de près, ses sacs à la main, et tentait d'apaiser cette crise, en vain. Max se recroquevillait dès qu'Igor posait une main sur lui, hurlait de plus belle.

– Fallait me laisser ! Fallait me laisser ! J'aurais dû crever. Je veux crever ! J'en peux plus...

Igor le prit à bras-le-corps pour le redresser.

– Allez, viens, fais pas le con. Je pouvais pas te laisser, de toute manière, je pouvais pas ! Allez, viens... On va jouer.

Mais l'autre se dégagea violemment, retomba à terre en criant.

– Je veux pas jouer ! Je veux ma femme et ma gosse... Je veux ma gosse !

Et, roulé en boule au sol, Max ne fut plus qu'un sanglot déchirant.

Igor vint poser l'un de ses sacs à terre au coin du massif, et les poings sur les hanches, impuissant, regarda son compagnon recroquevillé par terre. Puis il se tourna vers la femme en noir, la prit à témoin du drame avec un geste fataliste et lui désigna l'un des sacs.

– Je te le laisse là ? Les loulous vont être contents, tu vas voir.

– Ça va aller ?

– Mais oui. Ça va se calmer. Comme d'habitude...

Il retourna vers Max, et, lui caressant l'épaule, lui parlant à l'oreille, le couvant de tendresse, il parvint à le redresser un peu.

Solange ne pouvait quitter la scène des yeux, bouleversée. Elle s'était approchée de quelques pas, impressionnée, lorsqu'elle avait vu Max s'écrouler à terre, croyant tout d'abord à une blessure physique. Puis son émotion avait redoublé quand elle avait compris qu'il s'agissait d'une autre douleur, bien plus profonde, profonde au point de faire hurler un homme sans retenue.

Étonnée de voir la femme en noir rester à distance, regardant les deux hommes gravement, mais sans la moindre velléité de se mêler de l'affaire, Solange revint vers elle.

– Il en a souvent, des crises comme ça ?

– Presque tous les soirs, oui. Igor le tient à bout de bras, mais un jour il pourrait glisser, va-t-en savoir… On ne sait jamais ce qui peut se passer, quand quelqu'un souffre trop.

Igor était enfin parvenu à remettre son compagnon debout, il le soutenait sans cesser de lui parler. Max pleurait encore, en gémissant, mais les cris de désespoir semblaient à présents taris. Il se laissait entraîner – sauvé, pour encore un soir…

La clocharde s'en fut ramasser le sac laissé par Igor, jeta un coup d'œil à l'intérieur, et, apparemment satisfaite, revint chercher ses affaires personnelles près du banc.

– Tu m'excuseras, lâcha-t-elle en passant devant Solange, mais je vais te laisser. J'ai des choses à faire, moi.

Et la femme en noir s'éloigna sans plus de commentaires.

Solange, clouée sur place, la regarda s'en aller, stupéfaite. Elle la laissait ? Après toute cette journée bouleversante, après tout ce qui était sorti d'elle, ce qu'elle n'avait jamais dit à personne, ni à aucune amie ni à son mari, et qu'elle avait douloureusement confié à cette femme, celle-ci la laissait en plan, comme ça ?

Une sorte de panique la saisit, en même temps que de la révolte à se voir abandonnée aussi brutalement.

– Pourquoi vous ne voulez pas me dire si vous êtes Éliane ou pas ? hurla-t-elle. Ce n'est pas compliqué de dire oui ou non ! Qu'est-ce que ça vous coûte ?

La femme se retourna un instant et la considéra, hautaine.

– Ça ne te regarde pas. Occupe-toi de ta vie. T'as à faire, il me semble.

Et elle tourna les talons.

Solange en eut le souffle coupé. Une colère vaine lui donnait envie de crier son mépris à cette clocharde. Si elle était vraiment Éliane, ça lui allait bien de faire la donneuse de leçons, de prendre ses grands airs ! Dire qu'elle l'avait tellement admirée ! Quelle dégringolade ! Il y avait de quoi être fière !

Mais elle resta muette. Incapable de proférer un son, ravalant son indignation, elle regarda la femme en noir disparaître au coin de la rue commerçante.

Puis elle s'en fut à son tour précipitamment ramasser sa besace.

Elle venait d'avoir une idée…

* * *

Elle se lança dans la direction où elle avait vu disparaître Igor et Max, une petite rue adjacente, plus calme, sans commerces. À un croisement, elle s'arrêta, regarda rapidement à droite et à gauche, puis poursuivit un peu au hasard. Son instinct ne la trompa pas, puisqu'elle n'eut pas à chercher longtemps : Igor était en train d'installer Max sous une porte cochère, il roulait un pull sorti de son sac, le posait sous la tête de son compagnon, lui caressait le front.

Solange s'approcha, hésitante.

– Ah, tu es là, toi ! s'écria Igor en l'apercevant. Tu tombes bien. Tu vas rester avec lui le temps que j'aille chercher du matériel. Je n'en ai pas pour longtemps… Faut qu'il se repose un peu.

Il lança un dernier regard à Max qui semblait déjà endormi, ferma bien son manteau sur sa poitrine, posa encore un instant sa main sur son front, comme lorsqu'on vérifie si un gosse a de la fièvre. Il se retourna vers Solange.

– Tu ne le quittes pas hein ? Et tu ne le laisses surtout pas partir s'il se réveille.

Puis il s'éloigna en hâte.

Solange n'était pas enchantée d'avoir cette responsabilité – comment pourrait-elle empêcher un homme de partir, s'il le voulait vraiment ? Mais un coup d'œil à Max allongé la rassura : les yeux fermés, il était tout à fait immobile.

En gardienne résignée, elle s'assit sur une borne, au coin opposé de la porte cochère. Elle repensait à la voix de son frère qui lui était revenue subitement en tête et qui s'était mêlée au sanglot de Max. Ce qu'il lui avait crié ce matin-là à propos de son père l'avait poursuivie pendant des jours, quand elle était encore à Guéret, lui revenant douloureusement à l'esprit d'une manière presque obsessionnelle, mais, curieusement, le souvenir s'en était effacé depuis qu'elle était partie en voyage. Et voilà que sa voix déchirée avait tout à coup ressurgi dans sa mémoire… Sans doute parce qu'elle avait longuement évoqué sa famille avec la femme en noir.

Solange jeta un coup d'œil à l'homme allongé à côté d'elle, et elle sursauta, avec un petit coup au cœur : Max n'avait pas bougé, mais ses yeux étaient ouverts et il la regardait, fixement. Incapable de détacher son regard de lui, bouleversée par les ravages de la souffrance sur ce visage, par ces rides profondes, la crispation douloureuse du front, les puits de désespoir qu'étaient ces yeux, les larmes lui vinrent. Elle ouvrit la bouche, cherchant quoi dire pour le réconforter, lui exprimer son soutien, montrer qu'elle comprenait… Mais rien ne venait. Rien. Alors les deux regards restèrent rivés l'un à l'autre, longtemps. Conversation muette, échange désolé, à se demander qui avait le plus pitié de l'autre. Ensemble, et si loin, chacun dans son malheur ou son malaise, impuissants à rien partager – et le constater était une douleur de plus…

Puis Igor arriva, diversion qui rompit immédiatement cette étrange tension. Solange vit avec surprise Max refermer les yeux dès qu'il perçut l'arrivée de son compagnon.

– Bon, c'est bien, il se repose. Je vais le laisser encore un moment…

Solange ne le détrompa pas. C'est la seule manière qu'elle trouva d'établir un contact amical avec cet homme faussement endormi : elle ne révélerait pas qu'il était éveillé. Il ne voulait pas que son ami le sache puisqu'il avait refermé les yeux – elle respectait cela.

Igor s'assit par terre non loin et commença à déballer de son sac tout un bric-à-brac de choses hétéroclites qui devaient lui servir à jongler. Max était toujours immobile. Solange alla rejoindre Igor.

– En fait, je voulais vous parler…

– Ah oui ? De quoi, de la brandade de morue ?

Elle rit. Un peu faux, un peu trop fort.

– Non, non… Je voulais vous parler de votre amie. Enfin, la… la femme en noir avec qui je discutais tout à l'heure.

– La comtesse ?

– Oui, enfin celle que vous appelez « comtesse ». Parce qu'elle doit bien avoir un autre nom, je suppose ? Vous avez l'air de bien vous entendre, vous devez savoir comment elle s'appelle, hein ? C'est quoi, son vrai nom ?

Igor avait cessé de tripoter ses accessoires et la fixait.

– Vous la connaissez depuis longtemps ?

– Depuis un moment, oui.

Il ne l'aidait guère. Solange ne se découragea pas.

– Alors vous savez sans doute ce qu'elle faisait… Elle vous en a parlé, sûrement ? Je veux dire, de ce qu'elle était… avant.

– Avant quoi ?

– Eh bien, *avant* ! Elle n'a pas toujours été dans la rue, elle a eu une autre vie. Elle a peut-être même été riche, si ça se trouve… Si vous êtes amis, vous devez le savoir. Parce que moi, j'ai l'impression que…

Pour le coup, Igor interrompit tout à fait son inventaire et se planta debout devant elle, tout près.

– Écoute-moi, toi. Je ne sais pas ce que tu cherches, mais il faut que tu comprennes une chose : dans la rue, comme tu dis, il n'y a pas d'*avant*, il n'y a que *maintenant*. Et tu choisis d'y être ce que tu veux et qui tu veux. Faut respecter ça. Y a pas de questions dans la rue… Tu verras, tu n'aimeras pas trop qu'on t'en pose, si tu t'y retrouves un jour.

– Mais… J'y serai jamais, moi, dans la rue !

– Ah non ? Et où est-ce que t'as dormi, cette nuit ?

Solange, désarçonnée par son parler abrupt, tenta de se défendre.

– Cette nuit c'était exceptionnel. C'est… c'était un accident, en quelque sorte.

– Ça arrive, tu sais, les « accidents ». Et des gros, parfois… T'es sûre que tu auras toujours une maison ? Toujours un foyer pour t'accueillir, si tu dérapes ?

Touchée, Solange ne répondit pas. Elle avait reculé un peu sous les assauts verbaux d'Igor, et se retrouvait à côté de Max toujours allongé – Max qui la regardait de nouveau, avec ses yeux douloureux. Elle pensa à son frère, à sa sœur, avec lesquels elle était en train de se fâcher, peut-être irrémédiablement. Ces derniers mots l'avaient frappée : aurait-elle toujours un foyer, une famille pour l'accueillir ?

Igor s'était détourné d'elle, rassemblait ses affaires qu'il fourrait dans son sac. En le chargeant sur son épaule, il la fixa un instant.

– Méfie-toi. T'as des dispositions pour la rue, me semble.

– Qu'est-ce qui vous fait croire ça ?

Igor avait relevé Max et s'apprêtait à s'éloigner avec lui, le soutenant encore, son sac jeté sur l'autre épaule. Il prit le temps de se retourner vers la jeune femme, la considéra froidement avant de laisser tomber son verdict.

– Trop fragile. Pas finie.

Et ils s'éloignèrent tous deux sans plus s'occuper d'elle.

5

La nuit était presque tombée. Solange avait choisi de se lancer dans la rue commerçante, où les gens se pressaient pour faire leurs courses avant la fermeture des magasins, c'était plus gai. Elle se souvenait de son errance de la nuit, qui l'avait ramenée à la place, et du trajet fait la veille, au début de la journée, pour arriver là en pistant la clocharde avec ses bouteilles au sortir de la supérette. Elle avait eu l'impression de traverser toute la ville, tant elle avait marché longtemps à sa suite. Or voilà qu'en demandant son chemin pour retrouver la place des Arènes, on lui indiqua qu'au bout de cette rue-là elle avait juste à en emprunter deux autres, presque dans le prolongement, pour tomber sur le monument. Quels incroyables détours la femme en noir avait-elle faits pour mettre si longtemps à atteindre cette place ? Ou alors… Solange se souvenait d'avoir eu la curieuse sensation de perdre la notion du temps. Mais était-elle perturbée au point qu'un quart d'heure lui ait semblé une heure ?

Elle musardait dans les rues, sans se presser. Ne l'attendaient qu'une soirée solitaire à l'hôtel, dans sa chambrette en soupente, puis toute une journée et une nuit encore, jusqu'au retour de ses copines et des autres, avant de repartir vers Guéret. Une pause pour digérer les deux jours insensés qu'elle venait de vivre, deux jours auxquels elle ne trouvait aucun sens, qui lui laissaient la tête en vrac et un vague dégoût – dégoût de l'abandon si subit de la femme en noir, des paroles blessantes d'Igor. Pourquoi aurait-elle cherché à revoir ces gens ? Pour se faire mal traiter, encore ? Hors de question !

Elle s'arrêta devant une boulangerie. Avec tout ce qu'elle avait vomi après avoir ingurgité stupidement ces bières – ils l'avaient bien eue, ces salauds qui l'avaient fait boire alors qu'elle ne supportait pas l'alcool ! – elle avait le ventre douloureusement vide, sans avoir pourtant vraiment faim. Elle regarda dans sa petite bourse ce qu'ils lui avait laissé, pour s'acheter un pain au chocolat, peut-être, et constata que seules quelques pauvres pièces jaunes en tapissaient le fond. « Les salauds ! Ah, les salauds », se répétait-elle en boucle. Ces soi-disant « seigneurs de la rue » s'étaient bien moqués d'elle. De purs salopards, oui !

Elle allait emprunter l'artère qu'on lui avait indiquée, moins commerçante, pour retrouver les Arènes, mais elle s'arrêta brusquement. La jeune SDF qui lui ressemblait tant, au point qu'elle avait eu un instant l'impression de se voir elle-même sur le trottoir, était là, assise par terre. Immédiatement, la dure parole d'Igor lui revint : « Méfie-toi, t'as des dispositions pour la rue… » Et si c'était vrai ?

Au lieu de fuir comme elle l'avait fait la veille, Solange s'approcha de la jeune femme, dont le regard fixe et résigné semblait rivé au sol. Elle s'approcha assez pour que celle-ci la regarde, et elle constata, de plus près, que leur ressemblance était incroyablement frappante.

– Je suis désolée, lui dit-elle en désignant la sébile vide, j'aurais voulu te donner quelque chose, mais je n'ai plus rien.

La jeune femme fit un signe d'incompréhension et répondit quelques mots, dans une langue que Solange ne reconnut pas. Pas de l'anglais, c'était sûr, ni de l'allemand. Solange avait un jour, en zappant au hasard, regardé à la télévision un film d'un dénommé Bergman – film terriblement ennuyeux auquel elle n'avait rien compris. La consonance de cette langue ressemblait à celle des dialogues du film. Donc elle venait de là-haut, cette fille, de Suède, ou de Norvège ? À la suite de quel « accident », comme aurait dit Igor, avait-elle atterri là ?

Solange agita sa bourse vide, avec une mimique désolée, pour lui faire comprendre qu'elle était démunie et ne pouvait rien lui donner. La fille, en réponse, balança sa main en l'air : aucune importance ! Et elle eut un petit rire.

Solange constata alors que la jeune femme n'avait plus à présent qu'une seule demi-tong, à un seul pied... Elle plongea rapidement les mains dans sa besace, en tira ses deux ballerines restées tout au fond et les lui tendit. La fille s'en saisit immédiatement, les lui arrachant presque des mains, se débarrassa de son reste de tong en l'envoyant au hasard balader plus loin et chaussa les ballerines. Solange, voyant qu'elles étaient un peu grandes, lui fit une mimique interrogative, mais la fille répondit par un geste qui devait signifier « laisse tomber » en guise de merci. Après quoi elle repartit dans ses pensées, ignorant l'existence de la donatrice. Mal aimable comme elle l'était pourtant elle-même, et souvent, Solange en fut choquée. Elle avait vraiment du mal avec la brutalité qui semblait régner sur les trottoirs… Elle s'attarda quelques secondes, espérant au moins une sorte d'au revoir. Rien.

Alors elle repartit, dans la direction qu'on lui avait indiquée pour rejoindre la grande place des Arènes. La nuit était presque tout à fait tombée, les boutiques baissaient leurs rideaux de fer. Les pierres des murs et l'asphalte semblaient restituer la chaleur du soleil accumulée dans la journée. Il faisait chaud, avec cette touffeur propre aux villes du sud, et Solange avait du mal à respirer l'air tiède et épais. Au milieu de cette rue tranquille qu'elle avait empruntée, il y avait une église. En haut d'une volée de marches, le portail était grand ouvert, on devinait quelques lustres rococo faiblement éclairés sous les voûtes, des lueurs de cierges. Depuis quand n'était-elle pas entrée dans une église ? Elle fut tentée d'y pénétrer, pour trouver un peu de fraîcheur – il faisait toujours froid dans les églises, cela lui ferait peut-être du bien ?

Elle eut à peine franchi le portail, foulant les premières dalles, qu'une nouvelle réminiscence, aussi soudaine que celles qui lui étaient venues ces jours derniers, lui sauta à l'esprit. Un nouveau « film dans la tête », avec images et dialogues, aussi précis que s'il datait d'hier…

Au cours d'une de leurs escapades estivales, Solange avait emmené Éliane visiter la petite église où elle avait fait sa communion l'année précédente. De taille assez modeste, celle-ci dominait la mer, et le site était vraiment très beau.

Elles y étaient entrées. Solange lui avait montré l'endroit où les enfants étaient rassemblés, le chœur… Elle revoyait le décor, mais pas Éliane qui se tenait derrière elle – celle-ci la suivait peut-être avec une certaine réticence, vu leur dialogue, qu'elle se remémorait parfaitement.

– Et tu continues à aller à la messe ?

– Oui… évidemment, avait répondu Solange.

Éliane avait ri, et ce rire, court et sonore, avait résonné sous les voûtes. Solange en avait été gênée – heureusement, elles étaient seules dans l'église, déserte à cette heure de la journée. Éliane avait alors enchaîné, moqueuse.

– Évidemment ! À ton âge, c'est sûr, on marche encore… Ça te passera.

– Pourquoi ? Tu ne crois pas en Dieu, toi ?

– Ceux qui affirment que Dieu existe sont des menteurs. On ne sait pas. Personne ne peut savoir.

La petite Solange en était restée clouée sur les dalles, abasourdie par cette déclaration. Elle n'avait jamais entendu personne dire une chose pareille.

– Mais alors… tu ne crois à rien ?

– Ah si ! Je crois au *mystère*. Au mystère, et à rien d'autre. Dieu, s'il existe, n'a rien à voir avec les religions, petite fille. Elles ont été écrites par des hommes, et en des temps où les femmes valaient moins qu'un âne !

Elles avaient continué à discuter, à creuser le sujet. Les prophètes, les Apôtres qui avaient rédigé les Évangiles, ceux qui avaient posé les fondements des religions, du moins de celles qui se basaient sur l'existence d'un être supérieur, étaient tous des *hommes* – rien que des hommes, elle avait raison, qui avaient érigé un ordre dans lequel les femmes étaient toujours impures et coupables.

Les parents de Solange avaient été bien surpris, au retour de ces vacances-là, du refus péremptoire de leur fille d'assister désormais à la traditionnelle messe du dimanche…

Cette ultime réminiscence, qui s'était manifestée avec tant de précision, ce dialogue revenu mot pour mot avaient assommé Solange. Elle s'assit sur une chaise, dans la pénombre fraîche. Lui revenait à présent le souvenir de ce qui s'était passé ensuite, de retour chez elle.

Sa révolte avait commencé par la confession, première chose à laquelle elle avait refusé tout net de se plier. Pourquoi serait-elle allée raconter à un type dissimulé dans un confessionnal les menues bêtises qu'elle avait pu commettre ? Et quelle prétendue absolution pouvait-il lui donner ? Elle savait bien, elle, si elle regrettait ce qu'elle avait fait, dans le secret de son cœur. C'était le plus important. Elle avait utilisé cette formule, « le secret de mon cœur », qui lui avait tant plu dans la bouche d'Éliane au cours de leur discussion sur ce sujet précis, et la mère de Solange en était restée bouche bée. Où sa fille de treize ans avait-elle pêché cette expression, et cette image subversive des prêtres ? Son refus d'aller à la messe avait suivi de peu, couronnant le tout.

Poursuivant son introspection, Solange prenait conscience que c'était à partir de ses vacances en compagnie de cette femme excentrique qu'elle avait commencé à repérer et critiquer, d'abord intérieurement – « dans le secret de son cœur » – les attitudes et conventions bourgeoises de sa famille. L'opposition frontale n'était venue que plus tard, en grandissant. Et surtout à la mort de sa mère, qui la laissait seule avec ce père, et avec le doute de ce qu'il était vraiment pour elle…

Prostrée au fond de cette église, au terme des deux jours délirants qui avaient fait remonter en elle tant d'émotions enfouies depuis si longtemps, elle se demandait comment elle avait pu oublier tout cela, aussi complètement. Effacer dans sa mémoire sa rencontre avec Éliane, jusqu'à l'existence même de cette femme qui avait bouleversé sa vie, qui avait eu une influence aussi déterminante sur son jeune esprit. Refouler aussi le souvenir des commères dont les mots l'avaient empoisonnée, lui laissant le sentiment que son père n'était pas son vrai père, qu'on lui mentait depuis toujours…

Et maintenant que tout lui était revenu, elle ne savait pourquoi, il lui faudrait continuer à vivre avec cela ! C'était à vomir !

Elle n'eut pas le loisir de plonger plus avant dans ses pessimistes pensées, car un homme d'un certain âge lui tapota l'épaule et lui demanda de sortir. Il allait fermer l'église pour la nuit.

– Ah ? Vous fermez ? répliqua-t-elle.

Voilà qui allait bien dans le sens de la discussion avec Éliane à propos de la religion. La maison de Dieu était ouverte à tous, certes, mais à heures fixes ! Pas question de s'y réfugier le soir tard, alors que cela eût pu être salvateur, par exemple, pour la jeune SDF, à la merci de tous les dangers de la nuit. Solange n'osa tout de même pas faire de commentaire, et sortit. Une bouffée de chaleur nocturne l'accueillit à l'extérieur. Elle entendit la lourde porte claquer derrière elle – un claquement sourd et fatidique.

Alors elle reprit son errance dans les rues, remuant tout ce fatras dans sa tête. Avec la perspective de continuer à le remuer encore dans sa chambrette, jusqu'à ce que le sommeil veuille bien venir – un sommeil qui serait sans véritable apaisement, elle le savait déjà. Et de continuer à le remuer en vain dans la vie qu'elle allait reprendre, sa vie ordinaire…

Arrivée sur la grande place, elle retrouva le monument illuminé, passa devant la Brasserie des Arènes, où il lui semblait avoir dîné mille ans auparavant. Elle n'eut pas le courage de rentrer immédiatement à l'hôtel et il lui vint l'idée d'aller revoir le coin animé, bordé de cafés, où elle avait découvert la mendiante en noir assise par terre – de revenir au point de départ de l'aventure dans laquelle elle s'était jetée.

L'endroit, de nuit, était incroyablement bruyant et gai. On s'interpellait d'une terrasse à l'autre, on trinquait en riant. Solange se sentait si étrangère à cette vie insouciante, alourdie d'un tel poids amer, qu'elle se demandait si elle pourrait rire de nouveau un jour. Un peu plus loin, sous un réverbère, il y avait un attroupement. Des gens faisaient cercle autour d'un événement, d'un spectacle, peut-être… Avant même de les avoir rejoints, elle savait qui elle allait y retrouver.

Elle distingua d'abord des formes blanches qui volaient dans les airs. Aucun bruit de percussion, nulle déclamation de poème, et un curieux silence que les spectateurs semblaient eux aussi respecter.

Quand Solange s'inséra dans le cercle de badauds, elle vit que les deux hommes se livraient à une extraordinaire pantomime, totalement muette.

Igor jonglait avec des sacs en plastique, de simples sacs de supermarché blancs qu'il envoyait en l'air comme autant de fleurs étranges ou d'oiseaux volant au-dessus de sa tête. Chaque fois que Max tentait désespérément d'en attraper un, Igor, plus rapide et maître du jeu, s'en saisissait immédiatement et le renvoyait, et les sacs volant en couronne au-dessus de lui semblaient animés d'une vie propre. Max semblait désespéré de sa propre lenteur, mais il parut plus triste encore lorsque l'un des sacs tomba à terre et y resta, piteusement aplati. Igor saisit alors rapidement tous ceux qui flottaient encore et les garda en main, regardant lui aussi avec désolation le petit sac écrasé, inerte. Pendant un singulier moment, acteurs et spectateurs, de concert, contemplèrent cette forme blanche, partageant l'illusion qu'il s'agissait d'un petit cadavre. Max se laissa tomber à genoux, mimant des sanglots, pleurant cette petite chose morte…

Alors Igor mit soigneusement tous les autres sacs dans un carton derrière lui, précautionneusement, les tapotant délicatement comme pour les rassurer. Puis il vint prendre dans ses mains la petite chose flasque. Il en souleva une anse, qui retomba pitoyablement sur le côté de sa paume, puis un côté, qui se raplatit dès qu'il le lâcha. Il souffla doucement sur le sac tout mou, comme pour le réchauffer – rien.

Solange, fascinée autant par la prestation que par la participation spontanée des gens autour d'elle, s'était peu à peu approchée. Igor glissa subrepticement sa main à l'intérieur du sac et, d'un doigt, mima un timide battement. Max rit, émerveillé, accompagné des « oh ! » de quelques spectateurs éblouis – un petit cœur se remettait à battre ! Et le cœur se mit à battre de plus en plus régulièrement, de plus en plus fort, jusqu'à ce qu'Igor renvoie le sac en l'air. Et à voir cette petite forme dérisoire reprendre son vol, reprendre vie, les gens applaudirent joyeusement.

Solange, qui avait au début regardé le numéro d'une manière un peu détachée, admirant le talent des deux hommes, leur pouvoir d'imagination, s'était peu à peu laissé prendre au jeu et riait avec les autres en voyant le sac repartir vers le ciel. Lorsqu'elle baissa les yeux, elle vit qu'Igor, tout en continuant à entretenir l'envol du petit sac ressuscité, la regardait, elle… Il la regardait, d'abord gravement. Puis, la regardant toujours, il fit avec ses mains un battement d'ailes pour accompagner un nouvel essor du sac, suivi d'un clin d'œil complice, d'un coup de menton vers elle, qui signifiaient nettement « Fais-en autant, vole ! »

Solange s'enfuit.

* * *

Elle ne se résolvait pas, pas encore, à rejoindre son hôtel, la solitude de sa minuscule chambrette. Elle se sentait si perdue qu'elle avait encore besoin de vie et de mouvement autour d'elle. Plus un sou pour boire ou manger. Elle pensa à demander un simple verre d'eau dans un café – elle savait, pour avoir travaillé dans un bar, qu'ils ne pourraient pas le lui refuser – mais la démarche lui sembla insurmontable. Elle chercha des yeux tout autour de la place une borne-fontaine, mais il n'y en avait pas. Cette constatation la ramena en pensée à l'autre place, là-bas, où elle avait connu des heures extraordinaires, à la femme en noir, aux deux « seigneurs de la rue », ces personnages qui l'avaient bouleversée.

En désespoir de cause, elle s'assit par terre, au bord du trottoir, pour se réchauffer encore un peu à l'insouciance et à la gaieté qui régnaient alentour. Elle pensait à ce qu'elle avait vécu durant ces deux jours, et, d'un coup, une gratitude immense lui vint pour ces trois compagnons d'aventure, avec la certitude que jamais plus elle ne rencontrerait de personnalités aussi exceptionnelles, à la fois rudes et généreuses. Elle avait plongé dans un autre monde, et ils l'avaient accueillie. Elle les avait nourris et abreuvés, certes – la preuve, sa bourse était vide –, mais ce qu'ils lui avaient donné en échange était inestimable. Jamais elle ne l'oublierait.

Sa joue lui piqua. Elle y passa la main. C'est alors qu'elle s'aperçut qu'elle était encore une fois inondée de larmes, des larmes qui coulaient toutes seules, sans qu'elle s'en aperçoive. Elle pleurait comme on saigne, doucement, sans chagrin et sans douleur.

Puis la place se vida peu à peu, chacun rentrait chez soi. Un groupe de jeunes fêtards éméchés passèrent près d'elle en la frôlant, sans accorder la moindre attention à cette fille assise par terre, sale et défaite – une chose sur le trottoir, sans importance.

Elle se sentait si faible qu'elle dut se mettre à quatre pattes pour parvenir à se relever. La place était à présent quasiment vide, des serveurs rentraient les chaises des terrasses à l'intérieur des cafés, ou les empilaient en les attachant les unes aux autres. Il fallait se résoudre à rejoindre l'hôtel, se résoudre à sa solitude. Même la perspective de dormir dans un lit, au chaud et au propre, ne la consolait pas. Elle allait rentrer chez elle, dans sa petite vie, là-haut, retrouver son boulot ennuyeux à Guéret. Et retrouver Didier, qui l'avait envoyée dans ce voyage pour lui changer les idées, pour qu'elle lui revienne plus légère, alors qu'elle allait ramener à cet adorable mari une compagne à l'esprit et au cœur encore plus lourds qu'au départ. C'était désespérant.

Elle arriva dans la rue de l'Hôtel des Arènes, vit de loin la porte close. Et zut, elle allait de nouveau réveiller le pauvre réceptionniste, sans doute déjà endormi dans son cagibi, au fond de l'entrée…

Elle s'arrêta devant la porte, suspendit son geste au moment d'appuyer sur la sonnette. Une évidence venait de la frapper. Une certitude, qui devint immédiatement impérieuse : elle ne pourrait pas quitter Nîmes sans revoir la femme en noir. Qui sait où elle serait demain, et si elle pourrait la retrouver ? Elle n'allait peut-être pas tous les jours au même endroit, cette femme libre et imprévisible, elle pouvait décider de partir ailleurs…

Mais au moins, cette nuit, Solange savait où elle était !

* * *

La jeune femme trouva la force de courir pour contourner le monument et revenir à l'endroit où elle avait trouvé les grilles de protection écartées, le premier soir. Elles l'étaient, ce soir encore, ouf ! Et elle entendait faiblement la voix de la femme en noir parler à ses « loulous » à l'intérieur des Arènes. Solange eut la sensation d'un miel de soulagement coulant doucement dans ses veines – *elle* était là…

Elle se faufila, comme la première fois, entre les grilles, mais, après avoir jeté un coup d'œil à l'intérieur et constaté que la clocharde était tout au fond de la piste avec les bêtes – là où elle se trouvait, déjà, quand elle avait assisté de loin à son « bain de chats » –, elle décida de parcourir les coursives extérieures pour atteindre une autre des entrées, qui débouchait plus près.

Le projecteur qui éclairait l'intérieur des Arènes la nuit était toujours allumé, illuminant particulièrement ce coin-là. Quand Solange arriva, se montrant franchement en bord de piste, le cœur battant, elle se retrouva en pleine lumière, à quelques mètres de la femme en noir. Celle-ci marqua à peine un temps de surprise en la découvrant. En guise d'accueil, elle lui intima l'ordre de ne pas bouger :

– Reste où tu es, tu vas leur faire peur.

Solange risqua tout de même un pas timide, immédiatement rembarré.

– Approche pas, je te dis !

– Mais non, je n'approcherai pas plus. De toute manière, c'est moi qui ai peur.

Pour le coup, la clocharde la regarda, étonnée.

– T'as peur de quoi ?

– Des chats. J'ai peur des chats. Je n'aime pas ces bêtes-là.

– Et pourquoi ? Qu'est-ce qu'elles t'ont fait, ces bêtes ?

– Rien. Elles ne m'ont rien fait, mais ça me fait peur. D'ailleurs, chez moi, on n'a jamais aimé les chats.

La femme termina de vider un sac plastique à ses pieds – des restes de la fameuse brandade, sans doute.

– C'est quoi, c'est qui, « chez toi » ?

– Dans ma famille, quoi ! Tout le monde déteste les chats. Les chiens, oui, c'est franc, c'est fidèle. Mais les chats, non, on n'aime pas.

Un rire sarcastique jaillit. La clocharde se moquait franchement de la jeune imbécile, tandis qu'elle s'asseyait par terre, au milieu des animaux qui terminaient leur repas.

– C'est curieux, ça… Tu m'étonnes ! Je croyais que t'étais pas d'accord avec ta famille ? Tu ne t'entends avec eux sur rien… sauf sur ça, alors ? Détester des animaux qui ne t'ont rien fait ?

Solange, mouchée, garda le silence un moment. Puis elle ouvrit la bouche, peut-être pour tenter de justifier cette incohérence, mais elle n'eut pas le temps de proférer un son – la clocharde l'apostrophait durement.

– Allez, tire-toi ! Tire-toi, t'es trop bête ! Fous le camp, je te dis ! Ben voilà, t'as réussi à leur faire peur…

De fait, c'est plutôt cette colère soudaine qui avait effrayé les chats. Ils avaient presque tous décampé en entendant la clocharde crier si soudainement, sauf deux ou trois, plus placides, restés pour finir tranquillement leur repas. L'un d'eux escaladait même les cuisses de la femme en noir, apparemment décidé à réclamer son câlin habituel. Elle grommela :

– Bon, ils ont bien mangé, ça va…

Puis elle fixa un long moment, l'œil noir, Solange qui n'avait pas bougé.

Après un gros soupir, elle l'apostropha plus calmement.

– T'es encore là ? T'es pénible…

Solange n'imaginait pas à quel point son aspect était misérable, avec ses cheveux aux pointes décolorées hérissées dans tous les sens, sa mèche à demi collée sur ses joues maculées, son short aussi sale que le sweat informe qui pendouillait sur ses hanches, et surtout son petit visage maigre, aux joues creusées, ses yeux à l'expression égarée qui semblaient quémander quelque chose, elle ne savait elle-même quoi. La supplication muette dans ce regard adoucit l'humeur de la femme en noir.

– Bon… Alors au lieu de rester plantée comme une imbécile, viens, je vais t'apprendre.

– Mais non, je…

– Viens, je te dis ! Tu ne vas pas mourir idiote ?

Solange s'approcha timidement, tétanisée.

– Doucement, viens à côté de moi… fit la clocharde à mi-voix pour l'encourager. Tu vois, c'est une chatte qui est sur moi, une tricolore, il n'y a que des femelles de cette couleur-là… Elle n'est pas craintive, y a pas plus gentil que cette bête.

Solange lui obéit et s'agenouilla à ses côtés. Elle était à cinquante centimètres du chat.

– Alors explique-moi. Pourquoi tu ne les aimes pas ?

– Mais je ne sais pas ! C'est… mou. C'est trop doux, ça me fait peur.

– Ça, je comprends, oui. Faut être fort pour supporter ce qui est trop doux. Moi, ça m'est venu tard… Donne ta main. Donne, je te dis !

Elle attrapa la main de Solange et la dirigea vers le dos du chat, tout en continuant à lui parler, pour vaincre sa réticence.

– Ça peut faire peur, oui… Faut pas se raidir, arrêter de vouloir dominer les choses. Faut accepter de se laisser ramener très loin en arrière, au temps où on n'avait pas à se battre… Sinon, t'as raison, cette mollesse, cette douceur, c'est dur à supporter…

Solange, le souffle court, avait laissé la femme en noir poser sa main sur le chat, guider sa caresse. Puis, voyant que l'animal ne bougeait pas, confiant et ronronnant, elle osa plonger ses doigts dans la fourrure. La femme la regarda faire en souriant.

– Tu vois, un chat, pour moi, c'est aussi doux que le sein d'une mère.

À ces mots, Solange se remit à pleurer doucement, irrépressiblement, sa main dans le pelage de la chatte. La femme en noir regardait avec commisération cette jeune femme qui se laissait aller à son chagrin.

– J'ai l'impression que tu ne l'as pas assez pleurée, la tienne…

Elle la laissa sangloter un long moment, jusqu'à ce que Solange, vaincue par ce nouvel accès de douleur intime, pose son front sur ses genoux, la tête tout contre le chat, ses cheveux se mêlant à la fourrure.

La femme resta un long moment silencieuse et pensive, puis, quand elle sentit que la détresse de Solange se calmait un peu, elle posa sur son dos une main rassurante.

– Et tu sais, à propos de ce que tu m'as dit sur ton père, si tu veux vraiment savoir, c'est facile… De nos jours, on a tous les moyens, les analyses de sang, les tests ADN…

Solange se raidit immédiatement sous sa main.

– Tu es folle ! Je ne peux pas faire ça !

– Et pourquoi tu ne pourrais pas ? Y en a d'autres qui le font. C'est assez simple, je crois.

– Mais non, non ! D'abord il est très vieux, mon père… Ça lui ferait un choc.

La femme en noir eut un rire bref.

– Peut-être pas pire que de l'emmerder à petit feu depuis des années…

Solange ne répondit pas. Avait-elle seulement perçu la raillerie ? Elle se débattait mentalement, ça bataillait ferme dans sa petite tête.

– Et puis… Et puis il m'adore. Ça lui ferait trop de peine.

– Et alors ? Qu'est-ce que ça peut te faire, si c'est pas ton père ?

Ces derniers mots la révoltèrent carrément, la soulevèrent des genoux de la clocharde.

– Mais si, ça me fait ! Malgré tout ce que j'ai dit sur lui, tu ne peux pas savoir comme il est gentil. C'est lui qui m'a élevée, qui m'a soignée…

Et comme par hasard elle était sa préférée, il aurait fait n'importe quoi pour elle. À tel point que ça lui avait semblé suspect, à elle, cette préférence – comme s'il cherchait à justifier quelque chose, à réparer une faute…

– Il se serait fait tuer pour moi, s'il l'avait fallu, je t'assure ! Alors, non, non, je pourrai jamais lui faire ça, parce que… parce que…

Il y eut un grand temps suspendu, une bulle de silence, un blanc dans les pensées, avant l'aveu. La femme en noir facilita l'accouchement, murmurant :

– Parce que quoi ?

– Mais parce que… parce que *je l'aime* !

Un cri. Les larmes de Solange s'étaient instantanément taries. Elle ne bougeait plus du tout, elle avait laissé reposer sa tête sur les cuisses de la femme en noir, le nez dans sa jupe. Elle respirait tout doucement, bouche ouverte, dans un état de sidération après ce qui était encore sorti d'elle, presque malgré elle. Les deux femmes restèrent ainsi un long moment sous les étoiles. La nature, la ville étaient au repos. La chatte tricolore n'avait même pas bougé, toujours ronronnant, lovée contre la tête de la jeune femme.

La clocharde posa la main sur les cheveux de Solange, la caressa, comme elle le faisait avec les petites bêtes. Et elle rendit sa conclusion, avec délicatesse.

– Alors, si c'est comme ça, faut te faire à l'idée de ne jamais savoir.

Il y eut une petite recrudescence de gémissement sous sa main.

– Je ne peux pas. Je n'y arriverai pas.

– Mais si. Il y a des tas de choses qu'on ne sait pas, dans la vie. C'est ça qui est beau.

– C'est affreux.

– Mais non, c'est beau ! Tu verras…

La voix de la clocharde l'enveloppait, rocailleuse et chaude. Ce dont on pouvait être sûrs et certains, ça représentait quoi, dans l'inconnu qui nous entoure ? Un millionième, un milliardième du mystère, de tous les mystères du monde ? Alors on s'accroche à deux ou trois certitudes, on campe dessus, et on se ferme à tout ce qu'on ne connaît pas, à tout ce qu'on ne sait pas, qui est tout le reste de la vie. Les certitudes, c'est la mort du rêve, ça nous bouche les yeux, le cœur, l'horizon ! Faut aimer ce qu'on ne sait pas, ce qu'on ne saura jamais – c'est à nous, aussi. Même si c'est moins rassurant… Tant qu'on a des doutes, on est vivants.

– Y en a qui n'ont pas de père, tu sais ? Toi, t'en as deux ! Un qui est sûr, qui est là, que tu aimes. Et peut-être un autre, un inconnu merveilleux, un rêve… T'es riche !

Solange, les yeux fermés, écoutait. Le visage détendu et gonflé par les pleurs, elle respirait bouche ouverte, comme un bébé. Elle s'était couchée sur le côté et installa sa joue plus confortablement sur la cuisse moelleuse. La chatte, voyant son territoire à câlins rétréci, céda la place et s'en alla doucement.

– C'est sûr que jusqu'à présent tu t'es braquée, t'as pas pris le bon chemin. Mais quand on s'est trompé à ce point-là, c'est assez simple à rattraper : tu fais juste l'inverse !

La clocharde contempla un instant ce profil presque enfantin écrasé sur sa robe. Solange respirait par à-coups, épuisée. Elle la crut endormie, et continua à caresser doucement les cheveux de cette gamine qu'elle avait rudement secouée.

Tout à coup, une faible voix s'éleva.

– Je pourrais savoir, au moins, si tu es bien Éliane ?

La femme en noir eut un rire en sourdine.

– Ah, ça aussi... Qu'est-ce qu'elle a pu devenir, celle-là ? Si ça se trouve, elle fait tous les palaces du monde et elle roule en Rolls. Ou elle est morte, va-t-en savoir ! Ou bien...

Elle s'arrêta brusquement, leva la tête au ciel un moment. Ouvrit la bouche, la referma, hésitant à poursuivre – et elle poursuivit tout de même, d'une voix assourdie, en commençant par une plaisanterie.

– C'est une hypothèse, hein ? Tu sais que j'adore les hypothèses !

On lui avait raconté, comme ça, des histoires de gens qui jouent. Parfois ils se mettent à perdre. La guigne se colle à eux. Alors, pour continuer à tout prix, ils empruntent à n'importe qui, ils font des dettes, des dettes si énormes que plusieurs vies ne suffiraient pas à les rembourser. Il ne reste plus que la taule, ou une balle dans la tête.

– Alors dans ce cas-là, vaut mieux disparaître, devenir n'importe quoi, un chien...

– Un chien des rues ?

– Si tu veux.

La femme en noir se tut, les yeux grands ouverts dans la nuit. Puis elle murmura très bas :

– Tu deviens fine, ma gamine…

Elle resta longtemps ainsi, le regard perdu devant elle, les traits creusés et la bouche douloureuse. Puis une larme coula doucement sur sa joue… Sur quoi pleurait-elle, cette femme qui semblait indestructible ? Sur une vie qu'elle aurait vécue avant ? Sur la fille qu'elle aurait aimé avoir et qu'elle n'avait jamais eue ? Sur des amours perdues, des rêves piétinés ? Sur le mal qu'on peut faire en bouleversant la vie d'une adolescente et en s'enfuyant sans se soucier des conséquences ? Qui pouvait le savoir ?

Solange était à présent tout à fait endormie. S'était-elle seulement rendu compte que cette femme venait peut-être de lui avouer – peut-être… – qu'elle était bien celle qu'elle avait connue à treize ans ?

Cela n'avait plus d'importance, maintenant. Elle était tranquille. Elle reposait, le nez dans cette robe noire qui sentait la pisse de chat, le fenouil des talus, l'amour dans les buissons, le saucisson, la crasse des trottoirs et la poussière des routes – tout le sale et le bon de la vie.

6

Après cette deuxième nuit sous les étoiles – et les étoiles avaient été spécialement resplendissantes cette nuit-là, comme une bénédiction sur le monde –, ce n'est pas le soleil qui réveilla Solange en venant lui chatouiller le nez ou la joue. À cette heure encore très matinale, il ne s'était pas élevé hardiment au-dessus des Arènes, il en frôlait simplement le sommet.

Non, ce fut un pépiement d'oiseau…

Une présence à vrai dire incongrue dans cet univers de pierre et de sable, cet énorme monument refermé sur lui-même, sans trace de verdure. C'est ce gazouillis qui fit reprendre conscience à Solange recroquevillée sur la piste. Elle n'ouvrit pas immédiatement les yeux, ne bougea pas. Elle prit le temps, déjà, de se remémorer la nuit, de se souvenir aussi des mots qui avaient été dits. Elle ne doutait pas de la réalité de ce qu'elle avait vécu, ce n'était pas un rêve, et cette tranquille certitude n'avait pas à être brusquée.

Puis l'oiseau lança un trille plus fort, poussant Solange à lever les paupières – où pouvait-il bien être, cet oiseau, pour qu'elle l'entende aussi fort et aussi près ? La surprise faillit lui arracher un petit rire, qu'elle maîtrisa pour surtout ne pas bouger, rester allongée là sur le côté, de tout son long, sans faire le moindre geste. Une troupe de moineaux était en train de picorer les menus restes, miettes de ce qui avait été donné aux chats, mêlés au sable de la piste, tout autour d'elle, puisqu'elle était couchée à l'endroit où la femme en noir avait nourri ses « loulous ». Solange resta un bon moment immobile, enchantée de regarder les volatiles s'approcher de son visage sans crainte. Elle s'amusait de leur rapidité, de leurs petites pattes véloces, à dix centimètres de son nez.

Puis, tout de même, la réalité du réveil prit le pas sur la contemplation – avec, comme première sensation, la piqûre du gravier de la piste cruellement incrusté dans ses cuisses et ses mollets, couchée sur le sol comme elle l'était depuis des heures. Et l'épaule droite, aussi, écrasée, mais au moins protégée du contact des gravillons par le sweat. Le cou, ça allait, il n'était pas trop tordu puisque sa tête était posée sur sa besace roulée en boule. Sans doute la femme en noir l'avait-elle laissée dormir en prenant soin de lui faire ce petit oreiller... Une bouffée de tendresse pour cette femme lui vint, et Solange, toujours sans bouger, laissa ce sentiment s'épanouir en elle.

Un moineau s'approcha si près de son visage en cherchant sa pitance qu'il frôla son menton, et pour le coup elle pouffa – ce qui provoqua un gros remue-ménage parmi les bestioles. La plupart s'envolèrent et allèrent se percher sur le muret qui bordait la piste, regardant cette humaine couchée au milieu de leur casse-croûte.

Puis, toujours sans bouger – elle espérait que les oiseaux reviendraient et, plus prosaïquement, craignait de relever son corps endolori –, elle eut une autre sensation. La sensation bizarre d'être couverte par quelque chose, car elle ne ressentait pas l'air frais sur ses jambes. Elle bougea le bras qui n'était pas écrasé sous elle et découvrit que le long châle noir de la clocharde la recouvrait jusqu'aux pieds.

Alors elle s'assit, oubliant ses courbatures, et rassembla l'étoffe entre ses mains, stupéfaite. Pour qu'elle n'ait pas froid, la femme avait laissé sur elle le voile dont elle ne se séparait jamais. Solange y plongea son visage, cherchant dans sa mémoire un moment où elle aurait vu la clocharde tête nue. Non, jamais elle ne l'avait vue quitter cette étole… Protection ? Dissimulation nécessaire ?

Solange ne s'attarda pas à échafauder des hypothèses, elle était simplement émue de cette attention presque maternelle. Elle se leva, moins douloureusement qu'elle ne l'avait craint, posa sa petite besace au pied du muret, secoua le châle et l'étendit sur le sommet. Elle se baissait pour épousseter ses jambes, sa peau incrustée de sable, quand deux voix, à l'unisson, la surprirent.

– Bonjour, princesse !

Elle se retourna vivement, pour découvrir Igor et Max assis côte à côte sur l'un des gradins, près de l'entrée par laquelle elle était arrivée le premier soir.

Leurs poses étaient absolument, théâtralement parallèles – même jambe croisée haut, même bras opposé posé sur le gradin supérieur, même inclinaison de la tête, sourires pareillement moqueurs. L'un avec son invraisemblable haut-de-forme cabossé, ses collants à rayures faisant paraître ses jambes encore plus longilignes, l'autre avec son bonnet enfoncé jusqu'aux yeux, perdu dans son manteau trop vaste, ils avaient l'air de personnages de bande dessinée ou…

– Oh ! N'avons-nous point un message pour elle ?

– Un message ? Pour la petite princesse ? Quel serait-il ?

Ils la toisaient de haut, avec de larges sourires.

Solange les regardait, les laissait s'amuser d'elle sans se formaliser. Elle cherchait ce que cette scène, les personnages qu'ils jouaient, le ton musicalement railleur évoquaient pour elle… Non, ce n'était pas une bande dessinée, d'ailleurs elle en avait peu lu, même lorsqu'elle était plus jeune. Un conte, voilà ! Elle ne savait plus exactement lequel. Un nom lui revint : « Le chapelier fou ».

– Il semble m'en souvenir, oui…

– Moi aussi ! Mais quoi, quoi ?

Mais quel personnage, pour Max ? Il était si loin le temps de la petite enfance, les soirs où sa mère la berçait de contes fantastiques dans lesquels des lapins pressés couraient après le temps, les chats laissaient flotter leur sourire dans les airs…

– Ah ouiiiiii, la comtesse fait savoir à la petite princesse qu'elle a été prise d'un brusque désir de partir en voyage…

– Et la comtesse est femme à suivre ses désirs !

Ça y est ! Elle avait trouvé. *Alice* ! Cette histoire merveilleuse et folle la plongeait jadis dans des rêveries sans fin avant de s'endormir. Elle avait longtemps tanné ses parents pour fêter ses « non-anniversaires »… en vain. Tout en songeant à cela, elle écoutait Igor et Max jouer leurs personnages sur les gradins, sans surprise. En fait, elle sentait, elle savait déjà ce qu'ils avaient à lui dire. L'étole noire était clairement un cadeau d'adieu.

– Elle a précisé qu'elle allait voir si le Carlton de Monaco était toujours un bon hôtel…

– Elle devait plaisanter ?

– Elle plaisantait.

Elle souriait en les regardant faire leur numéro, cette prestation à parfum féerique, rien que pour elle. Jamais elle n'oserait confier, à quiconque, que durant deux jours elle avait glissé dans un conte. Ni non plus affirmer que la « Reine de cœur » était en fait une femme formidable…

– Elle a ajouté qu'elle vous souhaitait…

– … une belle et bonne route !

Ils se levèrent de concert, lui firent un grand salut, chapeau et bonnet bas, puis dégringolèrent les quelques gradins pour disparaître dans la pénombre de la voûte millénaire.

Elle resta songeuse un instant, contemplant l'endroit d'où ils avaient disparu, gardant en mémoire leurs silhouettes superbes et dérisoires. Elle savait qu'elle ne les reverrait pas, eux non plus. Mais curieusement, elle y pensa sans tristesse, sans regret. Elle avait, comme ils le lui avaient souhaité, à continuer sa route, à faire en sorte qu'elle soit belle et bonne, et, pour réussir cela, elle avait tout son temps.

Le premier pas : retourner à l'hôtel, se laver, mettre des affaires propres. De simples gestes qui l'aideraient à reprendre pied dans sa réalité.

Solange se retourna pour chercher son sac, et s'arrêta net – le châle noir, sur le muret, avait disparu...

Elle se mit doucement à sourire.

Se mettrait-elle à croire au mystère ?

* * *

Elle resta au moins un quart d'heure sous la douche. Elle s'y était précipitée dès son arrivée dans la petite chambre en soupente. L'eau chaude coulant sur son corps lui semblait un luxe inouï. Elle se lava deux fois.

En sortant, après s'être séchée avec la minuscule serviette assortie à la taille de la pièce, elle vit son short, son tee-shirt et son sweat à capuche gisant sur le sol, d'une saleté repoussante. Elle hésita une seconde, songea à prendre le sac plastique qui garnissait la poubelle de la salle de bains pour mettre le tout dans sa valise... puis décida très vite de les jeter – en les mettant dans le sac, certes, mais qu'elle laisserait dans la poubelle. Elle n'allait pas rapporter cela chez elle. Non. Elle ne se voyait pas remettre ce short, ce tee-shirt qui en avaient vu de toutes les couleurs sur les places et trottoirs de Nîmes. Ces affaires appartenaient à cette ville, à cette aventure – elle les laisserait derrière elle, comme une mue…

En revanche, elle ne jetterait pas les espadrilles rouges. Elle sentit qu'il fallait les garder en souvenir, en porte-bonheur, en rappel de ce qu'elle avait vécu, si un jour elle était en passe d'oublier, ou de croire qu'elle avait rêvé. Elle les secoua, et un peu de sable des Arènes tomba dans la poubelle. Elle les serra l'une contre l'autre, semelle contre semelle, les ficela avec le ruban des chevilles, les tint un moment contre sa poitrine, se promettant de les garder toujours. Elle eut une pensée fugitive pour la jeune SDF qui devait traîner à présent avec ses ballerines, lui souhaita mentalement bonne chance.

Elle fouilla dans sa valise déglinguée, glissa les espadrilles rouges tout au fond, puis en sortit leggings, chaussettes, un tee-shirt propre qu'elle avait pris en rechange, sa paire de baskets confortables et aussi le pull noir à col roulé emporté en prévision de la « soirée gitane » sur la plage des Saintes-Maries. Cette idée l'amusa, et aussi la perspective d'entendre le récit de l'événement par ses copines, un récit qui serait certainement hyperbolique : « Génial ! Dire que t'as raté ça ! »

Elle se regarda longuement dans le petit miroir de la salle de bains, et, curieusement, se trouva belle avec sa figure toute propre et pâle au-dessus du col roulé, elle qui, habituellement, n'aimait pas son visage. Un seul détail clochait : cette insupportable mèche asymétrique en guise de frange, qui lui pendait sur l'œil. Elle fouilla dans sa trousse de toilette et y dénicha la minuscule paire de ciseaux à ongles qu'elle avait emportée. Ça irait ! Petite mèche par petite mèche, elle réussit à égaliser sa coupe, à présent aussi courte sur le front que sur le reste de son crâne. Elle plaqua ses cheveux en arrière, et contempla encore un moment le résultat. Décidément, elle aimait bien sa nouvelle tête.

Seulement alors elle pensa à son téléphone abandonné depuis deux jours. Il était là où elle l'avait jeté en partant, au milieu du lit, sur le couvre-pied. La batterie était encore une fois tout à fait déchargée, bien sûr. Elle dénicha le chargeur et le brancha. Elle relirait le SMS de Didier. Puis elle lui répondrait, lui dirait ce qu'elle avait à faire en rentrant – ou avant de rentrer, elle ne savait pas encore... Elle devait bien réfléchir, ne pas trop raconter ce qu'elle lui confierait de vive voix, au chaud dans ses bras. Elle avait le temps de concocter son SMS de réponse, avec toute une journée devant elle, avant que la troupe des touristes ne revienne, demain matin. De toute manière, elle avait tout son temps, maintenant...

Puis, tout à coup, son corps se rappela à elle, la faim lui tordit le ventre. Zut ! Elle ne savait pas quelle heure il était ! Et si la salle du petit déjeuner était déjà fermée ? Elle avait traîné un bon moment sous la douche, pris ensuite tant de temps pour réfléchir, se couper les cheveux, s'habiller... Ah non ! Pas ça ! Il *fallait* qu'elle mange, de toute urgence. Elle attrapa la clé de la chambrette et dévala les escaliers de l'hôtel.

Elle repassa devant le réceptionniste, qui, la voyant devant lui propre et fraîche, se permit un : « Ah ? Ça va mieux, on dirait. » Quand elle était arrivée très tôt ce matin, dans l'état lamentable où elle était en sortant des Arènes, il avait haussé un sourcil, sans toutefois se permettre le moindre commentaire. Il savait très bien que la clé était restée pendue au tableau pendant deux nuits… Solange avait senti son regard perplexe la suivre jusqu'à l'ascenseur.

Mais oui, bien sûr, le petit déjeuner était encore accessible, il n'était que neuf heures et quart. Un buffet était toujours là-bas, tout au fond, après le salon où l'on stockait les bagages des groupes lorsqu'ils étaient trop nombreux.

Solange s'y rendit prestement, se prépara un énorme chocolat chaud, attrapa une banane, un pain au chocolat, investit une table. Puis, constatant qu'elle était tout à fait seule, se releva pour prendre deux autres viennoiseries.

Après en avoir dévoré une, elle savoura la deuxième, varia les plaisirs avec la banane. Puis elle trempa morceau par morceau le troisième petit pain dans son chocolat, pêchant la moindre miette avec sa cuillère, si concentrée sur son plaisir qu'elle ne vit qu'à la dernière bouchée, en relevant la tête, le réceptionniste debout à quelques pas devant elle qui la regardait avec un petit sourire.

– Deux œufs au plat, ça vous ferait du bien ?

– Oh oui… Trois ?

Sourire complice de part et d'autre, et il s'en fut préparer le plat. Il ne savait pas ce qu'elle avait vécu, ne poserait pas de question – il connaissait l'impératif de discrétion de son métier –, mais ça devait être quelque chose, pour qu'elle ait faim comme ça !

Ce furent les meilleurs œufs au plat du monde – les meilleurs, en tout cas, qu'elle ait jamais mangés. Il avait apporté un café et un yaourt en même temps que l'assiette.

– Il faudra bien ça pour faire passer le tout.

Elle avait remercié, presque émue. Surtout lorsqu'il était revenu poser un petit sachet de sucre en poudre à côté d'elle. Elle se dit qu'elle devenait vraiment très émotive – elle n'allait pas se mettre à pleurer pour un rien, quand même, elle avait assez dégouliné ces derniers jours !

Solange était en train de touiller son yaourt quand elle entendit un énorme brouhaha venant de la réception. Elle n'y prêta pas trop attention, pensant qu'un nouveau groupe de touristes venait de débarquer. Mais ça gueulait de plus en plus fort, là-bas, et soudain elle reconnut nettement la voix de Betty, criant plus fort que les autres. Elle se leva en hâte et vit, de loin, que tout *son* groupe était massé dans l'entrée... Qu'est-ce qu'ils faisaient là ?

Elle fut vite fixée en s'approchant. Ça hurlait de plus belle, et Betty, au bord de l'hystérie – dans sa colère tout à fait inconsciente du ridicule de sa tenue, un châle gitan de couleur criarde sur les épaules, un faux chapeau de toréador sur la tête –, apostrophait violemment Groscon recroquevillé dans un coin.

– Ce connard s'est trompé dans les dates. Tu le crois, ça ? Il a retenu une nuit de moins là-bas, et il y a pas assez de chambres ici ce soir ! On est obligés de repartir un jour plus tôt. On fait pas plus stupide, hein ?

Et les autres prenaient la relève de la meneuse, réclamant un remboursement, voire une indemnisation… Audrey, qui restait un peu à l'écart, fit un signe d'impuissance à Solange. Comment pourrait-elle les empêcher de s'égosiller ?

Le pauvre type, accablé de toutes parts, avait reculé sous l'assaut et se retrouvait assis sur un tabouret dans la salle attenante. Puis l'attention d'une partie du groupe se détourna un peu de lui pour se reporter sur le chauffeur du car, près de la réception. Il était venu les ramasser en urgence aux Saintes-Maries ce matin, mais il avait roulé toute la nuit précédente. Impossible de lui faire faire huit heures de route dans la foulée, le règlement le lui interdisait, il fallait trouver un copilote. Le téléphone à l'oreille d'une main, il tentait de l'autre, par signes, d'apaiser les vociférations pour entendre son interlocuteur.

Groscon était absolument pitoyable. Effondré sur son tabouret, il était décomposé, tout pâle, les lunettes de travers. Pour comble, il avait gardé son habituel chapeau de cow-boy jaune poussin, et Solange faillit éclater de rire en lui voyant les larmes aux yeux sous ce couvre-chef ridicule. Elle se retint en constatant son véritable désarroi.

Un cri s'éleva dans la réception.

– On a peut-être trouvé un chauffeur !

On arrêta provisoirement de l'agresser pour courir aux nouvelles.

Solange s'assit à côté de lui, tenta de le réconforter un peu.

– Allez, c'est pas si grave…

Si, c'était grave ! Jamais il n'avait fait une erreur pareille. Ça allait se savoir, se dire de comité d'entreprise en comité d'entreprise, on se demanderait s'il était bien fiable, cet organisateur, on préférerait les propositions de types plus sérieux… Or c'était sa vie, ces excursions qu'il proposait ! Pas seulement pour les sous – même s'il n'avait que ce revenu-là pour vivre – mais parce que c'était une vraie vocation.

– Tu comprends, rendre les gens heureux, leur faire oublier leurs soucis, tu ne peux pas savoir comme j'aime ça. Les voir rigoler ! Si je n'ai plus ça, qu'est-ce qu'il me reste ?

D'autant que ça n'allait pas fort, chez lui. Sa femme voulait divorcer… Bon, le fils, il était grand, ce n'était pas un problème, il choisirait avec qui il voulait vivre. Mais elle avait l'intention de se battre pour avoir la maison ! Et dans la maison, il avait sa chambre, le fils, alors… C'était tout vu, avec qui il allait vivre. Donc plus de boulot, plus de maison… Il lui resterait quoi, à lui ? Aller sous les ponts ?

Le souvenir de la crise de désespoir de Max revint violemment en mémoire à Solange. C'est ainsi qu'on bascule ? Qu'on peut perdre tout en quelques mois, et, dépossédé de sa vie, avoir envie de mourir pour en finir ? Elle regarda le pauvre type à côté d'elle, qu'elle avait haï trois jours auparavant pour ses mauvaises blagues. Une larme coulait sous les lunettes, se perdait dans le cerne de fatigue…

Les autres, là-bas, faisaient cercle autour du chauffeur toujours au téléphone, voulaient savoir quand ils pourraient rejoindre leurs pénates – et le plus tôt possible, maintenant, ils l'exigeaient ! Alors qu'ils n'auraient dû rentrer que le lendemain…

Solange eut une inspiration subite. Elle posa une main sur l'épaule de Groscon.

– Tu veux que je te dise pourquoi la brandade de morue est la spécialité de Nîmes ?

L'humeur du type changea instantanément. Il se tourna vers elle, immédiatement passionné.

– Ah bon ? Tu *sais* ?

Elle se mit alors à conter l'épopée du sel. L'« or blanc » récolté dans les Salins du Midi, convoyé depuis le Moyen Âge, et même encore avant, par charrettes vers Nîmes, surveillé comme un trésor jusqu'aux greniers à sel, gardé tous les jours par des hommes en armes, tant cette denrée était précieuse ! Elle en rajoutait, Solange, elle brodait, elle inventait des détails, des décors… Elle voyait Groscon s'oublier complètement en l'écoutant, et c'était le principal. D'ailleurs tout ça était peut-être vrai. Puis elle enchaîna sur le voyage des morues vers Nîmes pour être salées sur place, afin de ne pas risquer de se faire voler le sel en l'envoyant vers les ports. Elle décrivit les places entières dédiées au séchage, surveillées, elles aussi…

Solange, tout en racontant, se demandait elle-même comment tant de détails pouvaient lui venir, au fur et à mesure de son récit. Groscon buvait ses paroles, apparemment requinqué. Elle lâcha en guise de final le détail linguistique qui tue, en reprenant la phrase exacte de Max :

– Et c'était si précieux, qu'on payait les ouvriers en mesures de sel… d'où le mot *salaire* !

Un triomphe. Elle constata qu'elle avait réellement – et au-delà de ses souhaits – réussi à lui changer les idées, quand il murmura, rêveur :

– Ben dis donc… Quand je vais leur raconter ça, au prochain voyage !

Un hurlement général, du côté de la réception, interrompit ce doux colloque culturel. Le chauffeur avait trouvé un copilote ! Il serait là vers quatorze, au pire quinze heures, et on pourrait partir immédiatement pour Guéret.

La troupe revint annoncer la nouvelle à Groscon, et un type rigolard lui lança, immédiatement approuvé par les autres :

– Moi, je ne vois qu'une chose pour compenser ta bêtise : nous inviter à déjeuner !

Groscon pâlit, mais ne songea pas à contester.

– Oui, bien sûr… Je sais pas si je peux, mais… Mais oui, bien sûr.

Audrey regarda Solange, puis les autres, l'air réprobateur. Elle savait, elle, que ces salopards allaient lui faire dépenser tout ce qu'il avait gagné avec cette excursion, et encore plus, sans doute, vu le peu de marge qu'il se faisait avec des prix aussi bas. Et on lui tapait dans le dos, on se foutait de sa gueule, Betty hilare suggérait un apéro champagne à la Brasserie des Arènes…

Lorsqu'ils furent sur le point d'entrer dans le restaurant, celle-ci remarqua que Solange avait changé de coiffure. Le jugement fut sans appel.

– Ah, t'as coupé ta frange ? T'as eu tort, ça fait ordinaire, comme ça.

Solange en resta figée sur place, laissant tous les autres passer devant elle. Elle se demanda soudainement comment elle avait pu écouter cette fille, se laisser conseiller par elle… Audrey l'entraîna à l'intérieur avec un clin d'œil – laisser dire !

Le fameux déjeuner eut lieu. Interminable, désolant, aux dépens du pauvre organisateur qui chipotait dans son assiette le plat le moins cher. Alors Audrey, n'y tenant plus, prit les choses en main. Elle s'en fut parler à chacun autour de la table, les convaincre de payer leur part, et, la colère étant retombée, un joli pécule s'amassa – à l'exception de deux individus à l'esprit irréductiblement vengeur.

À la sortie, Solange prit son courage à deux mains pour avouer à cette formidable Audrey qu'elle n'avait pas de quoi payer son hôtel. Et qu'en plus elle voulait lui emprunter de l'argent – tout l'argent qu'il lui serait possible de tirer avec sa carte – car elle aurait, sans doute avant même de rentrer chez elle, un autre voyage à faire…

– *ENCORE ?* s'exclama Audrey, interdite.

Solange lui expliquerait, elles auraient tout le temps, dans le car. Elle la rembourserait au retour, bien sûr.

– Et je voudrais qu'on se voie plus souvent. Je t'adore, tu sais. T'es la plus chouette fille que j'aie jamais rencontrée.

– Bah… On se verra déjà au boulot !

– Peut-être… Mais je veux dire : en dehors.

Les affaires de Solange furent vite emballées dans la chambrette, l'hôtel quitté – non sans qu'elle ait serré chaleureusement la main du réceptionniste – et tout le monde se retrouva devant le car qui attendait à son point de stationnement « touristes », devant le monument.

Au moment de passer la porte, juste derrière Betty, Solange se retourna et constata pensivement :

– Ah zut… je n'ai même pas fait le tour complet des Arènes.

Et la bonne copine de répliquer d'un ton cinglant :

– Ben dis donc… On se demande vraiment ce que tu as foutu pendant deux jours !

IV

Retour vers une nouvelle vie

1

Instinctivement, Solange s'installa à la place exacte qu'elle occupait pendant le voyage vers Nîmes. Se retrouvant au même endroit qu'à l'aller, elle eut à nouveau le curieux sentiment d'avoir vécu une « parenthèse irréelle ».

La présence d'Audrey, qui s'assit lourdement à ses côtés en se collant à elle, la ramena à la réalité. Non, le temps passé n'était pas aboli, et Audrey la pressait de questions sur ce qu'elle avait vécu après avoir quitté le groupe.

Restant assez évasive, Solange n'eut pas vraiment le désagréable sentiment de mentir à son amie en lui disant la beauté de la ville, la gaieté des terrasses le soir. Elle affirma même, sans hésiter, qu'elle avait passé d'agréables nuits à bien dormir dans la petite soupente de l'hôtel.

Audrey devait malgré tout sentir un mystère, un subtil changement chez Solange : pourquoi ce subit besoin de repartir en voyage, sans même repasser par chez elle ? Elle avait néanmoins tiré tout le liquide que sa carte bancaire voulait bien lui octroyer pour le donner à Solange, qui lui avait confié, sans en révéler la raison, qu'elle devait d'urgence rendre visite à sa famille, et pour cela prendre le train avec passage obligé par Paris. Audrey réclama des explications, amicalement certes, mais avec insistance… Pourquoi ne pas y aller avec Didier, et vouloir l'appeler seulement quand elle serait là-bas ? Et d'ailleurs, comment s'y prendrait-elle pour attraper un train, puisque aucun ne partait plus de Guéret ?

Alors Solange trouva une efficace parade : elle posa elle-même des questions. Le stratagème se révéla excellent. Après un moment de surprise chez les membres du groupe – on s'étonnait qu'une jeune femme qui avait semblé si peu sociable s'intéresse à ce qui s'était passé aux Saintes-Maries, alors qu'elle avait renoncé au voyage –, le plaisir de raconter leurs bêtises l'emporta. Tout y passa : la danseuse gitane obèse, le chanteur sans voix, l'imbécile qui avait failli s'enflammer en s'approchant trop près du feu de bois sur la plage, le ragoût de taureau immangeable, le bain de minuit improbable, et jusqu'à la bataille d'oreillers dans les dortoirs… Chacun rajoutait un détail, et tout le monde hurlait de rire à qui mieux mieux. Même Audrey y allait de son anecdote, se levant pour mimer la grosse danseuse dans l'allée.

Tout en les écoutant, Solange regardait de temps à autre le profil perdu de Groscon, assis sur le strapontin réservé aux accompagnateurs, à côté de la porte avant. Il ruminait sa bourde, le dos rond, et il sembla à Solange, qui voyait son profil de trois quarts, que son nez s'était allongé…

Elle rit un peu aux histoires des uns et des autres, puis, personne ne s'occupant plus d'elle, s'éclipsa discrètement pour se réfugier au fond du car.

Elle avait à réfléchir, à s'organiser. À calmer ses pensées et ses sentiments. Audrey, avec ses question, avait ravivé en Solange la terrible envie d'aller se jeter dans les bras de Didier. Mendier un bout de canapé à son amie, dormir à quelques centaines de mètres de lui ? L'idée lui déchirait le cœur à l'avance. Elle n'était pas sûre de ne pas craquer et courir chez eux en pleine nuit pour le retrouver.

Et pourtant, elle sentait, elle savait qu'il ne le fallait pas. Didier voudrait absolument l'accompagner, voire la conduire. Elle-même perdrait ses forces et sa détermination. Comment s'arracher à lui après lui avoir tout raconté ? Or, arriver en couple là-bas affaiblirait la démarche personnelle qu'elle se devait de faire. Elle, et elle seule, d'abord.

Des mots de ces gens extraordinaires qui avaient changé sa vie la traversaient encore. Pour l'heure, une phrase de la femme en noir l'aida à affermir sa décision : « Quand on s'est trompé à ce point-là, c'est assez simple à rattraper : tu fais juste l'inverse ! » L'inverse, c'était se réconcilier avec son frère, sa sœur, prendre son père dans ses bras et lui demander pardon. Au fond, elle avait raison, c'était simple.

Lorsqu'elle serait vraiment en route, elle appellerait son frère – lui en premier. Car c'était lui, en fait, elle en prenait nettement conscience, qui avait été le véritable déclencheur de cette aventure, avec ce cri qui l'avait remuée jusqu'aux tripes : « Ton père peut mourir d'un moment à l'autre. Tu attends qu'il meure sans t'avoir revue ? » Avec sa sœur, ce serait plus difficile, elle le savait… Et Solange pensa alors aux propos d'Igor, à sa brutale mise en garde : aurait-elle toujours une famille pour l'accueillir ? Une bouffée de gratitude lui vint encore, en pensant à ces gens qui l'avaient réveillée, sortie du cauchemar dans lequel elle était en train d'enliser sa vie.

Puis elle se perdit un bon moment en conjectures sur les moyens de parvenir là-bas. Prendre le plus tôt possible un bus pour rejoindre une grande gare – La Souterraine ? Montluçon ? – puis se renseigner sur les correspondances possibles pour atteindre Fécamp ? Mais y avait-il régulièrement des bus partant de Guéret, si mal desservi ? Elle en était là de ces hypothèses lorsqu'elle vit, de loin, Audrey discutant avec Groscon. Accoudée à la rambarde au-dessus de son siège, elle était penchée sur le pauvre type abattu. Cette si gentille fille devait tenter de lui remonter le moral, pensa Solange.

Mais celui-ci se leva brusquement, contourna Audrey et s'engagea résolument dans la remontée de l'allée centrale. Arrivé devant Solange, Groscon la fixa un moment, puis s'assit à côté d'elle.

– Audrey me dit que tu veux prendre le plus tôt possible un train pour Paris, puis pour je ne sais où ?

Après un petit moment de stupéfaction, Solange acquiesça, tout en voyant Audrey rejoindre son siège, là-bas, avec un gros clin d'œil à son intention avant de se rasseoir.

– Alors voilà. Le car, il faut que j'aille le rendre à Limoges, c'est là que je les loue. Un jour plus tôt que prévu, mais qu'est-ce que tu veux… Quand on est con, on est con, hein ?

Solange s'abstint pudiquement d'acquiescer ou de démentir.

– On devrait arriver vers les dix heures du soir à Guéret. On jette les rigolos sur la place d'où on est partis, et on continue tous les deux vers Limoges. Le premier train pour Paris doit être un peu avant cinq heures du matin… Ça t'irait ?

– Oh oui, ça m'irait ! Ça ne t'embête pas ?

– Puisque je te dis qu'il faut que j'y aille, de toute manière ! Ce sera plus tôt que prévu, mais bon… Je resterai avec toi dans la gare jusqu'à ce que tu montes dans le train.

– Mais ce n'est pas la peine, voyons…

– Hé ! Oh ! On ne laisse pas une belle poulette comme toi toute seule la nuit dans une salle d'attente, hein !

Groscon se tut un instant, avant de murmurer, presque pour lui-même :

– Et puis… ça m'arrange, en fait.

Solange n'eut pas à poser de question. Il eut une sorte de hoquet d'autodérision, puis tourna franchement vers elle ses yeux de chien battu.

– Avec ce qui se passe avec ma femme, tu me vois débouler chez moi en pleine nuit, un jour à l'avance, à l'improviste ? Et la trouver au lit avec son amant ?

Solange fut brusquement assaillie en retour par l'image de Didier au lit avec une autre – un flash précis : une femme nue, de dos, chevauchant un Didier regardant avec stupéfaction Solange faire irruption dans la chambre. Pourquoi n'avait-elle pas pensé à cette hypothèse ? Se croyait-elle vraiment à l'abri de ce genre de situation, après ce qu'elle lui avait fait subir ? La vision s'évanouit comme elle était venue, aidée par Groscon qui retrouvait son tempérament de clown.

– Je serais obligé de les tuer. Tu te rends compte ? Je ne saurais même pas comment m'y prendre... J'ai pas de fusil, je déteste les chasseurs... Alors, un couteau de cuisine ? Stupide et maladroit comme je suis, c'est moi qui serais foutu de me blesser !

Ils rirent tous deux de bon cœur, un rire qui s'éteignit *decrescendo*, un peu douloureux. Puis Groscon gratifia Solange d'un sourire amical et fragile.

– Alors, on fait ça ?

– Oui. Merci.

– À nous deux, Limoges !

Il s'en fut dans l'allée, cahotant, rejoindre son siège de malheureux organisateur.

Grâce à lui – à moins d'une trahison impromptue de la SNCF – elle aurait le temps de voir son frère, sa sœur, et d'aller embrasser son père, demain, avant le soir.

C'était cela, la vraie fin de ce voyage.

À peu près au moment où elle aurait dû, suivant le programme initial de l'excursion, débarquer des Saintes-Maries devant la gare de Guéret...

Elle regarda un long moment le paysage défiler, les pins omniprésents du sud, sur le bord de la voie, laissant place peu à peu aux feuillus de l'Auvergne. Elle s'attachait à respirer calmement, profondément, et s'affermissait en elle la justesse de sa décision. Quand la dernière ombre d'un doute, le dernier relent d'une hésitation, d'un regret de ne pas s'arrêter à Guéret se furent effacés, l'esprit clair et serein, elle prit son téléphone et se mit à écrire à Didier, lentement, en pesant chaque mot. Elle avait tout son temps puisqu'elle n'enverrait son SMS que plus tard, quand elle serait sur la route de Limoges.

2

Après le dîner au Coq en Pâte avec la Blonde, le choc du méchant message de Solange, son retour chez lui et sa décision d'écrire qu'il ne voulait pas lui parler au téléphone durant ce voyage, Didier, son SMS achevé, était resté prostré au milieu du lit. Pour une fois, lui qui regrettait généralement ce qu'il venait de dire ou de faire quand il exprimait quelque chose de négatif se sentait pleinement en accord avec ce qu'il avait envoyé à Solange. Il ne voulait pas qu'ils échangent des futilités, des anecdotes. Ils parleraient véritablement, et sincèrement, au retour. Il y allait de la survie de leur couple.

Il donna quelques coups de poing à son oreiller, puis se coucha en chien de fusil, certain de trouver le sommeil, comme d'habitude, dès qu'il s'allongerait en remontant bien la couverture sur ses épaules. Les hommes tranquilles ne connaissent pas l'insomnie…

Pourtant, se tournant, se retournant, éveillé pendant des heures, il dériva doucement du milieu du lit vers son côté habituel. Un grand vide froid à sa gauche personnifiait l'absence de Solange entre les draps. Lorsque l'aube finit par pointer son nez blafard entre les rideaux, il resta un long moment sur le dos, fixant une lézarde au plafond, abruti et nauséeux.

Puis il décida de réagir, de se lever. C'était trop bête de rester aplati comme une pauvre crêpe dans ce lit vide. Il expérimenta alors ce curieux phénomène : être perclus de courbatures alors qu'on est resté allongé sans dormir. Des nœuds, des tensions bizarres se créent, une fatigue du corps en plus de celle de l'esprit. Il avait mal partout et descendit l'escalier la main sur les reins. « Comme un vieux », pensa-t-il.

Tout en se préparant un café, il repensa tout à coup à sa chemise, tachée lorsqu'il avait secoué sa tasse en intimant à Solange de partir. Et à celle dans laquelle il avait transpiré en courant vers l'agence ensuite. Et aux deux autres, de rechange, encore dans le panier à linge sale puisque Solange n'avait pas fait de lessive avant son départ. Zut ! Zut ! Tant pis, il remettrait la jaune pâle qu'il avait achetée à Leclerc pour le dîner de la veille, après tout il ne l'avait portée que quelques heures.

S'activer à la machine à laver, s'appliquer à de simples tâches ménagères, comme refaire soigneusement son lit – le laisser découvert toute la journée étant pour lui le comble du laisser-aller – lui remit les idées en place. Il avala une tartine, sans appétit, but un deuxième café, et, sa tasse rincée et mise à égoutter, sortit du pavillon pour se rendre à l'agence.

À mi-chemin, il fit halte un moment. Il venait de repenser à la fin de soirée d'hier… La Blonde l'entraînant vers chez elle, leur baiser avant d'entrer, son recul à lui avant qu'il ne soit trop tard, la laissant devant sa porte. Certes, elle avait réagi avec pudeur et intelligence, s'excusant sincèrement d'avoir tenté de le séduire et de l'amener dans son lit, seulement... c'était une femme. Et une femme qui avait à cœur de plaire, vu la manière plutôt sexy dont elle s'habillait. Qui sait si, après cette saine réaction, elle ne lui en avait pas voulu ? Si elle n'avait pas maudit le mufle qui l'avait plantée là, sur le seuil de son domicile, après avoir fait tout le chemin apparemment consentant ? Comment se retrouver naturellement et travailler face à face après un épisode aussi gênant ? Et si elle lui faisait la tête toute la journée ? Et si...

Il se secoua et reprit son chemin d'un bon pas. Quelle manie il avait de supputer sans cesse ce que les gens penseraient ou ne penseraient pas, à tenter de devancer leurs réactions, leurs jugements ! Surtout lorsque c'était lui qui risquait d'être jugé, bien sûr ! Le complexe du petit gars pas sûr de lui, de l'élève obséquieux qui veut se faire bien voir... Décidément, il ne changerait donc jamais ?

Il arriva à la porte de l'agence, et, se traitant lui-même une dernière fois d'imbécile immature, la poussa avec une feinte assurance.

La Blonde était en train de se préparer un café. Elle se retourna et le gratifia d'un franc sourire – trop large et trop franc, pensa-t-il, ou du moins l'interprétait-il ainsi.

– Bien dormi ? demanda-t-elle légèrement.

Un vague borborygme lui répondit.

– Je vois. Je fais un deuxième café.

Il déposa sa sacoche près de sa chaise, et, après une légère hésitation, s'approcha d'elle qui farfouillait, de dos, près de la machine. Impossible, pensait-il, de faire comme si de rien n'était, de ne pas dire encore un mot d'excuse à propos de ce qui s'était passé – ou plutôt de ce qui ne s'était pas passé – la veille au soir.

– Vous savez, pour hier, je suis vraiment…

Elle se retourna d'un bloc, le regarda droit dans les yeux.

– Qu'est-ce qu'on avait dit ?

– Je… je ne sais pas…

– Qu'on n'en parlerait plus. Jamais. Et que c'est bien mieux comme ça.

Il vit alors que la situation était claire, les arrière-pensées balayées, et lui rendit son franc sourire.

Au cours de la matinée, il ne put s'empêcher de consulter deux fois son téléphone. Il avait signifié à Solange qu'il ne voulait pas lui parler avant son retour, mais cela n'exemptait pas d'un petit accusé réception, un « Je suis d'accord » ou « Tu as raison »… Enfin, juste un signe, quoi ! C'était encore trop espérer ? Voilà qu'une vague colère le reprenait… Et encore une fois, balloté d'une humeur à l'autre, il s'accusa d'injustice.

Une série de coups de fil à des clients divers lui occupèrent l'esprit toute la matinée, jusqu'à ce qu'il voie la Blonde attraper son manteau et son sac. Il s'était noyé dans le travail en oubliant l'heure. Elle le regarda un instant et lui dit :

– Vous, ne bougez pas. Tâchez de dormir un peu. Je vous rapporte un sandwich.

Il tenta de dire quelque chose, de protester, peut-être. Elle le coupa péremptoirement.

– Vous vous êtes regardé dans une glace ? Vous êtes pâle comme un linge, avec des cernes jusqu'au menton. Jambon ou saucisson ?

– Euh… jambon-gruyère…

Il tenta de se détendre, de somnoler… Peine perdue. Lorsque la Blonde revint avec son sandwich, elle lui rappela qu'ils avaient une visite à faire dans l'après-midi. Une exclamation de soulagement lui échappa – bouger, discuter, ce serait salvateur pour échapper à ses états d'âme.

Ce n'était pas loin, dix minutes à peine de Guéret, aux confins de la ville – trop loin tout de même pour s'y rendre à pied, il fallait prendre la voiture.

Ils débarquèrent devant une petite ferme flanquée d'un bâtiment adjacent qui avait dû être un pressoir, ou ce qu'on appelle parfois ici une « cave », puisque le sol granitique permet rarement un espace sous les maisons. On y garde les pommes de terre et les conserves à l'abri de la lumière.

– Bonjour, monsieur Desabre !

La Blonde était sortie de la voiture, louvoyant sur la pointe de ses escarpins à talon aiguille entre les flaques et les mottes de terre qui entouraient la maison. Incorrigible, décidément, pensa Didier amusé : comment ne pas prévoir une paire de chaussures tout-terrain pour visiter des biens en pleine campagne ?

Le vieux paysan, avec sa bonne tête chaleureuse et ses yeux malicieux, les attendait sur le seuil de sa porte. Didier nota au passage un beau chêne dans la cour, un peu de terrain tout autour de la modeste maison, un petit ruisseau en contrebas…

On s'installa autour de la table rustique. Le vieux avait essuyé avec sa manche les miettes qui y traînaient, avant de leur désigner des chaises. La Blonde attaqua directement le sujet sensible.

– Monsieur Desabre. Il faut que nous parlions raisonnablement. Comment voulez-vous que nous vendions cette maison, si vous réclamez le double de sa valeur ?

Alors le vieux s'empêtra dans des explications, des excuses. Ce n'était pas lui qui en voulait ce prix. Il savait bien que c'était trop cher. C'étaient ses enfants, ses deux fils ! Ils allaient hériter de cet argent, et ils comptaient dessus pour payer la maison de retraite où il allait finir ses jours – faute de quoi ils l'avaient menacé de le flanquer à l'« hospice des pauvres », sans soins, à mourir à petit feu… Et ses yeux se mouillaient de terreur à cette évocation. Les bons fils n'y étaient manifestement pas allés de main morte, pour l'effrayer à ce point.

Didier laissa œuvrer sa collègue – le vieux ne s'adressait qu'à elle, parler à une femme devait le rassurer – et s'en fut, avec sa permission, faire le tour des lieux. Une grande pièce, avec la vieille cuisinière à bois dans un coin, deux chambres attenantes séparées par un escalier qui montait au grenier. Une gentille maison de plain-pied, avec des combles à aménager, un jardin autour, et ce, aux portes de la ville, puisqu'on passait ici du béton aux prairies sans transition… Comment n'y avait-il jamais pensé ? Même pas besoin de la voiture pour aller au travail, un scooter, un vélo suffirait à se rendre en ville en vingt minutes.

Il tenta de juguler son imagination, qui allait bon train, aidée par son expérience professionnelle : changer cette porte, agrandir une fenêtre, ouvrir sur le pré pour profiter de la vue sur le ruisseau – il voyait déjà la petite terrasse, tout à fait à l'abri des passages de voitures sur ce côté de la maison opposé à la route, et plein sud, par chance ! C'est tout juste s'il ne se voyait pas, déjà, y planter un parasol…

Il se força à tempérer ses élucubrations. Il faudrait d'abord sauver son couple – et ça n'était pas gagné.

Il revint dans la pièce au moment où sa collègue prenait congé en exhortant le vieil homme à parler à ses fils pour les convaincre de fixer un prix convenable, correspondant à la valeur réelle de la maison. Didier lui serra la main, puis demanda :

– Pourriez-vous me donner le téléphone de vos fils ? Au moins de l'un d'eux…

– Oui, oui, bien sûr, si vous voulez… Mais… sont pas faciles, les bougres.

Didier nota le numéro dans son agenda, remercia. Il sortit avec la Blonde, qui slaloma derechef dans la boue pour atteindre la voiture.

Une fois dans l'habitacle, elle prit un court instant avant de mettre le contact, et dit simplement, sans même le regarder :

– C'est une bonne idée.

Il la regarda, saisi, stupéfait qu'elle ait pu à ce point lire dans ses pensées. Elle enchaîna, en démarrant la voiture :

– Vous avez le temps de voir… Vu le prix qu'ils demandent, elle ne sera pas partie demain, cette maison ! Vous aurez tout le loisir d'en discuter avec elle… Au contraire, il ne faut pas se presser, laisser retomber un peu leurs prétentions.

Et elle ajouta, avec un soupçon de roublardise dans la voix et un coup de coude complice à Didier avant de passer la première :

– Au besoin, on organisera quelques visites catastrophiques pour qu'ils reviennent à la raison !

Didier éclata de rire, un rire auquel elle répondit en écho. Dieu, que cette amitié toute neuve, mêlée de connivence professionnelle, lui faisait du bien ! Il en fut apaisé pour le reste de l'après-midi. Il en oublia même de regarder son téléphone…

Malheureusement, les ombres revinrent avec le soir et la solitude. Il sortit une boîte de sardines avec le quignon de pain qui lui restait et alluma la radio, espérant se changer les idées. Ce n'étaient qu'incendies, révoltes sanglantes, meurtres et déforestations. Il appuya d'un doigt rageur sur le bouton « off » pour couper court à cette litanie de malheurs.

En finissant sa dernière sardine, il sentit son cœur se serrer, des larmes monter, qu'il jugula. Il régnait dans la maison, le quartier tout entier, les magasins une fois fermés, un silence mortel. Il songea à sortir, à aller prendre un verre dans un bar quelque part en ville, là où il y aurait un peu de vie. Il retomba sur sa chaise, écrasé par le ridicule de cette idée : n'emporterait-il pas sa solitude et sa tristesse avec lui ? Autant aller au lit.

Alors commença pour Didier une nuit de vraie souffrance. Il se reprochait amèrement d'avoir envoyé sa petite femme se balader ailleurs. Était-ce de l'amour, ça, prier l'autre de déguerpir à l'autre bout de la France ? Elle avait eu raison de lui laisser ce message furieux. À savoir si elle ne trouverait pas mieux, loin de lui, loin de ses reproches… Elle allait rencontrer quelqu'un d'autre, c'était sûr. Quelqu'un de plus drôle, de plus surprenant, qui l'emmènerait en voyage, en week-end. L'exact opposé de lui-même, avec son train-train de vie réglé, sans folies, ses manies, ses petits costumes et son attaché-case de bureaucrate, un homme terriblement ennuyeux qui l'avait emmenée vivre un quotidien morose dans le trou du cul du monde… Il n'aurait que ce qu'il méritait, cet homme sans fantaisie, si elle ne rentrait pas !

Au milieu de la nuit, ce fut le manque qui l'assaillit. Un besoin d'elle, une faim de son corps, de sa voix, qui lui fit serrer l'oreiller dans ses bras, se rouler sur lui et le mordre. Il en aurait hurlé. Il se retrouva sur le ventre, à bander comme un fou. Il n'allait pas faire l'amour au matelas, tout de même, ni se masturber comme il le faisait, adolescent, en rêvant de rencontrer une femme ! Il tenta la chose, n'étant plus à un ridicule près, et ne réussit qu'à se faire mal... Jouissance et déprime ne faisaient apparemment pas bon ménage.

S'ensuivit une fin de nuit grisâtre qui n'en finissait plus, jusqu'au petit matin, de plus en plus blafard.

* * *

Il poussa la porte de l'agence quelques secondes après l'arrivée de la Blonde, celle-ci était en train de se débarrasser de son sac et de sa veste légère lorsqu'il entra. Il s'arrêta un instant sur le seuil, la mine défaite après cette deuxième terrible nuit d'insomnie. Elle le regarda, et dit simplement :

– Oh la la.

Sur ce sobre constat, elle alla immédiatement lui préparer un café.

Elle le laissa le boire jusqu'au bout, farfouiller inutilement sur son bureau – il ne faut pas brusquer un homme dans cet état –, ouvrir l'ordinateur. Puis, constatant qu'il restait devant l'écran, totalement abruti, elle prit les choses en main.

– Bon, je vais vous confier un travail simple, ce matin.

Il y avait au moins une dizaine de fiches, pour de nouvelles propositions de ventes, qu'ils n'avaient pas encore mises sur le site de l'agence. Elles étaient en vitrine, certes, mais cela ne suffisait pas. Pouvait-il se charger de ce travail ? Scanner les photos, joindre les descriptions détaillées des biens, le prix demandé, etc. Didier opina machinalement d'un air vague.

– Je vous les apporte. Ça ira ?

Elle n'insista pas, prenant conscience qu'elle lui parlait comme à un demeuré, s'en fut quérir les fiches en question et regagna son bureau.

Chacun travailla en silence, un bon moment.

Puis, à brûle-pourpoint, elle lui demanda, sous le coup d'une inspiration subite :

– Vous avez un jogging ?

Il leva la tête, stupéfait, semblant ne pas comprendre la question.

– Vous savez, ces trucs moches et tout mous qu'on met pour faire du sport. Vous avez ça ?

Il sembla réfléchir – peut-être faisait-il mentalement l'inspection de son placard ? – et répondit finalement que non. Non, il n'en avait pas.

– Vous ne faites pas de sport ?

Eh non, pas de sport.

Elle le considéra d'un air éberlué. Ce beau gars, bien bâti, même plutôt baraqué, ne pratiquait aucun sport ! Le sort est vraiment injuste envers les mal foutus qui suent sang et eau en vain dans les clubs ou sur les terrains…

Alors, elle se leva, et, maternellement, amicalement, lui annonça qu'elle avait un programme pour lui à l'heure du déjeuner : il allait repasser devant chez lui, descendre l'avenue au-delà du Leclerc – « que vous dépasserez sans penser à *rien*... » – et tourner à gauche pour se rendre à InterSport. Là, il achèterait un jogging, de n'importe quelle couleur. Ce soir, à la fermeture de l'agence, ils iraient se changer et se retrouveraient à l'étang de la Roussille. Les soirées étaient douces en cette saison, et il faisait jour tard, ils auraient le temps d'en faire le tour complet à petites foulées, ça lui ferait le plus grand bien. Ensuite, elle l'emmènerait chez elle et le nourrirait convenablement.

– Et ne craignez rien pour votre vertu, avec la tête que vous avez, vous êtes un vrai repoussoir !

Ils rirent de concert. Et malgré son désarroi, Didier trouva délicieux de rire avec une femme, toute arrière-pensée abolie, sur ce sujet délicat.

* * *

Il hésita entre un jogging gris et un bleu clair. Le gris était plus discret. Il avait écarté le bleu roi, trop « Stade de France » pour un gars qui ne faisait jamais de sport. Et puis, le gris en main, il s'accusa encore de manquer de fantaisie, de vouloir coller à cette image de Monsieur Tout-le-Monde... Il en avisa alors un noir – ça, c'était original ! Et chic, en plus. Il ne se sentirait pas ridicule en traversant la ville pour aller sautiller autour d'un lac…

– C'est du coton ? demanda-t-il au vendeur, toujours soucieux de la qualité de ses achats.

– Ah non, monsieur, c'est mieux que du coton ! C'est une fibre qui reste sèche même si vous transpirez.

Allons bon, on avait inventé ça. Merveilleux. Il paya et sortit.

Il allait remonter l'avenue en direction de l'agence, quand il pensa tout à coup à ce sympathique magasin bio, un peu plus bas. La Blonde allait le nourrir ce soir, mais avoir quelques fruits, un peu de légumes en réserve serait plus sain que des boîtes de conserve. Il déposerait ses courses chez lui en passant.

Il prit des bananes, des pommes, des tomates et un avocat, un peu de fromage. C'était vraiment un magasin agréable, lumineux. Il avait récemment aidé la patronne à mettre au clair les clauses de son contrat de location, établi un peu à la va-vite. Une femme très sympathique, qui, justement, lui faisait un signe amical de loin. Il fut surpris qu'elle l'ait reconnu. Il s'étonnait toujours que les gens se souviennent de lui…

Ils discutèrent un moment à la caisse, puis elle interpella l'une de ses vendeuses sur un ton gentiment moqueur :

– Dis donc, toi, toujours pas déballé, ce carton ? On ne se relâche pas, hein, tu n'es pas encore partie !

La jeune femme eut un rire complice en réponse.

– Elle me fait le coup de se marier, celle-là, enchaîna l'épicière, et Monsieur va l'emmener dans le sud. Je ne peux pas lui en vouloir, elle aura du soleil…

Didier réagit au quart de tour. Avant même qu'il l'ait pensée, la question fusa.

– Vous allez chercher à la remplacer, alors ? Vous voudrez bien m'appeler ? J'ai peut-être quelqu'un à vous proposer.

– Volontiers. Quelqu'un de fiable ?

– Oui. Ma femme.

En sortant, il stationna un instant devant la porte, éberlué, ébloui de cette coïncidence. Était-ce la fatigue, ces deux nuits sans sommeil qui le mettaient dans une sorte d'état second ? Quel instinct l'avait poussé à se rendre dans ce magasin, à saisir au vol cette opportunité possible pour Solange ? Il se sentait comme un somnambule qui, les yeux fermés, en totale inconscience, évite les obstacles, trouve les ouvertures… Il bénit les hasards, ces merveilleux hasards qui n'en sont peut-être pas, en tout cas la main mystérieuse qui l'avait mené là, précisément aujourd'hui.

Il se remit en marche, tout à coup presque serein…

Il découvrirait plus tard, lorsque Solange lui raconterait son voyage, ses miraculeuses rencontres, à quel point il avait été proche d'elle ce jour-là.

* * *

– Vous n'avez pas été trop ridicule. Ça aurait pu être pire, lui lança la Blonde de sa cuisine où elle remuait dans une casserole la blanquette de veau qu'elle avait décongelée.

– J'ai failli crever… répondit-il du salon où il tentait de se remettre, avachi dans un fauteuil. Il s'était arrêté au moins six fois lors de ce tour du lac, avec l'impression que son cœur allait lâcher, obligé même de s'étendre un moment sur l'herbe à la fin, hors d'haleine.

– Je plaisantais. De fait, j'ai eu peur que vous me claquiez dans les pattes !

Ils s'attablèrent. Elle lui servit d'autorité les trois quarts de la blanquette, avec une bonne dose de riz. Il ne protesta pas. Il avait gardé son jogging – resté sec, en effet, malgré son effort sportif – et n'avait pas pris de douche, puisqu'ils étaient venus directement chez elle. Il ne songea pas à s'en excuser, étonné de se sentir si complètement à l'aise.

Bien sûr, ils revinrent sur son souci, la cause de ces insomnies. Il lui confia de nouveau son inquiétude pour Solange, pour leur couple. Il fallait absolument qu'il la persuade d'aller consulter un psychologue, puisque avec toute sa bonne volonté il n'arrivait à rien, lui, pour soulager son mal-être. La Blonde était-elle allée voir « quelqu'un » pour la soutenir moralement après son divorce ? Elle connaissait peut-être un médecin, un psychothérapeute dont elle pourrait lui donner l'adresse ?

Elle lâcha ses couverts et le regarda longuement.

– Vous allez faire une énorme erreur, Didier. La pire…

Comme il restait stupéfait, elle ajouta :

– Tenter de changer quelqu'un contre son gré.

Ça ne marchait pas comme ça. On ne pouvait pas forcer les gens à changer, surtout pas à se débarrasser d'un problème intime, si l'heure n'en était pas venue pour eux. Aller parler à « quelqu'un », comme il disait, ne pouvait être qu'une démarche personnelle, une nécessité ressentie. À chacun son chemin intérieur, même dans le couple. Elle parlait d'expérience, elle avait espéré changer son mari.

– Et ceux d'avant aussi… ajouta-t-elle en baissant la voix pudiquement.

À trop insister, à vouloir forcer Solange, il ne réussirait qu'une chose : la perdre…

Didier la fixait, les yeux pleins de larmes, le menton tremblant d'émotion contenue, comme un gosse.

– Ce serait dommage. Car visiblement vous ne pouvez pas vivre sans elle.

Didier laissa couler ses larmes et bredouilla :

– Qu'est-ce que je peux faire, alors ?

– Pas grand-chose. L'aimer. L'aimer comme elle est. La distraire. Être doux. Lui faire confiance. Le mieux viendra d'elle, quand il sera temps, un jour…

Ils achevèrent de dîner sans presque plus parler, tout était dit.

Puis elle se leva, sortit de la pièce sans un mot et revint au bout de quelques minutes avec une petite enveloppe.

– Voilà, il y a là-dedans deux pilules. Des somnifères. Parce qu'il vous reste deux nuits avant qu'elle revienne, et il ne faut pas qu'elle vous retrouve dans cet état. Après, vous n'en aurez plus besoin. N'ayez surtout pas la tentation de vous en faire prescrire un jour. Une fois habitué, on ne peut plus s'en débarrasser. Une vraie cochonnerie, mais très efficace.

– Et… vous en prenez, vous ?

– Comment croyez-vous que je dors, depuis mon divorce ?

Il prit l'enveloppe, remercia. Elle insista encore :

– Pour deux nuits, après, basta !

Il se prépara à rentrer, après l'avoir serrée amicalement contre lui. Quel bien elle lui faisait ! Pas de copains, certes, mais mieux : une véritable amie.

Il s'en allait déjà, quand elle cria du seuil de sa porte :

– Rapportez votre jogging demain à l'agence ! On partira directement du bureau. Tour du lac obligé !

La terrible pilule avalée dès son retour au pavillon, il dormit dix heures.

* * *

Il s'éveilla comme neuf, en ce jeudi. Un soleil léger brillait au coin des rideaux qu'il avait négligé de fermer. Une mouche bourdonnait doucement, les draps étaient doux, il profita un moment, sans se soucier de l'heure, de ce sentiment de renaissance. Les bonnes paroles de la Blonde avaient dû agir, aidées par la petite pilule, pour effacer en lui toute colère, toute rancœur vis-à-vis de Solange. Le monde était tendre. Le café, pourtant le même que d'ordinaire, lui parut délicieux.

Il s'en fut calmement repasser une des chemises qu'il avait mises à sécher, s'habilla et partit pour l'agence.

Il y débarqua presque à l'heure. La Blonde jaugea sa mine, s'abstint de tout commentaire. Alors il lui confia qu'il avait la sensation d'avoir rajeuni de dix ans.

– Je n'ai pas dormi aussi profondément depuis mon adolescence !

– C'est bien pour ça que ces produits sont dangereux.

La journée passa vite. Visites le matin, rendez-vous de signature l'après-midi. Didier fut efficace, ferme ou conciliant quand il le fallait. Il avait toutes les patiences – l'idée du retour de Solange, qu'il voulait heureux, l'accompagnait. Une joyeuse chanson tournait dans sa tête : « C'est demain... C'est demain... » Et doucement, déjà, tout en travaillant, il commençait à s'organiser pour en faire une fête.

Le tour du lac à petites foulées fut moins laborieux que la veille.

– On voit que vous avez repris du poil de la bête, bientôt vous allez me semer ! disait la Blonde en riant.

Puis ils se séparèrent pour rentrer chacun chez soi.

Il la regarda partir sans se retourner. Il lui savait gré de n'avoir rien dit de plus aujourd'hui à propos de Solange, de leurs problèmes. Elle avait parlé hier soir, et, intelligemment, elle le laissait se débrouiller avec ses conseils, comme un grand.

Tout en marchant vers le pavillon, il cherchait ce qui serait agréable à sa petite femme. Lui acheter un cadeau, peut-être ? Concocter un repas de fête, avec ces babas au rhum qu'elle adorait ?

Soudain il s'arrêta net – quel idiot il était ! Lui qui s'était accusé de manquer de fantaisie, de ne jamais sortir avec elle, il allait l'accueillir avec une soirée bêtement domestique, dans leur triste cuisine ? Il avait vraiment des progrès à faire. C'est au Coq en Pâte, voyons, qu'il devait l'emmener ! Ça, c'était une fête !

Cinq minutes plus tard, il se dit qu'elle serait sans doute très fatiguée, après huit heures de car… Peut-être aurait-elle besoin de rester au calme ce premier soir ? Qu'à cela ne tienne, il préparerait les deux : une réservation au restaurant – qu'il annulerait si besoin – *et* un repas avec babas !

Une fois arrivé, il se fendit d'un grand ménage, du repassage des chemises restantes, refit le lit avec de jolis draps propres, puis, en guise de prémices de la fête à venir, il s'offrit… la dernière boîte de sardines, oubliant les légumes et fruits qu'il avait achetés.

Debout devant la fenêtre de la chambre, il regarda un moment la nuit, la petite pilule de somnifère au creux de sa main. En avait-il vraiment besoin ?

Puis il pensa au bien-être, à la paix ressentie au réveil. Il tenait vraiment à être en forme pour son arrivée…

Il l'avala.

Il s'assit sur le lit, et allait se glisser dans les draps frais quand il entendit le léger tintement caractéristique d'un message sur son téléphone, qu'il avait laissé dans l'entrée.

Il hésita. Cela pouvait attendre demain, peut-être…

La pilule n'avait pas commencé à faire son effet. Il se ravisa et s'en fut quérir l'appareil.

Didier, mon amour,

Ne crains rien. Tout va bien, je t'assure.

J'ai tellement peur que tu n'aies un coup au cœur en lisant ce qui va suivre… Ne t'inquiète pas, je t'en supplie.

Mon cœur se serre aussi quand je pense que je vais passer près de toi, près de chez nous, sans m'arrêter. Il le faut pourtant, car mon voyage n'est pas fini, et il faut que je l'achève seule.

Je ne suis pas allée aux Saintes-Maries, je n'ai vu aucun gitan, mais j'ai pourtant vécu des moments extraordinaires, rencontré des gens superbes. Je te raconterai, je partagerai tout avec toi, et tu auras le sentiment d'avoir fait partie de mon aventure. D'ailleurs tu étais avec moi, j'en suis certaine…

Je vais en Normandie, dans notre ville. Je vais voir mon père, le serrer dans mes bras, lui demander pardon – pour beaucoup de choses… Et ce doit être une démarche à moi. Je suis en route. Je sais que tu dois en être heureux. Et que tu seras heureux, aussi, de le revoir, ensuite.

Peux-tu venir me rejoindre ? Dimanche, par exemple ?

Si tu ne peux pas, je reprendrai le train.

Je me jette déjà dans tes bras, en pensée.

Je t'aime.

Solange

Didier, qui était retourné dans son lit pour découvrir le message, le relut, le relut et le relut encore, le cœur empli d'un immense soulagement – et c'est ce soulagement, autant que la petite pilule, qui le fit glisser avec délice dans le sommeil.

3

Arrivée en haut de la falaise, sur l'ancien chemin des douaniers qui longeait la côte, elle aperçut, entre les quelques arbres qui résistaient au vent marin, la maison familiale, ce gros pâté à tourelles qui, de loin, ressemblait presque à un jouet.

Il y avait par chance, ce jour-là, et avec l'aide de la marée montante qui dégageait les nuages, un ciel d'azur délicat, qui devenait presque blanc à l'horizon – un ciel de réconciliation parfait !

La mer moutonnait, verte et un peu laiteuse par endroits, cette typique mer couleur d'huître de la Normandie.

Solange s'arrêta et respira à fond l'air salin qui venait du large. Puis elle s'assit dans l'herbe, sur le côté du chemin, pour calmer son émotion.

La SNCF ne l'avait pas trahie. D'Austerlitz, elle avait gagné le plus vite possible la gare Saint-Lazare – on ne peut plus légère, car elle avait laissé sa valise déglinguée à Audrey – et trouvé une correspondance pour Fécamp au milieu de la matinée. À quinze heures, elle parcourait les rues de sa ville natale, avec l'impression de l'avoir quittée voilà des siècles, pour se rendre au cabinet de médecin de son frère. Elle avait dû chercher l'adresse sur son téléphone, elle-même ébahie de n'avoir jamais su où il travaillait…

Un lieu de consultation très simple. Il avait suffi qu'elle sonne à l'entrée pour que la porte s'ouvre automatiquement. Pas de secrétaire… Elle en fut surprise. Deux personnes attendaient, assises sur des chaises paillées, de ces chaises rustiques qu'on récupère dans les églises. Après un signe de tête poli à leur intention, elle s'assit à son tour, juste en face de la porte du cabinet. Au bout de quelques minutes, son frère apparut, lui jeta un coup d'œil rapide en raccompagnant un patient à l'entrée.

– Viens, dit-il simplement en revenant dans la pièce, et il s'excusa de ce passe-droit auprès des deux personnes déjà présentes.

Après qu'elle fut entrée, il se planta devant elle, et ils se fixèrent avec intensité pendant une bonne minute. Après quoi il serra Solange contre lui, à l'étouffer. Puis, le principal ayant été exprimé et ressenti dans ce regard, se sachant attendu, il enchaîna sur le programme à suivre par Solange, avec le pragmatisme qu'elle lui connaissait.

– Je vais prévenir le père. Pas question de lui causer un choc et de le tuer avec une surprise… Ce serait bête, hein ? Il fait tous les jours sa promenade sur le chemin des douaniers, entre dix-sept et dix-huit heures, après sa sieste. Tu n'as qu'à l'attendre là-bas… Pour ta sœur, ne t'inquiète pas, ça ira. Je nous l'amène à dîner chez papa ce soir. Allez, sauve-toi, j'ai du boulot.

Elle avait eu du mal à trouver son chemin pour rejoindre la montée vers la falaise, aux confins de la ville. C'est fou, elle ne reconnaissait plus rien.

Enfin, elle s'engagea sur la première partie de la route qui y menait, lorsque son téléphone sonna.

C'était Didier. Solange eut l'impression qu'un petit oiseau battait des ailes dans sa poitrine. Elle prit l'appel, il y eut des silences émus. Puis, après quelques mots tendres qui les rassuraient l'un et l'autre, Didier enchaîna, avec le même pragmatisme qu'avait eu son frère :

– Je me suis entendu avec ma collègue, elle va se charger de l'agence pendant quelques jours en début de semaine. Je partirai dimanche à l'aube. On pourrait se balader sur la côte, peut-être… ou rester avec ta famille, si tu préfères. Ça te va ?

– Oui… Oh oui, ça me va, c'est bien !

Puis il baissa le ton, sans doute pour ne pas être entendu de la Blonde – il devait être au bureau, à cette heure.

– C'est une amie formidable, tu sais… On l'invitera. Tu l'aimeras beaucoup.

Solange acquiesça, sous le coup d'une nouvelle surprise : cette Blonde qui agaçait tant Didier était devenue une « amie formidable »… Décidément, tout changeait autour d'elle, la vie était extraordinairement étonnante !

Maintenant elle était là, face à la mer, respirant le plus calmement possible, ne quittant pas des yeux le chemin qui devait lui amener son père. Il plongeait derrière une butte, lui masquant la partie qui menait sur le côté de la grande maison. Elle attendait, s'appliquant à être tout entière dans cette attente.

Et tout à coup elle le vit. Sa casquette d'abord, puis sa tête, puis enfin une partie du buste, comme s'il sortait de terre, soufflant, peinant. La montée était dure, il s'arrêta un moment, à bout de souffle, et Solange, toujours assise et masquée par les herbes, put détailler ses rides, les traits contractés par l'effort, la volonté. Quel courage il avait, pour s'imposer cette discipline…

Quand il reprit sa marche, elle vit les mains qui tenaient deux cannes, de ces cannes nanties de larges embouts caoutchoutés, pour ne pas glisser sur le sol. Elle vit la poitrine creusée par l'effort, les jambes incertaines, les genoux un peu ployés, et le rictus de douleur quand il s'arracha du dernier mètre de la pente pour arriver sur le plat du chemin.

Bouleversée, elle regarda le vieil homme en se disant : « Il était temps… Oh ! mon Dieu, qu'il était temps ! »

Une autre pensée la traversa, fugitive, sans plus de poids : était-ce vraiment son père, ce vieil homme ? Ou un autre, un inconnu, lui avait-il légué sa taille longiligne et sa blondeur, au milieu de cette famille de bruns trapus ? Se remémorant les mots de la femme en noir, elle en sourit : « Y en a qui n'en ont pas, toi t'as deux pères, t'es riche ! »

Il avait repris sa marche, péniblement.

Alors elle se leva, campée juste au milieu du chemin.

Encore quelques pas, les yeux à terre pour bien poser ses cannes à côté des pierres, ne pas trébucher, et il leva la tête, s'arrêta en la voyant.

Solange vit tous ses traits douloureux se détendre en la découvrant.

Alors, affermissant ses pieds sur le sol, le vieil homme lâcha ses cannes, d'un coup, et écarta les bras.

Elle courut vers lui, qui vacillait, et l'attrapa à bras-le-corps.

Là-haut, dans le ciel, juste au-dessus de leurs têtes réunies, une troupe de petites mouettes rieuses virevoltaient follement, en n'arrêtant pas de rigoler…

DU MÊME AUTEUR

L'Admiroir
Seuil, 1976
et « Points », n° P438

Le Nez de Mazarin
Seuil, 1986
et « Points », n° P86

Le Voile noir
Seuil, 1992
et « Points », n° P146

Je vous écris
Seuil, 1993
et « Points », n° P147

Lucien Legras, photographe inconnu
(présentation de Patricia Legras
et d'Anny Duperey)
Seuil, 1993

Les Chats de hasard
Seuil, 1999
et « Points », n° P853

Allons voir plus loin, veux-tu ?
Seuil, 2002
et « Points », n° P1136

Les Chats mots
textes choisis
Ramsay, 2003, 2005
et « Points », n° P1264

Essences et Parfums
textes choisis
Ramsay, 2004
et « Points », n° P1671

Une soirée
Seuil, 2005
et « Points », n° P1424

De la vie dans son art, de l'art dans sa vie
(avec Nina Vidrovitch)
Seuil, 2008
et « Points », n° P2249

Chats
Michel Lafon, 2008

Le Poil et la Plume
Seuil, 2011
et « Points », n° P2928

Le Fabuleux Destin de l'œuf et de la poule
Michel Lafon, 2012

Le Rêve de ma mère
Seuil, 2017
et « Points », n° P4902

Les Photos d'Anny
Seuil, 2018
et « Points », n° P5188

Complicités animales
Cherche Midi, 2019
et « Points », n° P5438

RÉALISATION : NORD COMPO À VILLENEUVE-D'ASCQ
IMPRESSION : NORMANDIE ROTO IMPRESSION S.A.S. À LONRAI
DÉPÔT LÉGAL : MARS 2022 – N° 149539 (2107304)
Imprimé en France